流金文丛

横眉·俯首

鲁迅　许广平

出版前言

岁月流沙,时光在俯仰之间不经意中从我们指尖滑落;岁月流金,光阴在云起云落的当儿,世人创造了多少辉煌的业绩,铸就了社会的文明与进步。流沙是岁月之花,流金是岁月之果。

我们出版这套"流金文丛",旨在梳理扒抉现当代文人墨客的"流金"——性情之作,即闲适的零墨散笺。这些作品多为作者在月光里、芭蕉下、古砚边搦管挥毫的闲情偶寄,或是在花笺上信手点染的斗方小品。这些佳构华章,曾星散在历史卷宗的字行间,有的不大为人注目,我们将这些吉光片羽珠串结集于斯。丛书内容丰赡、题材多样:书简、日记、随笔、辞章或其他,类盘中的珠玉,似掌上的紫砂,如心中的玫瑰,可赏可玩可品;然又不失思想,不阙情趣,不乏品位。

我们多么希望这套"流金文丛"能流入阁下的书斋,站在你的书架上。

目 录

鲁　迅	〇〇一
鲁迅自传	〇〇二
琐记	〇〇六
从百草园到三味书屋	〇一五
秋夜	〇二一
雪	〇二四
风筝	〇二六
好的故事	〇三〇
影的告别	〇三三
狗·猫·鼠	〇三五
腊叶	〇四五
关于太炎先生二三事	〇四七
藤野先生	〇五一
范爱农	〇六一
忆韦素园君	〇七一
忆刘半农君	〇七八
看萧和"看萧的人们"记	〇八二
一件小事	〇八七
再论雷峰塔的倒掉	〇九〇
春末闲谈	〇九五

灯下漫笔	一〇一
这个与那个（节选）	一一〇
谈皇帝	一一三
无声的中国	
——二月十六日在香港青年会讲	一一六
宣传与做戏	一二二
中华民国的新"堂·吉诃德"们	一二四
小品文的危机	一二七
世故三昧	一三一
谣言世家	一三五
家庭为中国之基本	一三八
言论自由的界限	一四〇
清明时节	一四二
说"面子"	一四五
论讽刺	一四九
半夏小集	一五二
导师	一五七
长城	一六〇
难得糊涂	一六一

南京民谣　　　　　　　一六三
大小骗　　　　　　　　一六四
我要骗人　　　　　　　一六六
从讽刺到幽默　　　　　一七二
从幽默到正经　　　　　一七四

许广平 ——————————— 一七七

我的小学时代	一七八
像捣乱，不是学习	一八六
我的斗争史	一九四
校潮参与中我的经历	二〇四
遭难前后	二〇九
风子是我的爱	二五一
致鲁瑞（三通）	二五四
致朱安（三通）	二五七
致周作人（二通）	二六一
致胡适（二通）	二六五
致蔡元培	二六八
致季茀（二通）	二六九
追忆萧红	二七九
我所敬的许寿裳先生	二八九
慰问雷洁琼先生	三〇一
所谓兄弟	三〇二
内山完造先生	三二〇
瞿秋白与鲁迅	三三七
最后的一天	三五六

鲁迅故居和藏书	三六四
鲁迅手迹和藏书的经过	三七四
为了永恒的纪念	
——记仙台鲁迅纪念碑揭幕典礼	三八一
如果鲁迅还在	三八八
魔祟（独幕剧）	三九三

附　录 —————————— 三九七

　　周海婴眼中的鲁迅与许广平　周海婴口述

　　　　　　　　　　　　　　　　　　三九八

　　读稿拾零　张昌华　　　　　　　　四〇四

鲁迅

鲁迅自传

我于一八八一年生于浙江省绍兴府城里的一家姓周的家里。父亲是读书的；母亲姓鲁，乡下人，她以自修得到能够看书的学力。听人说，在我幼小时候，家里还有四五十亩水田，并不很愁生计。但到我十三岁时，我家忽而遭了一场很大的变故，几乎什么也没有了；我寄住在一个亲戚家里，有时还被称为乞食者。我于是决心回家，而我底父亲又生了重病，约有三年多，死去了。我渐至于连极少的学费也无法可想；我底母亲便给我筹办了一点旅费，教我去寻无需学费的学校去，因为我总不肯学做幕友或商人，——这是我乡衰落了的读书人家子弟所常走的两条路。

其时我是十八岁，便旅行到南京，考入水师学堂了，分在机关科。大约过了半年，我又走出，改进矿路学堂去学开矿，毕业之后，即被派往日本去留学。但待到在东京的豫备学校毕业，我已经决意要学医了。原因之一是因为我确知道了新的医学对于日本维新有很大的助力。我于是

> 灵台无计逃神矢,风雨如磐闇故园。寄意寒星荃不察,我以我血荐轩辕。
>
> 二十一岁时作 五十一岁时写之 时辛未八月十五日也 鲁迅

《自题小像》,一九〇三年在日本留学时作,当时因感于辫子象征民族屈辱而剪去辫子,并写此诗以明志进了仙台（Sendai）医学专门学校，学了两年。这时正值俄日战争，我偶然在电影上看见一个中国人因做侦探而将被斩，因此又觉得在中国医好几个人也无用，还应该有较为广大的运动……先提倡新文艺。我便弃了学籍，再到东京，和几个朋友立了些小计划，但都陆续失败了。我又想往德国去，也失败了。终于，因为我底母亲和几个别的人很希望我有经济上的帮助，我便回到中国来；这时我是二十九岁。

我一回国，就在浙江杭州的两级师范学堂做化学和生理学教员，第二年就走出，到绍兴中学堂去做教务长，第三年又走出，没有地方可去，想在一个书店去做编译员，到底被拒绝了。但革命也就发生，绍兴光复后，我做了师范学校的校长。革命政府在南京成立，教育部长招我去做部员，移入北京；后来又兼做北京大学，师范大学，女子师范大学的国文系讲师。到一九二六年，有几个学者到段祺瑞政府去告密，说我不好，要捕拿我，我便因了朋友林语堂的帮助逃到厦门，去做厦门大学教授，十二月走出，到广东做了中山大学教授，四月辞职，九月出广东，一直住在上海。

我在留学时候，只在杂志上登过几篇不好的文章。初做小说是一九一八年，因为一个朋友钱玄同的劝告，做来登在《新青年》上的。这时才用"鲁迅"的笔名（Pen-name）；也常用别的名字做一点短论。现在汇印成书的有两本短篇小说集：《呐喊》，《彷徨》。一本论文，一本回忆记，一本散文诗，四本短评。别的，除翻译不计外，印成的又有一本《中国小说史略》，和一本编定的《唐宋传奇集》。

一九三〇年五月十六日
收《集外集拾遗补编》

琐记

衍太太现在是早经做了祖母,也许竟做了曾祖母了;那时却还年青,只有一个儿子比我大三四岁。她对自己的儿子虽然狠,对别家的孩子却好的,无论闹出什么乱子来,也决不去告诉各人的父母,因此我们就最愿意在她家里或她家的四近玩。

举一个例说罢,冬天,水缸里结了薄冰的时候,我们大清早起一看见,便吃冰。有一回给沈四太太看到了,大声说道:"莫吃呀,要肚子疼的呢!"这声音又给我母亲听到了,跑出来我们都挨了一顿骂,并且有大半天不准玩。我们推论祸首,认定是沈四太太,于是提起她就不用尊称了,给她另外起了一个绰号,叫作"肚子疼"。

衍太太却决不如此。假如她看见我们吃冰,一定和蔼地笑着说,"好,再吃一块。我记着,看谁吃的多。"

但我对于她也有不满足的地方。一回是很早的时候了,我还很小,偶然走进她家去,她正在和她的男人看书。我走近去，她便将书塞在我的眼前道，"你看，你知道这是什么？"我看那书上画着房屋，有两个人光着身子仿佛在打架，但又不很像。正迟疑间，他们便大笑起来了。这使我很不高兴，似乎受了一个极大的侮辱，不到那里去大约有十多天。一回是我已经十多岁了，和几个孩子比赛打旋子，看谁旋得多。她就从旁计着数，说道，"好，八十二个了！再旋一个，八十三！好，八十四……"但正在旋着的阿祥，忽然跌倒了，阿祥的婶母也恰恰走进来。她便接着说道，"你看，不是跌了么？不听我的话。我叫你不要旋，不要旋……。"

虽然如此，孩子们总还喜欢到她那里去。假如头上碰得肿了一大块的时候，去寻母亲去罢，好的是骂一通，再给擦一点药；坏的是没有药擦，还添几个栗凿和一通骂。衍太太却决不埋怨，立刻给你用烧酒调了水粉，搽在疙瘩上，说这不但止痛，将来还没有瘢痕。

父亲故去之后，我也还常到她家里去，不过已不是和孩子们玩耍了，却是和衍太太或她的男人谈闲天。我其时觉得很有许多东西要买，看的和吃的，只是没有钱。有一天谈到这里，她便说道，"母亲的钱，你拿来用就是了，还不就是你的么？"我说母亲没有钱，她就说可以拿首饰去变卖；我说没有首饰，她却道，"也许你没有留心。到大橱的抽屉里,角角落落去寻去,总可以寻出一点珠子这类东西……。"

这些话我听去似乎很异样,便又不到她那里去了,但有时又真想去打开大橱,细细地寻一寻。大约此后不到一月,就听到一种流言,说我已经偷了家里的东西去变卖了,这实在使我觉得有如掉在冷水里。流言的来源,我是明白的,倘是现在,只要有地方发表,我总要骂出流言家的狐狸尾巴来,但那时太年青,一遇流言,便连自己也仿佛觉得真是犯了罪,怕遇见人们的眼睛,怕受到母亲的爱抚。

好。那么,走罢!

但是,哪里去呢?S城人的脸早经看熟,如此而已,连心肝也似乎有些了然。总得寻别一类人们去,去寻为S城人所诟病的人们,无论其为畜生或魔鬼。那时为全城所笑骂的是一个开得不久的学校,叫作中西学堂,汉文之外,又教些洋文和算学。然而已经成为众矢之的了;熟读圣贤书的秀才们,还集了"四书"的句子,做一篇八股来嘲诮它,这名文便即传遍了全城,人人当作有趣的话柄。我只记得那"起讲"的开头是:

徐子以告夷子曰:吾闻用夏变夷者,未闻变于夷者也。今也不然:鴂舌之音,闻其声,皆雅言也。……

以后可忘却了，大概也和现今的国粹保存大家的议论差不多。但我对于这中西学堂，却也不满足，因为那里面只教汉文，算学，英文和法文。功课较为别致的，还有杭州的求是书院，然而学费贵。

无须学费的学校在南京，自然只好往南京去。第一个进去的学校，目下不知道称为什么了，光复以后，似乎有一时称为雷电学堂，很像《封神榜》上"太极阵""混元阵"一类的名目。总之，一进仪凤门，便可以看见它那二十丈高的桅杆和不知多高的烟通。功课也简单，一星期中，几乎四整天是英文："It is a cat." "Is it a rat？"一整天是读汉文："君子曰，颖考叔可谓纯孝也已矣，爱其母，施及庄公。"一整天是做汉文：《知己知彼百战百胜论》，《颖考叔论》，《云从龙风从虎论》，《咬得菜根则百事可做论》。

初进去当然只能做三班生，卧室里是一桌一凳一床，床板只有两块。头二班学生就不同了，二桌二凳或三凳一床，床板多至三块。不但上讲堂时挟着一堆厚而且大的洋书，气昂昂地走着，决非只有一本"泼赖妈"和四本《左传》的三班生所敢正视；便是空着手，也一定将肘弯撑开，像一只螃蟹，低一班的在后面总不能走出他之前。这一种螃蟹式的名公巨卿，现在都阔别得很久了，前四五年，竟在教育部的破脚躺椅上，发见了这姿势，然而这位老爷却并非雷电学堂出身的,可见螃蟹态度,在中国也颇普遍。

可爱的是桅杆。但并非如"东邻"的"支那通"所说,因为它"挺然翘然",又是什么的象征。乃是因为它高,乌鸦喜鹊,都只能停在它的半途的木盘上。人如果爬到顶,便可以近看狮子山,远眺莫愁湖,——但究竟是否真可以眺得那么远,我现在可委实有点记不清楚了。而且不危险,下面张着网,即使跌下来,也不过如一条小鱼落在网子里;况且自从张网以后,听说也还没有人曾经跌下来。

原先还有一个池,给学生学游泳的,这里面却淹死了两个年幼的学生。当我进去时,早填平了,不但填平,上面还造了一所小小的关帝庙。庙旁是一座焚化字纸的砖炉,炉口上方横写着四个大字道:"敬惜字纸。"只可惜那两个淹死鬼失了池子,难讨替代,总在左近徘徊,虽然已有"伏魔大帝关圣帝君"镇压着。办学的人大概是好心肠的,所以每年七月十五,总请一群和尚到雨天操场来放焰口,一个红鼻而胖的大和尚戴上毗卢帽,捏诀,念咒:"回资罗,普弥耶唵!唵耶唵!唵!耶!唵!!!"

我的前辈同学被关圣帝君镇压了一整年,就只在这时候得到一点好处,——虽然我并不深知是怎样的好处。所以当这些时,我每每想:做学生总得自己小心些。

总觉得不大合适,可是无法形容出这不合适来。现在是发见了大致相近的字眼了,"乌烟瘴气",庶几乎其可也。只得走开。近来是单是走开也就不容易,"正人君子"者流会说你骂人骂到了聘书,或者是发"名士"脾气,给你几句正经的俏皮话。不过那时还不打紧,学生所得的津贴,第一年不过二两银子,最初三个月的试习期内是零用五百文。于是毫无问题,去考矿路学堂去了,也许是矿路学堂,已经有些记不真,文凭又不在手头,更无从查考。试验并不难,录取的。

这回不是 It is a cat 了,是 Der Mann, Das Weib, Das Kind。汉文仍旧是"颍考叔可谓纯孝也已矣",但外加《小学集注》。论文题目也小有不同,譬如《工欲善其事必先利其器论》,是先前没有做过的。

此外还有所谓格致,地学,金石学……都非常新鲜。但是还得声明:后两项,就是现在之所谓地质学和矿物学,并非讲舆地和钟鼎碑版的。只是画铁轨横断面图却有些麻烦,平行线尤其讨厌。但第二年的总办是一个新党,他坐在马车上的时候大抵看着《时务报》,考汉文也自己出题目,和教员出的很不同。有一次是《华盛顿论》,汉文教员反而惴惴地来问我们道:"华盛顿是什么东西呀?……"

看新书的风气便流行起来,我也知道了中国有一部书叫《天演论》。星期日跑到城南去买了来,白纸石印的一

厚本,价五百文正。翻开一看,是写得很好的字,开首便道:

赫胥黎独处一室之中,在英伦之南,背山而面野,槛外诸境,历历如在机下。乃悬想二千年前,当罗马大将恺彻未到时,此间有何景物?计惟有天造草昧……

哦!原来世界上竟还有一个赫胥黎坐在书房里那么想,而且想得那么新鲜?一口气读下去,"物竞""天择"也出来了,苏格拉第,柏拉图也出来了,斯多噶也出来了。学堂里又设立了一个阅报处,《时务报》不待言,还有《译学汇编》,那书面上的张廉卿一流的四个字,就蓝得很可爱。

"你这孩子有点不对了,拿这篇文章去看去,抄下来去看去。"一位本家的老辈严肃地对我说,而且递过一张报纸来。接来看时,"臣许应骙跪奏……",那文章现在是一句也不记得了,总之是参康有为变法的;也不记得可曾抄了没有。

仍然自己不觉得有什么"不对",一有闲空,就照例地吃侉饼,花生米,辣椒,看《天演论》。

但我们也曾经有过一个很不平安的时期。那是第二年,听说学校就要裁撤了。这也无怪,这学堂的设立,原是因为两江总督（大约是刘坤一吧）听到青龙山的煤矿出息好，所以开手的。待到开学时，煤矿那面却已将原先的技师辞退，换了一个不甚了然的人了。理由是：一、先前的技师薪水太贵；二、他们觉得开煤矿并不难。于是不到一年，就连煤在那里也不甚了然起来，终于是所得的煤，只能供烧那两架抽水机之用，就是抽了水掘煤，掘出煤来抽水，结一笔出入两清的账。既然开矿无利，矿路学堂自然也就无须乎开了，但是不知怎的，却又并不裁撤。到第三年我们下矿洞去看的时候，情形实在颇凄凉，抽水机当然还在转动，矿洞里积水却有半尺深，上面也点滴而下，几个矿工便在这里面鬼一般工作着。

毕业，自然大家都盼望的，但一到毕业，却又有些爽然若失。爬了几次桅，不消说不配做半个水兵；听了几年讲，下了几回矿洞，就能掘出金银铜铁锡来么？实在连自己也茫无把握，没有做《工欲善其事必先利其器论》的那么容易。爬上天空二十丈和钻下地面二十丈，结果还是一无所能，学问是"上穷碧落下黄泉，两处茫茫皆不见"了。所余的还只有一条路：到外国去。

留学的事，官僚也许可了，派定五名到日本去。其中的一个因为祖母哭得死去活来，不去了，只剩了四个。日本是同中国很两样的，我们应该如何准备呢？有一个前辈同学在，比我们早一年毕业，曾经游历过日本，应该知道些情形。跑去请教之后，他郑重地说：

"日本的袜是万不能穿的，要多带些中国袜。我看纸票也不好，你们带去的钱不如都换了他们的现银。"

四个人都说遵命。别人不知其详，我是将钱都在上海换了日本的银元，还带了十双中国袜——白袜。

后来呢？后来，要穿制服和皮鞋，中国袜完全无用；一元的银圆日本早已废置不用了，又赔钱换了半元的银圆和纸票。

十月八日
收《朝花夕拾》

从百草园到三味书屋

我家的后面有一个很大的园,相传叫作百草园。现在是早已并屋子一起卖给朱文公的子孙了,连那最末次的相见也已经隔了七八年,其中似乎确凿只有一些野草;但那时却是我的乐园。

不必说碧绿的菜畦,光滑的石井栏,高大的皂荚树,紫红的桑椹;也不必说鸣蝉在树叶里长吟,肥胖的黄蜂伏在菜花上,轻捷的叫天子(云雀)忽然从草间直窜向云霄里去了。单是周围的短短的泥墙根一带,就有无限趣味。油蛉在这里低唱,蟋蟀们在这里弹琴。翻开断砖来,有时会遇见蜈蚣;还有斑蝥,倘若用手指按住它的脊梁,便会拍的一声,从后窍喷出一阵烟雾。何首乌藤和木莲藤缠络着,木莲有莲房一般的果实,何首乌有拥肿的根。有人说,何首乌根是有像人形的,吃了便可以成仙,我于是常常拔它起来,牵连不断地拔起来,也曾因此弄坏了泥墙,却从来没有见过有一块根像人样。如果不怕刺,还可以摘到覆盆子，像小珊瑚珠攒成的小球，又酸又甜，色味都比桑椹要好得远。

长的草里是不去的，因为相传这园里有一条很大的赤练蛇。

长妈妈曾经讲给我一个故事听：先前，有一个读书人住在古庙里用功，晚间，在院子里纳凉的时候，突然听到有人在叫他。答应着，四面看时，却见一个美女的脸露在墙头上，向他一笑，隐去了。他很高兴；但竟给那走来夜谈的老和尚识破了机关。说他脸上有些妖气，一定遇见"美女蛇"了；这是人首蛇身的怪物，能唤人名，倘一答应，夜间便要来吃这人的肉的。他自然吓得要死，而那老和尚却道无妨，给他一个小盒子，说只要放在枕边，便可高枕而卧。他虽然照样办，却总是睡不着，——当然睡不着的。到半夜，果然来了，沙沙沙！门外像是风雨声。他正抖作一团时，却听得豁的一声，一道金光从枕边飞出，外面便什么声音也没有了，那金光也就飞回来，敛在盒子里。后来呢？后来，老和尚说，这是飞蜈蚣，它能吸蛇的脑髓，美女蛇就被它治死了。

结末的教训是：所以倘有陌生的声音叫你的名字，你万不可答应他。

这故事很使我觉得做人之险，夏夜乘凉，往往有些担心，不敢去看墙上，而且极想得到一盒老和尚那样的飞蜈蚣。走到百草园的草丛旁边时，也常常这样想。但直到现在，总还是没有得到，但也没有遇见过赤练蛇和美女蛇。叫我名字的陌生声音自然是常有的，然而都不是美女蛇。

冬天的百草园比较的无味；雪一下，可就两样了。拍雪人（将自己的全形印在雪上）和塑雪罗汉需要人们鉴赏，这是荒园，人迹罕至，所以不相宜，只好来捕鸟。薄薄的雪，是不行的；总须积雪盖了地面一两天，鸟雀们久已无处觅食的时候才好。扫开一块雪，露出地面，用一枝短棒支起一面大的竹筛来，下面撒些秕谷，棒上系一条长绳，人远远地牵着，看鸟雀下来啄食，走到竹筛底下的时候，将绳子一拉，便罩住了。但所得的是麻雀居多，也有白颊的"张飞鸟"，性子很躁，养不过夜的。

这是闰土的父亲所传授的方法，我却不大能用。明明见它们进去了，拉了绳，跑去一看，却什么都没有，费了半天力，捉住的不过三四只。闰土的父亲是小半天便能捕获几十只，装在叉袋里叫着撞着的。我曾经问他得失的缘由，他只静静地笑道：你太性急，来不及等它走到中间去。

我不知道为什么家里的人要将我送进书塾里去了，而且还是全城中称为最严厉的书塾。也许是因为拔何首乌毁了泥墙罢，也许是因为将砖头抛到间壁的梁家去了罢，也许是因为站在石井栏上跳了下来罢,……都无从知道。总而言之:我将不能常到百草园了。Ade,我的蟋蟀们! Ade,我的覆盆子们和木莲们!……

出门向东,不上半里,走过一道石桥,便是我的先生的家了。从一扇黑油的竹门进去,第三间是书房。中间挂着一块扁道:三味书屋;扁下面是一幅画,画着一只很肥大的梅花鹿伏在古树下。没有孔子牌位,我们便对着那扁和鹿行礼。第一次算是拜孔子,第二次算是拜先生。

第二次行礼时,先生便和蔼地在一旁答礼。他是一个高而瘦的老人,须发都花白了,还戴着大眼镜。我对他很恭敬,因为我早听到,他是本城中极方正,质朴,博学的人。

不知从那里听来的,东方朔也很渊博,他认识一种虫,名曰"怪哉",冤气所化,用酒一浇,就消释了。我很想详细地知道这故事,但阿长是不知道的,因为她毕竟不渊博。现在得到机会了,可以问先生。

"先生,'怪哉'这虫,是怎么一回事?……"我上了生书,将要退下来的时候,赶忙问。

"不知道!"他似乎很不高兴,脸上还有怒色了。

我才知道做学生是不应该问这些事的,只要读书,因为他是渊博的宿儒,决不至于不知道,所谓不知道者,乃是不愿意说。年纪比我大的人,往往如此,我遇见过好几回了。

我就只读书，正午习字，晚上对课。先生最初这几天对我很严厉，后来却好起来了，不过给我读的书渐渐加多，对课也渐渐地加上字去，从三言到五言，终于到七言。

三味书屋后面也有一个园，虽然小，但在那里也可以爬上花坛去折蜡梅花，在地上或桂花树上寻蝉蜕。最好的工作是捉了苍蝇喂蚂蚁，静悄悄地没有声音。然而同窗们到园里的太多，太久，可就不行了，先生在书房里便大叫起来：

"人都到那里去了！"

人们便一个一个陆续走回去；一同回去，也不行的。他有一条戒尺，但是不常用，也有罚跪的规则，但也不常用，普通总不过瞪几眼，大声道：

"读书！"

于是大家放开喉咙读一阵书，真是人声鼎沸。有念"仁远乎哉我欲仁斯仁至矣"的，有念"笑人齿缺曰狗窦大开"的，有念"上九潜龙勿用"的，有念"厥土下上上错厥贡苞茅橘柚"的……。先生自己也念书。后来，我们的声音便低下去，静下去了，只有他还大声朗读着：

"铁如意，指挥倜傥，一座皆惊呢——；金叵罗，颠倒淋漓噫，千杯未醉嗬——……。"

我疑心这是极好的文章,因为读到这里,他总是微笑起来,而且将头仰起,摇着,向后面拗过去,拗过去。

先生读书入神的时候,于我们是很相宜的。有几个便用纸糊的盔甲套在指甲上做戏。我是画画儿,用一种叫作"荆川纸"的,蒙在小说的绣像上一个个描下来,像习字时候的影写一样。读的书多起来,画的画也多起来;书没有读成,画的成绩却不少了,最成片段的是《荡寇志》和《西游记》的绣像,都有一大本。后来,因为要钱用,卖给一个有钱的同窗了。他的父亲是开锡箔店的;听说现在自己已经做了店主,而且快要升到绅士的地位了。这东西早已没有了罢。

九月十八日
收《朝花夕拾》

秋夜

在我的后园,可以看见墙外有两株树,一株是枣树,还有一株也是枣树。

这上面的夜的天空,奇怪而高,我生平没有见过这样的奇怪而高的天空。他仿佛要离开人间而去,使人们仰面不再看见。然而现在却非常之蓝,闪闪地睐着几十个星星的眼,冷眼。他的口角上现出微笑,似乎自以为大有深意,而将繁霜洒在我的园里的野花草上。

我不知道那些花草真叫什么名字,人们叫他们什么名字。我记得有一种开过极细小的粉红花,现在还开着,但是更极细小了,她在冷的夜气中,瑟缩地做梦,梦见春的到来,梦见秋的到来,梦见瘦的诗人将眼泪擦在她最末的花瓣上,告诉她秋虽然来,冬虽然来,而此后接着还是春,胡蝶乱飞,蜜蜂都唱起春词来了。她于是一笑,虽然颜色冻得红惨惨地,仍然瑟缩着。

枣树,他们简直落尽了叶子。先前,还有一两个孩子来打他们别人打剩的枣子，现在是一个也不剩了，连叶子也落尽了。他知道小粉红花的梦，秋后要有春；他也知道落叶的梦，春后还是秋。他简直落尽叶子，单剩干子，然而脱了当初满树是果实和叶子时候的弧形，欠伸得很舒服。但是，有几枝还低亚着，护定他从打枣的竿梢所得的皮伤，而最直最长的几枝，却已默默地铁似的直刺着奇怪而高的天空，使天空闪闪地鬼䀹眼；直刺着天空中圆满的月亮，使月亮窘得发白。

鬼䀹眼的天空越加非常之蓝，不安了，仿佛想离去人间，避开枣树，只将月亮剩下。然而月亮也暗暗地躲到东边去了。而一无所有的干子，却仍然默默地铁似的直刺着奇怪而高的天空，一意要制他的死命，不管他各式各样地䀹着许多蛊惑的眼睛。

哇的一声，夜游的恶鸟飞过了。

我忽而听到夜半的笑声，吃吃地，似乎不愿意惊动睡着的人，然而四围的空气都应和着笑。夜半，没有别的人，我即刻听出这声音就在我嘴里，我也即刻被这笑声所驱逐，回进自己的房。灯火的带子也即刻被我旋高了。

后窗的玻璃上丁丁地响，还有许多小飞虫乱撞。不多久，几个进来了，许是从窗纸的破孔进来的。他们一进来，又在玻璃的灯罩上撞得丁丁地响。一个从上面撞进去了，他于是遇到火,而且我以为这火是真的。两三个却休息在灯的纸罩上喘气。那罩是昨晚新换的罩,雪白的纸,折出波浪纹的叠痕,一角还画出一枝猩红色的栀子。

猩红的栀子开花时,枣树又要做小粉红花的梦,青葱地弯成弧形了……。我又听到夜半的笑声;我赶紧砍断我的心绪,看那老在白纸罩上的小青虫,头大尾小,向日葵子似的,只有半粒小麦那么大,遍身的颜色苍翠得可爱,可怜。

我打一个呵欠,点起一支纸烟,喷出烟来,对着灯默默地敬奠这些苍翠精致的英雄们。

一九二四年九月十五日
收《野草》

雪

　　暖国的雨，向来没有变过冰冷的坚硬的灿烂的雪花。博识的人们觉得他单调，他自己也以为不幸否耶？江南的雪，可是滋润美艳之至了；那是还在隐约着的青春的消息，是极壮健的处子的皮肤。雪野中有血红的宝珠山茶，白中隐青的单瓣梅花，深黄的磬口的蜡梅花；雪下面还有冷绿的杂草。胡蝶确乎没有；蜜蜂是否来采山茶花和梅花的蜜，我可记不真切了。但我的眼前仿佛看见冬花开在雪野中，有许多蜜蜂们忙碌地飞着，也听得他们嗡嗡地闹着。

　　孩子们呵着冻得通红，像紫芽姜一般的小手，七八个一齐来塑雪罗汉。因为不成功，谁的父亲也来帮忙了。罗汉就塑得比孩子们高得多，虽然不过是上小下大的一堆，终于分不清是壶卢还是罗汉，然而很洁白，很明艳，以自身的滋润相粘结，整个地闪闪地生光。孩子们用龙眼核给他做眼珠，又从谁的母亲的脂粉奁中偷得胭脂来涂在嘴唇上。这回确是一个大阿罗汉了。他也就目光灼灼地嘴唇通红地坐在雪地里。

第二天还有几个孩子来访问他；对了他拍手，点头，嘻笑。但他终于独自坐着了。晴天又来消释他的皮肤，寒夜又使他结一层冰，化作不透明的水晶模样；连续的晴天又使他成为不知道算什么，而嘴上的胭脂也褪尽了。

但是，朔方的雪花在纷飞之后，却永远如粉，如沙，它们决不粘连，撒在屋上，地上，枯草上，就是这样。屋上的雪是早已就有消化了的，因为屋里居人的火的温热。别的，在晴天之下，旋风忽来，便蓬勃地奋飞，在日光中灿灿地生光，如包藏火焰的大雾，旋转而且升腾，弥漫太空，使太空旋转而且升腾地闪烁。

在无边的旷野上，在凛冽的天宇下，闪闪地旋转升腾着的是雨的精魂……

是的，那是孤独的雪，是死掉的雨，是雨的精魂。

一九二五年一月十八日
收《野草》

风筝

北京的冬季,地上还有积雪,灰黑色的秃树枝丫叉于晴朗的天空中,而远处有一二风筝浮动,在我是一种惊异和悲哀。

故乡的风筝时节,是春二月,倘听到沙沙的风轮声,仰头便能看见一个淡墨色的蟹风筝或嫩蓝色的蜈蚣风筝。还有寂寞的瓦片风筝,没有风轮,又放得很低,伶仃地显出憔悴可怜模样。但此时地上的杨柳已经发芽,早的山桃也多吐蕾,和孩子们的天上的点缀相照应,打成一片春日的温和。我现在在哪里呢?四面都还是严冬的肃杀,而久经诀别的故乡的久经逝去的春天,却就在这天空中荡漾了。

但我是向来不爱放风筝的,不但不爱,并且嫌恶他,因为我以为这是没出息孩子所做的玩艺。和我相反的是我的小兄弟,他那时大概十岁内外罢,多病,瘦得不堪,然而最喜欢风筝,自己买不起,我又不许放,他只得张着小嘴，呆看着空中出神，有时至于小半日。远处的蟹风筝突然落下来了，他惊呼；两个瓦片风筝的缠绕解开了，他高兴得跳跃。他的这些，在我看来都是笑柄，可鄙的。

有一天，我忽然想起，似乎多日不很看见他了，但记得曾见他在后园拾枯竹。我恍然大悟似的，便跑向少有人去的一间堆积杂物的小屋去，推开门，果然就在尘封的什物堆中发见了他。他向着大方凳，坐在小凳上；便很惊惶地站了起来，失了色瑟缩着。大方凳旁靠着一个胡蝶风筝的竹骨，还没有糊上纸，凳上是一对做眼睛用的小风轮，正用红纸条装饰着，将要完工了。我在破获秘密的满足中，又很愤怒他的瞒了我的眼睛，这样苦心孤诣地来偷做没出息孩子的玩艺。我即刻伸手折断了胡蝶的一支翅骨，又将风轮掷在地下，踏扁了。论长幼，论力气，他是都敌不过我的，我当然得到完全的胜利，于是傲然走出，留他绝望地站在小屋里。后来他怎样，我不知道，也没有留心。

然而我的惩罚终于轮到了，在我们离别得很久之后，我已经是中年。我不幸偶尔看了一本外国的讲论儿童的书，才知道游戏是儿童最正当的行为，玩具是儿童的天使。于是二十年来毫不忆及的幼小时候对于精神的虐杀的这一幕，忽地在眼前展开，而我的心也仿佛同时变了铅块，很重很重的堕下去了。

但心又不竟堕下去而至于断绝,他只是很重很重地堕着,堕着。

我也知道补过的方法的:送他风筝,赞成他放,劝他放,我和他一同放。我们嚷着,跑着,笑着。——然而他其时已经和我一样,早已有了胡子了。

我也知道还有一个补过的方法的:去讨他的宽恕,等他说,"我可是毫不怪你呵。"那么,我的心一定就轻松了,这确是一个可行的方法。有一回,我们会面的时候,是脸上都已添刻了许多"生"的辛苦的条纹,而我的心很沉重。我们渐渐谈起儿时的旧事来,我便叙述到这一节,自说少年时代的胡涂。"我可是毫不怪你呵。"我想,他要说了,我即刻便受了宽恕,我的心从此也宽松了罢。

"有过这样的事么?"他惊异地笑着说,就像旁听着别人的故事一样。他什么也不记得了。

全然忘却,毫无怨恨,又有什么宽恕之可言呢?无怨的恕,说谎罢了。

我还能希求什么呢?我的心只得沉重着。

现在,故乡的春天又在这异地的空中了,既给我久经逝去的儿时的回忆,而一并也带着无可把握的悲哀。我倒不如躲到肃杀的严冬中去罢,——但是,四面又明明是严冬,正给我非常的寒威和冷气。

一九二五年一月二十四日
收《野草》

好的故事

  灯火渐渐地缩小了,在预告石油的已经不多;石油又不是老牌,早熏得灯罩很昏暗。鞭爆的繁响在四近,烟草的烟雾在身边:是昏沉的夜。

  我闭了眼睛,向后一仰,靠在椅背上;捏着《初学记》的手搁在膝髁上。

  我在蒙胧中,看见一个好的故事。

  这故事很美丽,幽雅,有趣。许多美的人和美的事,错综起来像一天云锦,而且万颗奔星似的飞动着,同时又展开去,以至于无穷。

  我仿佛记得曾坐小船经过山阴道,两岸边的乌桕,新禾,野花,鸡,狗,丛树和枯树,茅屋,塔,伽蓝,农夫和村妇,村女,晒着的衣裳,和尚,蓑笠,天,云,竹,……都倒影在澄碧的小河中,随着每一打桨,各各夹带了闪烁的日光,并水里的萍藻游鱼,一同荡漾。诸影诸物,无不解散,而且摇动,扩大,互相融和;刚一融和,却又退缩,复近于原形。边缘都参差如夏云头，镶着日光，发出水银色焰。凡是我所经过的河，都是如此。

现在我所见的故事也如此。水中的青天的底子，一切事物统在上面交错，织成一篇，永是生动，永是展开，我看不见这一篇的结束。

河边枯柳树下的几株瘦削的一丈红，该是村女种的罢。大红花和斑红花，都在水里面浮动，忽而碎散，拉长了，如缕缕的胭脂水，然而没有晕。茅屋，狗，塔，村女，云，……也都浮动着。大红花一朵朵全被拉长了，这时是泼剌奔进的红锦带。带织入狗中，狗织入白云中，白云织入村女中……。在一瞬间，他们又将退缩了。但斑红花影也已碎散，伸长，就要织进塔，村女，狗，茅屋，云里去。

现在我所见的故事清楚起来了，美丽、幽雅、有趣，而且分明。青天上面，有无数美的人和美的事，我一一看见，一一知道。

我就要凝视他们……

我正要凝视他们时，骤然一惊，睁开眼，云锦也已皱蹙，凌乱，仿佛有谁掷一块大石下河水中，水波陡然起立，将整篇的影子撕成片片了。我无意识地赶忙捏住几乎坠地的《初学记》，眼前还剩着几点虹霓色的碎影。

我真爱这一篇好的故事，趁碎影还在，我要追回他，完成他,留下他。我抛了书,欠身伸手去取笔,——何尝有一丝碎影,只见昏暗的灯光,我不在小船里了。

但我总记得见过这一篇好的故事,在昏沉的夜……。

一九二五年二月二十四日
收《野草》

影的告别

　　人睡到不知道时候的时候,就会有影来告别,说出那些话——

　　有我所不乐意的在天堂里,我不愿去;有我所不乐意的在地狱里,我不愿去;有我所不乐意的在你们将来的黄金世界里,我不愿去。
　　然而你就是我所不乐意的。
　　朋友,我不想跟随你了,我不愿住。
　　我不愿意!
　　呜乎呜乎,我不愿意,我不如彷徨于无地。

　　我不过一个影,要别你而沉没在黑暗里了。然而黑暗又会吞并我,然而光明又会使我消失。
　　然而我不愿彷徨于明暗之间,我不如在黑暗里沉没。

然而我终于彷徨于明暗之间,我不知道是黄昏还是黎明。我姑且举灰黑的手装作喝干一杯酒,我将在不知道时候的时候独自远行。

呜乎呜乎,倘若黄昏,黑夜自然会来沉没我,否则我要被白天消失,如果现是黎明。

朋友,时候近了。

我将向黑暗里彷徨于无地。

你还想我的赠品。我能献你甚么呢?无已,则仍是黑暗和虚空而已。但是,我愿意只是黑暗,或者会消失于你的白天;我愿意只是虚空,决不占你的心地。

我愿意这样,朋友——

我独自远行,不但没有你,并且再没有别的影在黑暗里。只有我被黑暗沉没,那世界全属于我自己。

一九二四年九月二十四日
收《野草》

狗·猫·鼠

从去年起,仿佛听得有人说我是仇猫的。那根据自然是在我的那一篇《兔和猫》;这是自画招供,当然无话可说,——但倒也毫不介意。一到今年,我可很有点担心了。我是常不免于弄弄笔墨的,写了下来,印了出去,对于有些人似乎总是搔着痒处的时候少,碰着痛处的时候多。万一不谨,甚而至于得罪了名人或名教授,或者更甚而至于得罪了"负有指导青年责任的前辈"之流,可就危险已极。为什么呢?因为这些大脚色是"不好惹"的。怎地"不好惹"呢?就是怕要浑身发热之后,做一封信登在报纸上,广告道:"看哪!狗不是仇猫的么?鲁迅先生却自己承认是仇猫的,而他还说要打'落水狗'!"这"逻辑"的奥义,即在用我的话,来证明我倒是狗,于是而凡有言说,全都根本推翻,即使我说二二得四,三三见九,也没有一字不错。这些既然都错,则绅士口头的二二得七,三三见千等等,自然就不错了。

我于是就间或留心着查考它们成仇的"动机"。这也并非敢妄学现下的学者以动机来褒贬作品的那些时髦，不过想给自己预先洗刷洗刷。据我想，这在动物心理学家，是用不着费什么力气的，可惜我没有这学问。后来，在覃哈特博士（Dr.O.Dähnhardt)的《自然史底国民童话》里，总算发见了那原因了。据说，是这么一回事：动物们因为要商议要事，开了一个会议，鸟，鱼，兽都齐集了，单是缺了象。大家议定，派伙计去迎接它，拈到了当这差使的阄的就是狗。"我怎么找到那象呢？我没有见过它，也和它不认识。"它问。"那容易，"大众说，"它是驼背的。"狗去了，遇见一匹猫，立刻弓起脊梁来，它便招待，同行，将弓着脊梁的猫介绍给大家道："象在这里！"但是大家都嗤笑它了。从此以后，狗和猫便成了仇家。

日耳曼人走出森林虽然还不很久，学术文艺却已经很可观，便是书籍的装潢，玩具的工致，也无不令人心爱。独有这一篇童话却实在不漂亮；结怨也结得没有意思。猫的弓起脊梁，并不是希图冒充，故意摆架子的，其咎却在狗的自己没眼力。然而原因也总可以算作一个原因。我的仇猫，是和这大大两样的。

其实人禽之辨，本不必这样严。在动物界，虽然并不如古人所幻想的那样舒适自由，可是噜苏做作的事总比人间少。它们适性任情，对就对，错就错，不说一句分辩话。虫蛆也许是不干净的，但它们并没有自鸣清高；鸷禽猛兽以较弱的动物为饵，不妨说是凶残的罢，但它们从来就没有竖过"公理""正义"的旗子，使牺牲者直到被吃的时候为止，还是一味佩服赞叹它们。人呢，能直立了，自然是一大进步；能说话了，自然又是一大进步；能写字作文了，自然又是一大进步。然而也就堕落，因为那时也开始了说空话。说空话尚无不可，甚至于连自己也不知道说着违心之论，则对于只能嗥叫的动物，实在免不得"颜厚有忸怩"。假使真有一位一视同仁的造物主，高高在上，那么，对于人类的这些小聪明，也许倒以为多事，正如我们在万生园里，看见猴子翻筋斗，母象请安，虽然往往破颜一笑，但同时也觉得不舒服，甚至于感到悲哀，以为这些多余的聪明，倒不如没有的好罢。然而，既经为人，便也只好"党同伐异"，学着人们的说话，随俗来谈一谈，——辩一辩了。

现在说起我仇猫的原因来，自己觉得是理由充足，而且光明正大的。一，它的性情就和别的猛兽不同，凡捕食雀鼠，总不肯一口咬死，定要尽情玩弄，放走，又捉住，捉住，又放走，直待自己玩厌了，这才吃下去，颇与人们的幸灾乐祸，慢慢地折磨弱者的坏脾气相同。二，它不是和狮虎同族的么？可是有这么一副媚态！但这也许是限于天分之故罢,假使它的身材比现在大十倍,那就真不知道它所取的是怎么一种态度。然而,这些口实,仿佛又是现在提起笔来的时候添出来的,虽然也像是当时涌上心来的理由。要说得可靠一点,或者倒不如说不过因为它们配合时候的嗥叫,手续竟有这么繁重,闹得别人心烦,尤其是夜间要看书,睡觉的时候。当这些时候,我便要用长竹竿去攻击它们。狗们在大道上配合时,常有闲汉拿了木棍痛打;我曾见大勃吕该尔(P.Bruegel d.Ä)的一张铜版画 Allegorie der Wollust 上,也画着这回事,可见这样的举动,是中外古今一致的。自从那执拗的奥国学者弗罗特(S.Freud)提倡了精神分析说——Psychoanalysis,听说章士钊先生是译作"心解"的,虽然简古,可是实在难解得很——以来,我们的名人名教授也颇有隐隐约约,检来应用的了,这些事便不免又要归宿到性欲上去。打狗的事我不管,至于我的打猫,却只因为它们嚷嚷,此外并无恶意,我自信我的嫉妒心还没有这么博大,当现下"动辄获咎"之秋,这是不可不预先声明的。例如人们当配合之前,也很有些手续,新的是写情书,少则一束,多则一捆;旧的是什么"问名""纳采",磕头作揖,去年海昌蒋氏在北京举行婚礼,拜来拜去,就十足拜了三天,还印有一本红面子的《婚礼节文》,《序论》里大发议论道:"平心论之,既名为礼,当必繁重。专图简易，何用礼为？……然则世之有志于礼者，可以兴矣！不可退居于礼所不下之庶人矣！"然而我毫不生气，这是因为无须我到场；因此也可见我的仇猫，理由实在简简单单，只为了它们在我的耳朵边尽嚷的缘故。人们的各种礼式，局外人可以不见不闻，我就满不管，但如果当我正要看书或睡觉的时候，有人来勒令朗诵情书，奉陪作揖，那是为自卫起见，还要用长竹竿来抵御的。还有，平素不大交往的人，忽而寄给我一个红帖子，上面印着"为舍妹出阁"，"小儿完姻"，"敬请观礼"或"阖第光临"这些含有"阴险的暗示"的句子，使我不化钱便总觉得有些过意不去的，我也不十分高兴。

但是，这都是近时的话。再一回忆，我的仇猫却远在能够说出这些理由之前，也许是还在十岁上下的时候了。至今还分明记得，那原因是极其简单的：只因为它吃老鼠，——吃了我饲养着的可爱的小小的隐鼠。

听说西洋是不很喜欢黑猫的，不知道可确；但 Edgar Allan Poe 的小说里的黑猫，却实在有点骇人。日本的猫善于成精，传说中的"猫婆"，那食人的惨酷确是更可怕。中国古时候虽然曾有"猫鬼"，近来却很少听到猫的兴妖作怪，似乎古法已经失传，老实起来了。只是我在童年，总觉得它有点妖气，没有什么好感。那是一个我的幼时的夏夜，我躺在一株大桂树下的小板桌上乘凉，祖母摇着芭蕉扇坐在桌旁，给我猜谜，讲故事。忽然，桂树上沙沙地有趾爪的爬搔声，一对闪闪的眼睛在暗中随声而下，使我吃惊，也将祖母讲着的话打断，另讲猫的故事了——

"你知道么？猫是老虎的先生。"她说。"小孩子怎么会知道呢，猫是老虎的师父。老虎本来是什么也不会的，就投到猫的门下来。猫就教给它扑的方法，捉的方法，吃的方法，像自己的捉老鼠一样。这些教完了；老虎想，本领都学到了，谁也比不过它了，只有老师的猫还比自己强，要是杀掉猫，自己便是最强的脚色了。它打定主意，就上前去扑猫。猫是早知道它的来意的，一跳，便上了树，老虎却只能眼睁睁地在树下蹲着。它还没有将一切本领传授完，还没有教给它上树。"

这是侥幸的，我想，幸而老虎很性急，否则从桂树上就会爬下一匹老虎来。然而究竟很怕人，我要进屋子里睡觉去了。夜色更加黯然；桂叶瑟瑟地作响，微风也吹动了，想来草席定已微凉，躺着也不至于烦得翻来复去了。

几百年的老屋中的豆油灯的微光下，是老鼠跳梁的世界，飘忽地走着，吱吱地叫着，那态度往往比"名人名教授"还轩昂。猫是饲养着的，然而吃饭不管事。祖母她们虽然常恨鼠子们啮破了箱柜，偷吃了东西，我却以为这也算不得什么大罪，也和我不相干，况且这类坏事大概是大个子的老鼠做的，决不能诬陷到我所爱的小鼠身上去。这类小鼠大抵在地上走动，只有拇指那么大，也不很畏惧人，我们那里叫它"隐鼠"，与专住在屋上的伟大者是两种。我的床前就帖着两张花纸，一是"八戒招赘"，满纸长嘴大耳，我以为不甚雅观；别的一张"老鼠成亲"却可爱，自新郎新妇以至傧相，宾客，执事，没有一个不是尖腮细腿，像煞读书人的，但穿的都是红衫绿裤。我想，能举办这样大仪式的，一定只有我所喜欢的那些隐鼠。现在是粗俗了，在路上遇见人类的迎娶仪仗，也不过当作性交的广告看，不甚留心；但那时的想看"老鼠成亲"的仪式，却极其神往，即使像海昌蒋氏似的连拜三夜，怕也未必会看得心烦。正月十四的夜，是我不肯轻易便睡，等候它们的仪仗从床下出来的夜。然而仍然只看见几个光着身子的隐鼠在地面游行，不像正在办着喜事。直到我熬不住了，快快睡去，一睁眼却已经天明，到了灯节了。也许鼠族的婚仪，不但不分请帖，来收罗贺礼，虽是真的"观礼"，也绝对不欢迎的罢，我想，这是它们向来的习惯，无法抗议的。

　　老鼠的大敌其实并不是猫。春后，你听到它"咋！咋咋咋！"地叫着，大家称为"老鼠数铜钱"的，便知道它的可怕的屠伯已经光降了。这声音是表现绝望的惊恐的，虽然遇见猫，还不至于这样叫。猫自然也可怕，但老鼠只要窜进一个小洞去，它也就奈何不得，逃命的机会还很多。独有那可怕的屠伯——蛇，身体是细长的，圆径和鼠子差不多，凡鼠子能到的地方，它也能到，追逐的时间也格外长，而且万难幸免，当"数钱"的时候，大概是已经没有第二步办法的了。

有一回，我就听得一间空屋里有着这种"数钱"的声音，推门进去，一条蛇伏在横梁上，看地上，躺着一匹隐鼠，口角流血，但两肋还是一起一落的。取来给躺在一个纸盒子里，大半天，竟醒过来了，渐渐地能够饮食，行走，到第二日，似乎就复了原，但是不逃走。放在地上，也时时跑到人面前来，而且缘腿而上，一直爬到膝髁。给放在饭桌上，便检吃些菜渣，舐舐碗沿；放在我的书桌上，则从容地游行，看见砚台便舐吃了研着的墨汁。这使我非常惊喜了。我听父亲说过的，中国有一种墨猴，只有拇指一般大，全身的毛是漆黑而且发亮的。它睡在笔筒里，一听到磨墨，便跳出来，等着，等到人写完字，套上笔，就舐尽了砚上的余墨，仍旧跳进笔筒里去了。我就极愿意有这样的一个墨猴，可是得不到；问那里有，那里买的呢，谁也不知道。"慰情聊胜无"，这隐鼠总可以算是我的墨猴了罢，虽然它舐吃墨汁，并不一定肯等到我写完字。

现在已经记不分明，这样地大约有一两月；有一天，我忽然感到寂寞了，真所谓"若有所失"。我的隐鼠，是常在眼前游行的，或桌上，或地上。而这一日却大半天没有见，大家吃午饭了，也不见它走出来，平时，是一定出现的。我再等着，再等它一半天，然而仍然没有见。

长妈妈，一个一向带领着我的女工，也许是以为我等得太苦了罢，轻轻地来告诉我一句话。这即刻使我愤怒而且悲哀，决心和猫们为敌。她说，隐鼠是昨天晚上被猫吃去了！

当我失掉了所爱的，心中有着空虚时，我要充填以报仇的恶念！

我的报仇，就从家里饲养着的一匹花猫起手，逐渐推广，至于凡所遇见的诸猫。最先不过是追赶，袭击；后来却愈加巧妙了，能飞石击中它们的头，或诱入空屋里面，打得它垂头丧气。这作战继续得颇长久，此后似乎猫都不来近我了。但对于它们纵使怎样战胜，大约也算不得一个英雄；况且中国毕生和猫打仗的人也未必多，所以一切韬略，战绩，还是全都省略了罢。

但许多天之后，也许是已经经过了大半年，我竟偶然得到一个意外的消息：那隐鼠其实并非被猫所害，倒是它缘着长妈妈的腿要爬上去，被她一脚踏死了。

这确是先前所没有料想到的。现在我已经记不清当时是怎样一个感想，但和猫的感情却终于没有融和；到了北京，还因为它伤害了兔的儿女们，便旧隙夹新嫌，使出更辣的辣手。"仇猫"的话柄，也从此传扬开来。然而在现在，这些早已是过去的事了，我已经改变态度，对猫颇为客气，倘其万不得已，则赶走而已，决不打伤它们，更何况杀害。这是我近几年的进步。经验既多，一旦大悟，知道猫的偷鱼肉，拖小鸡，深夜大叫，人们自然十之九是憎恶的，而这憎恶是在猫身上。假如我出而为人们驱除这憎恶，打伤或杀害了它，它便立刻变为可怜，那憎恶倒移在我身上了。所以，目下的办法，是凡遇猫们捣乱，至于有人讨厌时，我便站出去，在门口大声叱曰："嘘！滚！"小小平静，即回书房，这样，就长保着御侮保家的资格。其实这方法，中国的官兵就常在实做的，他们总不肯扫清土匪或扑灭敌人，因为这么一来，就要不被重视，甚至于因失其用处而被裁汰。我想，如果能将这方法推广应用，我大概也总可望成为所谓"指导青年"的"前辈"的罢，但现下也还未决心实践，正在研究而且推敲。

一九二六年二月二十一日
收《朝花夕拾》

腊叶

灯下看《雁门集》，忽然翻出一片压干的枫叶来。

这使我记起去年的深秋。繁霜夜降，木叶多半凋零，庭前的一株小小的枫树也变成红色了。我曾绕树徘徊，细看叶片的颜色，当他青葱的时候是从没有这么注意的。他也并非全树通红，最多的是浅绛，有几片则在绯红地上，还带着几团浓绿。一片独有一点蛀孔，镶着乌黑的花边，在红，黄和绿的斑驳中，明眸似的向人凝视。我自念：这是病叶呵！便将他摘了下来，夹在刚才买到的《雁门集》里。大概是愿使这将坠的被蚀而斑斓的颜色，暂得保存，不即与群叶一同飘散罢。

但今夜他却黄蜡似的躺在我的眼前，那眸子也不复似去年一般灼灼。假使再过几年，旧时的颜色在我记忆中消去，怕连我也不知道他何以夹在书里面的原因了。将坠的病叶的斑斓，似乎也只能在极短时中相对，更何况是葱郁的呢。看看窗外，很能耐寒的树木也早经秃尽了；枫树更何消说得。当深秋时,想来也许有和这去年的模样相似的病叶的罢,但可惜我今年竟没有赏玩秋树的余闲。

一九二五年十二月二十六日
收《野草》

关于太炎先生二三事

前一些时，上海的官绅为太炎先生开追悼会，赴会者不满百人，遂在寂寞中闭幕，于是有人慨叹，以为青年们对于本国的学者，竟不如对于外国的高尔基的热诚。这慨叹其实是不得当的。官绅集会，一向为小民所不敢到；况且高尔基是战斗的作家，太炎先生虽先前也以革命家现身，后来却退居于宁静的学者，用自己所手造的和别人所帮造的墙，和时代隔绝了。纪念者自然有人，但也许将为大多数所忘却。

我以为先生的业绩，留在革命史上的，实在比在学术史上还要大。回忆三十余年之前，木板的《訄书》已经出版了，我读不断，当然也看不懂，恐怕那时的青年，这样的多得很。我的知道中国有太炎先生，并非因为他的经学和小学，是为了他驳斥康有为和作邹容的《革命军》序，竟被监禁于上海的西牢。那时留学日本的浙籍学生，正办杂志《浙江潮》，其中即载有先生狱中所作诗，却并不难懂。

这使我感动,也至今并没有忘记,现在抄两首在下面——

　　　　狱中赠邹容

邹容吾小弟,被发下瀛洲。快剪刀除辫,干牛肉作餪。
英雄一入狱,天地亦悲秋。临命须掺手,乾坤只两头。

　　　　狱中闻沈禹希见杀

不见沈生久,江湖知隐沦。萧萧悲壮士,今在易京门。
螭魅羞争焰,文章总断魂。中阴当待我,南北几新坟。

　　一九○六年六月出狱,即日东渡,到了东京,不久就主持《民报》。我爱看这《民报》,但并非为了先生的文笔古奥,索解为难,或说佛法,谈"俱分进化",是为了他和主张保皇的梁启超斗争,和"××"的×××斗争,和"以《红楼梦》为成佛之要道"的×××斗争,真是所向披靡,令人神旺。前去听讲也在这时候,但又并非因为他是学者,却为了他是有学问的革命家,所以直到现在,先生的音容笑貌,还在目前,而所讲的《说文解字》,却一句也不记得了。

　　民国元年革命后,先生的所志已达,该可以大有作为了,然而还是不得志。这也是和高尔基的生受崇敬,死备哀荣，截然两样的。我以为两人遭遇的所以不同，其原因乃在高尔基先前的理想，后来都成为事实，他的一身，就是大众的一体，喜怒哀乐，无不相通；而先生则排满之志虽伸，但视为最紧要的"第一是用宗教发起信心，增进国民的道德；第二是用国粹激动种性，增进爱国的热肠"（见《民报》第六本），却仅止于高妙的幻想；不久而袁世凯又攘夺国柄，以遂私图，就更使先生失却实地，仅垂空文，至于今，惟我们的"中华民国"之称，尚系发源于先生的《中华民国解》（最先亦见《民报》），为巨大的记念而已，然而知道这一重公案者，恐怕也已经不多了。既离民众，渐入颓唐，后来的参与投壶，接收馈赠，遂每为论者所不满，但这也不过白圭之玷，并非晚节不终。考其生平，以大勋章作扇坠，临总统府之门，大诟袁世凯的包藏祸心者，并世无第二人；七被追捕，三入牢狱，而革命之志，终不屈挠者，并世亦无第二人：这才是先哲的精神，后生的楷范。近有文侩，勾结小报，竟也作文奚落先生以自鸣得意，真可谓"小人不欲成人之美"而且"蚍蜉撼大树，可笑不自量"了！

但革命之后，先生亦渐为昭示后世计，自藏其锋芒。浙江所刻的《章氏丛书》，是出于手定的，大约以为驳难攻讦，至于忿詈，有违古之儒风，足以贻讥多士的罢，先前的见于期刊的斗争的文章,竟多被刊落,上文所引的诗两首,亦不见于《诗录》中。一九三三年刻《章氏丛书续编》于北平,所收不多,而更纯谨,且不取旧作,当然也无斗争之作,先生遂身衣学术的华衮,粹然成为儒宗,执贽愿为弟子者綦众,至于仓皇制《同门录》成册。近阅日报,有保护版权的广告,有三续丛书的记事,可见又将有遗著出版了,但补入先前战斗的文章与否,却无从知道。战斗的文章,乃是先生一生中最大、最久的业绩,假使未备,我以为是应该一一辑录、校印,使先生和后生相印,活在战斗者的心中的。然而此时此际,恐怕也未必能如所望罢,呜呼!

十月九日
收《且介亭杂文末编》

藤野先生

　　东京也无非是这样。上野的樱花烂熳的时节，望去确也像绯红的轻云，但花下也缺不了成群结队的"清国留学生"的速成班，头顶上盘着大辫子，顶得学生制帽的顶上高高耸起，形成一座富士山。也有解散辫子，盘得平的，除下帽来，油光可鉴，宛如小姑娘的发髻一般，还要将脖子扭几扭。实在标致极了。

　　中国留学生会馆的门房里有几本书买，有时还值得去一转；倘在上午，里面的几间洋房里倒也还可以坐坐的。但到傍晚，有一间的地板便常不免要咚咚咚地响得震天，兼以满房烟尘斗乱；问问精通时事的人，答道，"那是在学跳舞。"

　　到别的地方去看看，如何呢？

　　我就往仙台的医学专门学校去。从东京出发，不久便到一处驿站，写道：日暮里。不知怎地，我到现在还记得这名目。其次却只记得水户了，这是明的遗民朱舜水先生客死的地方。仙台是一个市镇,并不大;冬天冷得利害;还没有中国的学生。

大概是物以希为贵罢。北京的白菜运往浙江,便用红头绳系住菜根,倒挂在水果店头,尊为"胶菜";福建野生着的芦荟,一到北京就请进温室,且美其名曰"龙舌兰"。我到仙台也颇受了这样的优待,不但学校不收学费,几个职员还为我的食宿操心。我先是住在监狱旁边一个客店里的,初冬已经颇冷,蚊子却还多,后来用被盖了全身,用衣服包了头脸,只留两个鼻孔出气。在这呼吸不息的地方,蚊子竟无从插嘴,居然睡安稳了。饭食也不坏。但一位先生却以为这客店也包办囚人的饭食,我住在那里不相宜,几次三番,几次三番地说。我虽然觉得客店兼办囚人的饭食和我不相干,然而好意难却,也只得别寻相宜的住处了。于是搬到别一家,离监狱也很远,可惜每天总要喝难以下咽的芋梗汤。

从此就看见许多陌生的先生,听到许多新鲜的讲义。解剖学是两个教授分任的。最初是骨学。其时进来的是一个黑瘦的先生,八字须,戴着眼镜,挟着一叠大大小小的书。一将书放在讲台上,便用了缓慢而很有顿挫的声调,向学生介绍自己道:

"我就是叫作藤野严九郎的……。"

后面有几个人笑起来了。他接着便讲述解剖学在日本发达的历史。那些大大小小的书,便是从最初到现今关于这一门学问的著作。起初有几本是线装的;还有翻刻中国译本的,他们的翻译和研究新的医学,并不比中国早。

那坐在后面发笑的是上学年不及格的留级学生,在校已经一年,掌故颇为熟悉的了。他们便给新生讲演每个教授的历史。这藤野先生,据说是穿衣服太模胡了,有时竟会忘记带领结;冬天是一件旧外套,寒颤颤的,有一回上火车去,致使管车的疑心他是扒手,叫车里的客人大家小心些。

他们的话大概是真的,我就亲见他有一次上讲堂没有带领结。

过了一星期,大约是星期六,他使助手来叫我了。到得研究室,见他坐在人骨和许多单独的头骨中间,——他其时正在研究着头骨,后来有一篇论文在本校的杂志上发表出来。

"我的讲义,你能抄下来么?"他问。

"可以抄一点。"

"拿来我看!"

我交出所抄的讲义去,他收下了,第二三天便还我,并且说,此后每一星期要送给他看一回。我拿下来打开看时，很吃了一惊，同时也感到一种不安和感激。原来我的讲义已经从头到末，都用红笔添改过了，不但增加了许多脱漏的地方，连文法的错误，也都一一订正。这样一直继续到教完了他所担任的功课：骨学、血管学、神经学。

可惜我那时太不用功，有时也很任性。还记得有一回藤野先生将我叫到他的研究室里去，翻出我那讲义上的一个图来，是下臂的血管，指着，向我和蔼的说道：

"你看，你将这条血管移了一点位置了。——自然，这样一移，的确比较的好看些，然而解剖图不是美术，实物是那么样的，我们没法改换它。现在我给你改好了，以后你要全照着黑板上那样的画。"

但是我还不服气，口头答应着，心里却想道：

"图还是我画的不错；至于实在的情形，我心里自然记得的。"

学年试验完毕之后，我便到东京玩了一夏天，秋初再回学校，成绩早已发表了，同学一百余人之中，我在中间，不过是没有落第。这回藤野先生所担任的功课，是解剖实习和局部解剖学。

解剖实习了大概一星期，他又叫我去了，很高兴地，仍用了极有抑扬的声调对我说道：

"我因为听说中国人是很敬重鬼的，所以很担心，怕

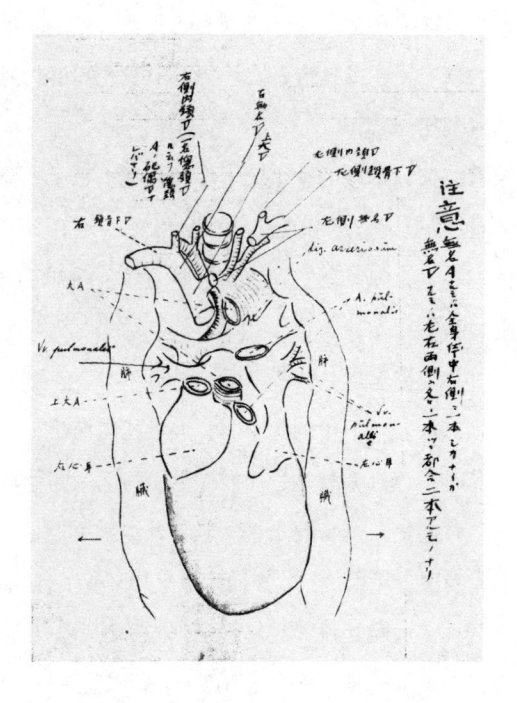

鲁迅在仙台医学专门学校留学时所作的医学笔记和细胞图

你不肯解剖尸体。现在总算放心了，没有这回事。"

但他也偶有使我很为难的时候。他听说中国的女人是裹脚的，但不知道详细，所以要问我怎么裹法，足骨变成怎样的畸形，还叹息道，"总要看一看才知道。究竟是怎么一回事呢？"

有一天，本级的学生会干事到我寓里来了，要借我的讲义看。我检出来交给他们，却只翻检了一通，并没有带走。但他们一走，邮差就送到一封很厚的信，拆开看时，第一句是：——

"你改悔罢！"

这是《新约》上的句子罢，但经托尔斯泰新近引用过的。其时正值日俄战争，托老先生便写了一封给俄国和日本的皇帝的信，开首便是这一句。日本报纸上很斥责他的不逊，爱国青年也愤然，然而暗地里却早受了他的影响了。其次的话，大略是说上年解剖学试验的题目，是藤野先生在讲义上做了记号，我预先知道的，所以能有这样的成绩。末尾是匿名。

我这才回忆到前几天的一件事。因为要开同级会，干事便在黑板上写广告，末一句是"请全数到会勿漏为要"，而且在"漏"字旁边加了一个圈。我当时虽然觉到圈得可笑，但是毫不介意，这回才悟出那字也在讥刺我了，犹言我得了教员漏泄出来的题目。

我便将这事告知了藤野先生；有几个和我熟识的同学也很不平，一同去诘责干事托辞检查的无礼，并且要求他们将检查的结果，发表出来。终于这流言消灭了，干事却又竭力运动，要收回那一封匿名信去。结末是我便将这托尔斯泰式的信退还了他们。

中国是弱国，所以中国人当然是低能儿，分数在六十分以上，便不是自己的能力了：也无怪他们疑惑。但我接着便有参观枪毙中国人的命运了。第二年添教霉菌学，细菌的形状是全用电影来显示的，一段落已完而还没有到下课的时候，便影几片时事的片子，自然都是日本战胜俄国的情形。但偏有中国人夹在里边：给俄国人做侦探，被日本军捕获，要枪毙了，围着看的也是一群中国人；在讲堂里的还有一个我。

"万岁！"他们都拍掌欢呼起来。

这种欢呼，是每看一片都有的，但在我，这一声却特别听得刺耳。此后回到中国来，我看见那些闲看枪毙犯人的人们，他们也何尝不酒醉似的喝采，——呜呼，无法可想！但在那时那地，我的意见却变化了。

到第二学年的终结，我便去寻藤野先生，告诉他我将不学医学，并且离开这仙台。他的脸色仿佛有些悲哀，似乎想说话，但竟没有说。

"我想去学生物学，先生教给我的学问，也还有用的。"其实我并没有决意要学生物学，因为看得他有些凄然，便说了一个慰安他的谎话。

"为医学而教的解剖学之类，怕于生物学也没有什么大帮助。"他叹息说。

将走的前几天，他叫我到他家里去，交给我一张照相，后面写着两个字道："惜别"，还说希望将我的也送他。但我这时适值没有照相了；他便叮嘱我将来照了寄给他，并且时时通信告诉他此后的状况。

我离开仙台之后，就多年没有照过相，又因为状况也无聊，说起来无非使他失望，便连信也怕敢写了。经过的年月一多，话更无从说起，所以虽然有时想写信，却又难以下笔，这样的一直到现在，竟没有寄过一封信和一张照片。从他那一面看起来，是一去之后，杳无消息了。

但不知怎地，我总还时时记起他，在我所认为我师的之中，他是最使我感激，给我鼓励的一个。有时我常常想：他的对于我的热心的希望，不倦的教诲，小而言之，是为中国，就是希望中国有新的医学；大而言之，是为学术，就是希望新的医学传到中国去。他的性格，在我的眼里和心里是伟大的，虽然他的姓名并不为许多人所知道。

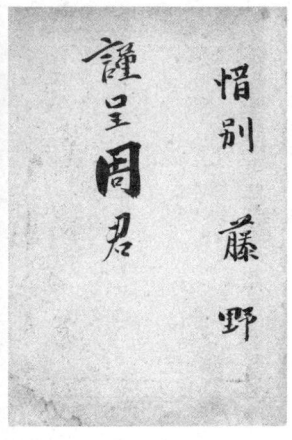

鲁迅离开仙台时,藤野先生以照片相赠,并在背面题写"惜别"

他所改正的讲义，我曾经订成三厚本，收藏着的，将作为永久的纪念。不幸七年前迁居的时候，中途毁坏了一口书箱，失去半箱书，恰巧这讲义也遗失在内了。责成运送局去找寻，寂无回信。只有他的照相至今还挂在我北京寓居的东墙上，书桌对面。每当夜间疲倦，正想偷懒时，仰面在灯光中瞥见他黑瘦的面貌，似乎正要说出抑扬顿挫的话来，便使我忽又良心发现，而且增加勇气了，于是点上一枝烟，再继续写些为"正人君子"之流所深恶痛疾的文字。

十月十二日
收《朝花夕拾》

范爱农

在东京的客店里,我们大抵一起来就看报。学生所看的多是《朝日新闻》和《读卖新闻》,专爱打听社会上琐事的就看《二六新闻》。一天早晨,辟头就看见一条从中国来的电报,大概是:

安徽巡抚恩铭被 Jo Shiki Rih 刺杀,刺客就擒。

大家一怔之后,便容光焕发地互相告语,并且研究这刺客是谁,汉字是怎样三个字。但只要是绍兴人,又不专看教科书的,却早已明白了。这是徐锡麟,他留学回国之后,在做安徽候补道,办着巡警事务,正合于刺杀巡抚的地位。

大家接着就预测他将被极刑,家族将被连累。不久,秋瑾姑娘在绍兴被杀的消息也传来了,徐锡麟是被挖了心,给恩铭和亲兵炒食净尽。人心很愤怒。有几个人便秘密地开一个会,筹集川资;这时用得着日本浪人了,撕乌贼鱼下酒，慷慨一通之后，他便登程去接徐伯荪的家属去。

照例还有一个同乡会，吊烈士，骂满洲；此后便有人主张打电报到北京，痛斥满政府的无人道。会众即刻分成两派：一派要发电，一派不要发。我是主张发电的，但当我说出之后，即有一种钝滞的声音跟着起来：

"杀的杀掉了，死的死掉了，还发什么屁电报呢。"

这是一个高大身材，长头发，眼球白多黑少的人，看人总像在渺视。他蹲在席子上，我发言大抵就反对；我早觉得奇怪，注意着他的了，到这时才打听别人：说这话的是谁呢，有那么冷？认识的人告诉我说：他叫范爱农，是徐伯荪的学生。

我非常愤怒了，觉得他简直不是人，自己的先生被杀了，连打一个电报还害怕，于是便坚执地主张要发电，同他争起来。结果是主张发电的居多数，他屈服了。其次要推出人来拟电稿。

"何必推举呢？自然是主张发电的人啰——。"他说。

我觉得他的话又在针对我，无理倒也并非无理的。但我便主张这一篇悲壮的文章必须深知烈士生平的人做，因为他比别人关系更密切，心里更悲愤，做出来就一定更动人。于是又争起来。结果是他不做，我也不做，不知谁承认做去了；其次是大家走散，只留下一个拟稿的和一两个干事，等候做好之后去拍发。

从此我总觉得这范爱农离奇，而且很可恶。天下可恶的人，当初以为是满人，这时才知道还在其次；第一倒是范爱农。中国不革命则已，要革命，首先就必须将范爱农除去。

然而这意见后来似乎逐渐淡薄，到底忘却了，我们从此也没有再见面。直到革命的前一年，我在故乡做教员，大概是春末时候罢，忽然在熟人的客座上看见了一个人，互相熟视了不过两三秒钟，我们便同时说：

"哦哦，你是范爱农！"

"哦哦，你是鲁迅！"

不知怎地我们便都笑了起来，是互相的嘲笑和悲哀。他眼睛还是那样，然而奇怪，只这几年，头上却有了白发了，但也许本来就有，我先前没有留心到。他穿着很旧的布马褂、破布鞋，显得很寒素。谈起自己的经历来，他说他后来没有了学费，不能再留学，便回来了。回到故乡之后，又受着轻蔑，排斥，迫害，几乎无地可容。现在是躲在乡下，教着几个小学生糊口。但因为有时觉得很气闷，所以也趁了航船进城来。

他又告诉我现在爱喝酒，于是我们便喝酒。从此他每一进城，必定来访我，非常相熟了。我们醉后常谈些愚不

可及的疯话,连母亲偶然听到了也发笑。一天我忽而记起在东京开同乡会时的旧事,便问他:

"那一天你专门反对我,而且故意似的,究竟是什么缘故呢?"

"你还不知道?我一向就讨厌你的,——不但我,我们。"

"你那时之前,早知道我是谁么?"

"怎么不知道。我们到横滨,来接的不就是子英和你么?你看不起我们,摇摇头,你自己还记得么?"

我略略一想,记得的,虽然是七八年前的事。那时是子英来约我的,说到横滨去接新来留学的同乡。汽船一到,看见一大堆,大概一共有十多人,一上岸便将行李放到税关上去候查检,关吏在衣箱中翻来翻去,忽然翻出一双绣花的弓鞋来,便放下公事,拿着仔细地看。我很不满,心里想,这些鸟男人,怎么带这东西来呢。自己不注意,那时也许就摇了摇头。检验完毕,在客店小坐之后,即须上火车。不料这一群读书人又在客车上让起坐位来了,甲要乙坐在这位上,乙要丙去坐,揖让未终,火车已开,车身一摇,即刻跌倒了三四个。我那时也很不满,暗地里想:连火车上的坐位,他们也要分出尊卑来……。自己不注意,也许又摇了摇头。然而那群雍容揖让的人物中就有范爱农,却直到这一天才想到。岂但他呢,说起来也惭愧,这一群里，还有后来在安徽战死的陈伯平烈士，被害的马宗汉烈士；被囚在黑狱里，到革命后才见天日而身上永带着匪刑的伤痕的也还有一两人。而我都茫无所知，摇着头将他们一并运上东京了。徐伯荪虽然和他们同船来，却不在这车上，因为他在神户就和他的夫人坐车走了陆路了。

我想我那时摇头大约有两回，他们看见的不知道是那一回。让坐时喧闹，检查时幽静，一定是在税关上的那一回了，试问爱农，果然是的。

"我真不懂你们带这东西做什么？是谁的？"

"还不是我们师母的？"他瞪着他多白的眼。

"到东京就要假装大脚，又何必带这东西呢？"

"谁知道呢？你问她去。"

到冬初，我们的景况更拮据了，然而还喝酒，讲笑话。忽然是武昌起义，接着是绍兴光复。第二天爱农就上城来，戴着农夫常用的毡帽，那笑容是从来没有见过的。

"老迅，我们今天不喝酒了。我要去看看光复的绍兴。我们同去。"

我们便到街上去走了一通，满眼是白旗。然而貌虽如此，内骨子是依旧的，因为还是几个旧乡绅所组织的军政府，什么铁路股东是行政司长，钱店掌柜是军械司长……。这军政府也到底不长久，几个少年一嚷，王金发带兵从杭州进来了，但即使不嚷或者也会来。他进来以后，也就被许多闲汉和新进的革命党所包围，大做王都督。在衙门里的人物，穿布衣来的，不上十天也大概换上皮袍子了，天气还并不冷。

我被摆在师范学校校长的饭碗旁边，王都督给了我校款二百元。爱农做监学，还是那件布袍子，但不大喝酒了，也很少有工夫谈闲天。他办事，兼教书，实在勤快得可以。

"情形还是不行，王金发他们。"一个去年听过我的讲义的少年来访问我，慷慨地说，"我们要办一种报来监督他们。不过发起人要借用先生的名字。还有一个是子英先生，一个是德清先生。为社会，我们知道你决不推却的。"

我答应他了。两天后便看见出报的传单，发起人诚然是三个。五天后便见报，开首便骂军政府和那里面的人员；此后是骂都督，都督的亲戚，同乡，姨太太……。

这样地骂了十多天，就有一种消息传到我的家里来，说都督因为你们诈取了他的钱，还骂他，要派人用手枪来打死你们了。

别人倒还不打紧，第一个着急的是我的母亲，叮嘱我不要再出去。但我还是照常走，并且说明，王金发是不来打死我们的，他虽然绿林大学出身，而杀人却不很轻易。况且我拿的是校款，这一点他还能明白的，不过说说罢了。

果然没有来杀。写信去要经费，又取了二百元。但仿佛有些怒意，同时传令道：再来要，没有了！

不过爱农得到了一种新消息，却使我很为难。原来所谓"诈取"者，并非指学校经费而言，是指另有送给报馆的一笔款。报纸上骂了几天之后，王金发便叫人送去了五百元。于是乎我们的少年们便开起会议来，第一个问题是：收不收？决议曰：收。第二个问题是：收了之后骂不骂？决议曰：骂。理由是：收钱之后，他是股东；股东不好，自然要骂。

我即刻到报馆去问这事的真假。都是真的。略说了几句不该收他钱的话，一个名为会计的便不高兴了，质问我道：

"报馆为什么不收股本？"

"这不是股本……。"

"不是股本是什么？"

我就不再说下去了，这一点世故是早已知道的，倘我再说出连累我们的话来，他就会面斥我太爱惜不值钱的生命，不肯为社会牺牲，或者明天在报上就可以看见我怎样怕死发抖的记载。

然而事情很凑巧，季茀写信来催我往南京了。爱农也很赞成，但颇凄凉，说：

"这里又是那样，住不得。你快去吧……。"

我懂得他无声的话，决计往南京。先到都督府去辞职，自然照准，派来了一个拖鼻涕的接收员，我交出账目和余款一角又两铜元，不是校长了。后任是孔教会会长傅力臣。

报馆案是我到南京后两三个星期了结的，被一群兵们捣毁。子英在乡下，没有事；德清适值在城里，大腿上被刺了一尖刀。他大怒了。自然，这是很有些痛的，怪他不得。他大怒之后，脱下衣服，照了一张照片，以显示一寸来宽的刀伤，并且做一篇文章叙述情形，向各处分送，宣传军政府的横暴。我想，这种照片现在是大约未必还有人收藏着了，尺寸太小，刀伤缩小到几乎等于无，如果不加说明，看见的人一定以为是带些疯气的风流人物的裸体照片，倘遇见孙传芳大帅，还怕要被禁止的。

我从南京移到北京的时候，爱农的学监也被孔教会会长的校长设法去掉了。他又成了革命前的爱农。我想为他在北京寻一点小事做，这是他非常希望的，然而没有机会。他后来便到一个熟人的家里去寄食，也时时给我信，景况愈困穷，言辞也愈凄苦。终于又非走出这熟人的家不可，便在各处飘浮。不久，忽然从同乡那里得到一个消息，说他已经掉在水里，淹死了。

我疑心他是自杀。因为他是浮水的好手，不容易淹死的。

夜间独坐在会馆里，十分悲凉，又疑心这消息并不确，但无端又觉得这是极其可靠的，虽然并无证据。一点法子都没有，只做了四首诗，后来曾在一种日报上发表，现在是将要忘记完了。只记得一首里的六句，起首四句是："把酒论天下，先生小酒人。大圜犹酩酊，微醉合沉沦。"中间忘掉两句，末了是"旧朋云散尽，余亦等轻尘"。

后来我回故乡去，才知道一些较为详细的事。爱农先是什么事也没得做，因为大家讨厌他。他很困难，但还喝酒，是朋友请他的。他已经很少和人们来往，常见的只剩下几个后来认识的较为年青的人了，然而他们似乎也不愿意多听他的牢骚，以为不如讲笑话有趣。

"也许明天就收到一个电报，拆开来一看，是鲁迅来叫我的。"他时常这样说。

一天，几个新的朋友约他坐船去看戏，回来已过夜半，又是大风雨，他醉着，却偏要到船舷上去小解。大家劝阻他，也不听，自己说是不会掉下去的。但他掉下去了，虽然能浮水，却从此不起来。

第二天打捞尸体，是在菱荡里找到的，直立着。

我至今不明白他究竟是失足还是自杀。

他死后一无所有，遗下一个幼女和他的夫人。有几个人想集一点钱作他女孩将来的学费的基金，因为一经提议，即有族人来争这笔款的保管权，——其实还没有这笔款，大家觉得无聊，便无形消散了。

现在不知他唯一的女儿景况如何？倘在上学，中学已该毕业了吧。

十一月十八日
收《朝花夕拾》

忆韦素园君

　　我也还有记忆的,但是,零落得很。我自己觉得我的记忆好像被刀刮过了的鱼鳞,有些还留在身体上,有些是掉在水里了,将水一搅,有几片还会翻腾,闪烁,然而中间混着血丝,连我自己也怕得因此污了赏鉴家的眼目。

　　现在有几个朋友要纪念韦素园君,我也须说几句话。是的,我是有这义务的。我只好连身外的水也搅一下,看看泛起怎样的东西来。

　　怕是十多年之前了罢,我在北京大学做讲师,有一天,在教师豫备室里遇见了一个头发和胡子统统长得要命的青年,这就是李霁野。我的认识素园,大约就是霁野绍介的罢,然而我忘记了那时的情景。现在留在记忆里的,是他已经坐在客店的一间小房子里计画出版了。

　　这一间小房子,就是未名社。

那时我正在编印两种小丛书,一种是《乌合丛书》,专收创作,一种是《未名丛刊》,专收翻译,都由北新书局出版。出版者和读者的不喜欢翻译书,那时和现在也并不两样,所以《未名丛刊》是特别冷落的。恰巧,素园他们愿意绍介外国文学到中国来,便和李小峰商量,要将《未名丛刊》移出,由几个同人自办。小峰一口答应了,于是这一种丛书便和北新书局脱离。稿子是我们自己的,另筹了一笔印费,就算开始。因这丛书的名目,连社名也就叫了"未名"——但并非"没有名目"的意思,是"还没有名目"的意思,恰如孩子的"还未成丁"似的。

未名社的同人,实在并没有什么雄心和大志,但是,愿意切切实实的,点点滴滴的做下去的意志,却是大家一致的。而其中的骨干就是素园。

于是他坐在一间破小屋子,就是未名社里办事了,不过小半好像也因为他生着病,不能上学校去读书,因此便天然的轮着他守寨。

我最初的记忆是在这破寨里看见了素园,一个瘦小,精明,正经的青年,窗前的几排破旧外国书,在证明他穷着也还是钉住着文学。然而,我同时又有了一种坏印象,觉得和他是很难交往的,因为他笑影少。"笑影少"原是未名社同人的一种特色，不过素园显得最分明，一下子就能够令人感得。但到后来，我知道我的判断是错误了，和他也并不难于交往。他的不很笑，大约是因为年龄的不同，对我的一种特别态度罢，可惜我不能化为青年，使大家忘掉彼我，得到确证了。这真相，我想，霁野他们是知道的。

但待到我明白了我的误解之后，却同时又发见了一个他的致命伤：他太认真；虽然似乎沉静，然而他激烈。认真会是人的致命伤的么？至少，在那时以至现在，可以是的。一认真，便容易趋于激烈，发扬则送掉自己的命，沉静着，又啮碎了自己的心。

这里有一点小例子。——我们是只有小例子的。

那时候，因为段祺瑞总理和他的帮闲们的迫压，我已经逃到厦门，但北京的狐虎之威还正是无穷无尽。段派的女子师范大学校长林素园，带兵接收学校去了，演过全副武行之后，还指留着的几个教员为"共产党"。这个名词，一向就给有些人以"办事"上的便利，而且这方法，也是一种老谱，本来并不希罕的。但素园却好像激烈起来了，从此以后，他给我的信上，有好一晌竟憎恶"素园"两字而不用，改称为"漱园"。同时社内也发生了冲突，高长虹从上海寄信来，说素园压下了向培良的稿子，叫我讲一句话。我一声也不响。于是在《狂飙》上骂起来了,先骂素园,后是我。素园在北京压下了培良的稿子,却由上海的高长虹来抱不平,要在厦门的我去下判断,我颇觉得是出色的滑稽,而且一个团体,虽是小小的文学团体罢,每当光景艰难时,内部是一定有人起来捣乱的,这也并不希罕。然而素园却很认真,他不但写信给我,叙述着详情,还作文登在杂志上剖白。在"天才"们的法庭上,别人剖白得清楚的么?——我不禁长长的叹了一口气,想到他只是一个文人,又生着病,却这么拼命的对付着内忧外患,又怎么能够持久呢。自然,这仅仅是小忧患,但在认真而激烈的个人,却也相当的大的。

不久,未名社就被封,几个人还被捕。也许素园已经咯血,进了病院了吧,他不在内。但后来,被捕的释放,未名社也启封了,忽封忽启,忽捕忽放,我至今还不明白这是怎么的一个玩艺。

我到广州,是第二年——一九二七年的秋初,仍旧陆续的接到他几封信,是在西山病院里,伏在枕头上写就的,因为医生不允许他起坐。他措辞更明显,思想也更清楚,更广大了,但也更使我担心他的病。有一天,我忽然接到一本书,是布面装订的素园翻译的《外套》。我一看明白,就打了一个寒噤：这明明是他送给我的一个纪念品，莫非他已经自觉了生命的期限了么？

我不忍再翻阅这一本书，然而我没有法。

我因此记起，素园的一个好朋友也咯过血，一天竟对着素园咯起来，他慌张失措，用了爱和忧急的声音命令道："你不许再吐了！"我那时却记起了伊孛生的《勃兰特》。他不是命令过去的人，从新起来，却并无这神力，只将自己埋在崩雪下面的么？……

我在空中看见了勃兰特和素园，但是我没有话。

一九二九年五月末，我最以为侥幸的是自己到西山病院去，和素园谈了天。他为了日光浴，皮肤被晒得很黑了，精神却并不萎顿。我们和几个朋友都很高兴。但我在高兴中，又时时夹着悲哀：忽而想到他的爱人，已由他同意之后，和别人订了婚；忽而想到他竟连绍介外国文学给中国的一点志愿，也怕难于达到；忽而想到他在这里静卧着，不知道他自以为是在等候全愈，还是等候灭亡；忽而想到他为什么要寄给我一本精装的《外套》？……

壁上还有一幅陀思妥也夫斯基的大画像。对于这先生，我是尊敬，佩服的，但我又恨他残酷到了冷静的文章。他布置了精神上的苦刑，一个个拉了不幸的人来，拷问给我们看。现在他用沉郁的眼光，凝视着素园和他的卧榻，好像在告诉我：这也是可以收在作品里的不幸的人。

自然，这不过是小不幸，但在素园个人，是相当的大的。

一九三二年八月一日晨五时半，素园终于病殁在北平同仁医院里了，一切计画，一切希望，也同归于尽。我所抱憾的是因为避祸，烧去了他的信札，我只能将一本《外套》当作唯一的纪念，永远放在自己的身边。

自素园病殁之后，转眼已是两年了，这其间，对于他，文坛上并没有人开口。这也不能算是希罕的，他既非天才，也非豪杰，活的时候，既不过在默默中生存，死了之后，当然也只好在默默中泯没。但对于我们，却是值得记念的青年，因为他在默默中支持了未名社。

未名社现在是几乎消灭了，那存在期，也并不长久。然而自素园经营以来，绍介了果戈理（N.Gogol），陀思妥也夫斯基（F.Dostoevsky），安特列夫（L.Andreev），绍介了望·蔼覃（E.van Eeden)），绍介了爱伦堡（I.Ehrenburg）的《烟袋》和拉夫列涅夫（B.Lavrenev）的《四十一》。还印行了《未名新集》，其中有丛芜的《君山》，静农的《地之子》和《建塔者》，我的《朝花夕拾》，在那时候，也都还算是相当可看的作品。事实不为轻薄阴险小儿留情，曾几何年，他们就都已烟消火灭，然而未名社的译作，在文苑里却至今没有枯死的。

是的，但素园却并非天才，也非豪杰，当然更不是高楼的尖顶，或名园的美花，然而他是楼下的一块石材，园中的一撮泥土，在中国第一要他多。他不入于观赏者的眼中，只有建筑者和栽植者，决不会将他置之度外。

文人的遭殃，不在生前的被攻击和被冷落，一瞑之后，言行两亡，于是无聊之徒，谬托知己，是非蜂起，既以自衒，又以卖钱，连死尸也成了他们的沽名获利之具，这倒是值得悲哀的。现在我以这几千字纪念我所熟识的素园，但愿还没有营私肥己的处所，此外也别无话说了。

我不知道以后是否还有记念的时候，倘止于这一次，那么，素园，从此别了！

一九三四年七月十六之夜，鲁迅记
收《且介亭杂文》

忆刘半农君

这是小峰出给我的一个题目。

这题目并不出得过分。半农去世,我是应该哀悼的,因为他也是我的老朋友。但是,这是十来年前的话了,现在呢,可难说得很。

我已经忘记了怎么和他初次会面,以及他怎么能到了北京。他到北京,恐怕是在《新青年》投稿之后,由蔡子民先生或陈独秀先生去请来的,到了之后,当然更是《新青年》里的一个战士。他活泼,勇敢,很打了几次大仗。譬如罢,答王敬轩的双鐄信,"她"字和"牠"字的创造,就都是的。这两件,现在看起来,自然是琐屑得很,但那是十多年前,单是提倡新式标点,就会有一大群人"若丧考妣",恨不得"食肉寝皮"的时候,所以的确是"大仗"。现在的二十左右的青年,大约很少有人知道三十年前,单是剪下辫子就会坐牢或杀头的了。然而这曾经是事实。

但半农的活泼,有时颇近于草率,勇敢也有失之无谋的地方。但是，要商量袭击敌人的时候，他还是好伙伴，进行之际，心口并不相应，或者暗暗的给你一刀，他是决不会的。倘若失了算，那是因为没有算好的缘故。

《新青年》每出一期，就开一次编辑会，商定下一期的稿件。其时最惹我注意的是陈独秀和胡适之。假如将韬略比作一间仓库罢，独秀先生的是外面竖一面大旗，大书道："内皆武器，来者小心！"但那门却开着的，里面有几枝枪，几把刀，一目了然，用不着提防。适之先生的是紧紧的关着门，门上粘一条小纸条道："内无武器，请勿疑虑。"这自然可以是真的，但有些人——至少是我这样的人——有时总不免要侧着头想一想。半农却是令人不觉其有"武库"的一个人，所以我佩服陈胡，却亲近半农。

所谓亲近，不过是多谈闲天，一多谈，就露出了缺点。几乎有一年多，他没有消失掉从上海带来的才子必有"红袖添香夜读书"的艳福的思想，好容易才给我们骂掉了。但他好像到处都这么的乱说，使有些"学者"皱眉。有时候，连到《新青年》投稿都被排斥。他很勇于写稿，但试去看旧报去，很有几期是没有他的。那些人们批评他的为人，是：浅。

不错，半农确是浅。但他的浅，却如一条清溪，澄澈见底，纵有多少沉渣和腐草，也不掩其大体的清。倘使装的是烂泥，一时就看不出它的深浅来了；如果是烂泥的深渊呢，那就更不如浅一点的好。

但这些背后的批评，大约是很伤了半农的心的，他的到法国留学，我疑心大半就为此。我最懒于通信，从此我们就疏远起来了。他回来时，我才知道他在外国钞古书，后来也要标点《何典》，我那时还以老朋友自居，在序文上说了几句老实话，事后，才知道半农颇不高兴了，"驷不及舌"，也没有法子。另外还有一回关于《语丝》的彼此心照的不快活。五六年前，曾在上海的宴会上见过一回面，那时候，我们几乎已经无话可谈了。

近几年，半农渐渐的据了要津，我也渐渐的更将他忘却；但从报章上看见他禁称"蜜斯"之类，却很起了反感：我以为这些事情是不必半农来做的。从去年来，又看见他不断的做打油诗，弄烂古文，回想先前的交情，也往往不免长叹。我想，假如见面，而我还以老朋友自居，不给一个"今天天气……哈哈哈"完事，那就也许会弄到冲突的吧。

不过，半农的忠厚，是还使我感动的。我前年曾到北平，后来有人通知我，半农是要来看我的，有谁恐吓了他一下，不敢来了。这使我很惭愧，因为我到北平后，实在未曾有过访问半农的心思。

现在他死去了，我对于他的感情，和他生时也并无变化。我爱十年前的半农，而憎恶他的近几年。这憎恶是朋友的憎恶，因为我希望他常是十年前的半农，他的为战士，即使"浅"罢，却于中国更为有益。我愿以愤火照出他的战绩，免使一群陷沙鬼将他先前的光荣和死尸一同拖入烂泥的深渊。

八月一日
收《且介亭杂文》

看萧和"看萧的人们"记

我是喜欢萧的。这并不是因为看了他的作品或传记，佩服得喜欢起来，仅仅是在什么地方见过一点警句，从什么人听说他往往撕掉绅士们的假面，这就喜欢了他了。还有一层，是因为中国也常有模仿西洋绅士的人物的，而他们却大抵不喜欢萧。被我自己所讨厌的人们所讨厌的人，我有时会觉得他就是好人物。

现在，这萧就要到中国来，但特地搜寻着去看一看的意思倒也并没有。

十六日的午后，内山完造君将改造社的电报给我看，说是去见一见萧怎么样。我就决定说，有这样地要我去见一见，那就见一见罢。

十七日的早晨，萧该已在上海登陆了，但谁也不知道他躲着的处所。这样地过了好半天，好像到底不会看见似的。到了午后，得到蔡先生的信，说萧现就在孙夫人的家里吃午饭，教我赶紧去。

我就跑到孙夫人的家里去。一走进客厅隔壁的一间小小的屋子里,萧就坐在圆桌的上首,和别的五个人在吃饭。因为早就在什么地方见过照相,听说是世界的名人的,所以便电光一般觉得是文豪,而其实是什么标记也没有。但是,雪白的须发,健康的血色,和气的面貌,我想,倘若作为肖像画的模范,倒是很出色的。

午餐像是吃了一半了。是素菜,又简单。白俄的新闻上,曾经猜有无数的侍者,但只有一个厨子在搬菜。

萧吃得并不多,但也许开始的时候,已经很吃了一通了也难说。到中途,他用起筷子来了,很不顺手,总是夹不住。然而令人佩服的是他竟逐渐巧妙,终于紧紧的夹住了一块什么东西,于是得意的遍看着大家的脸,可是谁也没有看见这成功。

在吃饭时候的萧,我毫不觉得他是讽刺家。谈话也平平常常。例如说:朋友最好,可以久远的往还,父母和兄弟都不是自己自由选择的,所以非离开不可之类。

午餐一完,照了三张相。并排一站,我就觉得自己的矮小了。虽然心里想,假如再年轻三十年,我得来做伸长身体的体操……。

两点光景,笔会(Pen Club)有欢迎。也趁了摩托车一同去看时,原来是在叫作"世界学院"的大洋房里。走到楼上，早有为文艺的文艺家，民族主义文学家，交际明星，伶界大王等等，大约五十个人在那里了。合起围来，向他质问各色各样的事，好像翻检《大英百科全书》似的。

萧也演说了几句：诸君也是文士，所以这玩艺儿是全都知道的。至于扮演者，则因为是实行的，所以比起自己似的只是写写的人来，还要更明白。此外还有什么可说的呢。总之，今天就如看看动物园里的动物一样，现在已经看见了，这就可以了罢。云云。

大家都哄笑了，大约又以为这是讽刺。

也还有一点梅兰芳博士和别的名人的问答，但在这里，略之。

此后是将赠品送给萧的仪式。这是由有着美男子之誉的邵洵美君拿上去的，是泥土做的戏子的脸谱的小模型，收在一个盒子里。还有一种，听说是演戏用的衣裳，但因为是用纸包好了的，所以没有见。萧很高兴地接受了。据张若谷君后来发表出来的文章，则萧还问了几句话，张君也刺了他一下，可惜萧不听见云。但是，我实在也没有听见。

有人问他菜食主义的理由。这时很有了几个来照照相的人，我想，我这烟卷的烟是不行的，便走到外面的屋子去了。

还有面会新闻记者的约束，三点光景便又回到孙夫人的家里来。早有四五十个人在等候了，但放进的却只有一半。首先是木村毅君和四五个文士，新闻记者是中国的六人，英国的一人，白俄一人，此外还有照相师三四个。

在后园的草地上，以萧为中心，记者们排成半圆阵，替代着世界的周游，开了记者的嘴脸展览会。萧又遇到了各色各样的质问，好像翻检《大英百科全书》似的。

萧似乎并不想多话。但不说，记者们是决不干休的，于是终于说起来了，说得一多，这回是记者那面的笔记的分量，就渐渐的减少了下去。

我想，萧并不是真的讽刺家，因为他就会说得那么多。

试验是大约四点半钟完结的。萧好像已经很疲倦，我就和木村君都回到内山书店里去了。

第二天的新闻，却比萧的话还要出色得远远。在同一的时候，同一的地方，听着同一的话，写了出来的记事，却是各不相同的。似乎英文的解释，也会由于听者的耳朵，而变换花样。例如，关于中国的政府罢，英字新闻的萧，说的是中国人应该挑选自己们所佩服的人，作为统治者；日本字新闻的萧，说的是中国政府有好几个；汉字新闻的萧，说的是凡是好政府，总不会得人民的欢心的。

从这一点看起来，萧就并不是讽刺家，而是一面镜。

但是，在新闻上的对于萧的评论，大体是坏的。人们是各各去听自己所喜欢的，有益的讽刺去的，而同时也给听了自己所讨厌的，有损的讽刺。于是就各各用了讽刺来讽刺道，萧不过是一个讽刺家而已。

在讽刺竞赛这一点上，我以为还是萧这一面伟大。

我对于萧，什么都没有问；萧对于我，也什么都没有问。不料木村君却要我写一篇萧的印象记。别人做的印象记，我是常看的，写得仿佛一见便窥见了那人的真心一般，我实在佩服其观察之锐敏。至于自己，却连相书也没有翻阅过，所以即使遇见了名人罢，倘要我滔滔的来说印象，可就穷矣了。

但是，因为是特地从东京到上海来要我写的，我就只得寄一点这样的东西，算是一个对付。

一九三三年二月二十三夜

收《南腔北调集》

一件小事

　　我从乡下跑到京城里，一转眼已经六年了。其间耳闻目睹的所谓国家大事，算起来也很不少；但在我心里，都不留什么痕迹，倘要我寻出这些事的影响来说，便只是增长了我的坏脾气，——老实说，便是教我一天比一天的看不起人。

　　但有一件小事，却于我有意义，将我从坏脾气里拖开，使我至今忘记不得。

　　这是民国六年的冬天，大北风刮得正猛，我因为生计关系，不得不一早在路上走。一路几乎遇不见人，好容易才雇定了一辆人力车，教他拉到S门去。不一会儿，北风小了，路上浮尘早已刮净，剩下一条洁白的大道来，车夫也跑得更快。刚近S门，忽而车把上带着一个人，慢慢地倒了。

　　跌倒的是一个女人，花白头发，衣服都很破烂。伊从马路边上突然向车前横截过来；车夫已经让开道，但伊的破棉背心没有上扣,微风吹着,向外展开,所以终于兜着车把。幸而车夫早有点停步,否则伊定要栽一个大觔斗,跌到头破血出了。

伊伏在地上;车夫便也立住脚。我料定这老女人并没有伤,又没有别人看见,便很怪他多事,要自己惹出是非,也误了我的路。

我便对他说,"没有什么的。走你的罢!"

车夫毫不理会,——或者并没有听到——却放下车子,扶那老女人慢慢起来,搀着臂膊立定,问伊说:

"你怎么啦?"

"我摔坏了。"

我想,我眼见你慢慢倒地,怎么会摔坏呢,装腔作势罢了,这真可憎恶。车夫多事,也正是自讨苦吃,现在你自己想法去。

车夫听了这老女人的话,却毫不踌躇,仍然搀着伊的臂膊,便一步一步的向前走。我有些诧异,忙看前面,是一所巡警分驻所,大风之后,外面也不见人。这车夫扶着那老女人,便正是向那大门走去。

我这时突然感到一种异样的感觉,觉得他满身灰尘的后影,刹时高大了,而且愈走愈大,须仰视才见。而且他对于我,渐渐的又几乎变成一种威压,甚而至于要榨出皮袍下面藏着的"小"来。

我的活力这时大约有些凝滞了，坐着没有动，也没有想，直到看见分驻所里走出一个巡警，才下了车。

巡警走近我说，"你自己雇车吧，他不能拉你了。"

我没有思索的从外套袋里抓出一大把铜元，交给巡警，说，"请你给他……"

风全住了，路上还很静。我走着，一面想，几乎怕敢想到我自己。以前的事姑且搁起，这一大把铜元又是什么意思？奖他么？我还能裁判车夫么？我不能回答自己。

这事到了现在，还是时时记起。我因此也时时熬了苦痛，努力的要想到我自己。几年来的文治武力，在我早如幼小时候所读过的"子曰诗云"一般，背不上半句了。独有这一件小事，却总是浮在我眼前，有时反更分明，教我惭愧，催我自新，并且增长我的勇气和希望。

一九二〇年七月
收《呐喊》

再论雷峰塔的倒掉

从崇轩先生的通信（二月份《京报副刊》）里，知道他在轮船上听到两个旅客谈话，说是杭州雷峰塔之所以倒掉，是因为乡下人迷信那塔砖放在自己的家中，凡事都必平安，如意，逢凶化吉，于是这个也挖，那个也挖，挖之久久，便倒了。一个旅客并且再三叹息道：西湖十景这可缺了呵！

这消息，可又使我有点畅快了，虽然明知道幸灾乐祸，不像一个绅士，但本来不是绅士的，也没有法子来装潢。

我们中国的许多人，——我在此特别郑重声明：并不包括四万万同胞全部！——大抵患有一种"十景病"，至少是"八景病"，沉重起来的时候大概在清朝。凡看一部县志，这一县往往有十景或八景，如"远村明月""萧寺清钟""古池好水"之类。而且，"十"字形的病菌，似乎已经侵入血管，流布全身，其势力早不在"！"形惊叹亡国病菌①之下了。点心有十样锦，菜有十碗，音乐有十番，

---

① 当时曾有人发表一种奇怪论调，说多用惊叹号的白话诗都是"亡国之音"。

阎罗有十殿，药有十全大补，猜拳有全福手福手全，连人的劣迹或罪状，宣布起来也大抵是十条，仿佛犯了九条的时候总不肯歇手。现在西湖十景可缺了呵！"凡为天下国家有九经"，九经固古已有之，而九景却颇不习见，所以正是对于十景病的一个针砭，至少也可以使患者感到一种不平常，知道自己的可爱的老病，忽而跑掉了十分之一了。

但仍有悲哀在里面。

其实，这一种势所必至的破坏，也还是徒然的。畅快不过是无聊的自欺。雅人和信士和传统大家，定要苦心孤诣巧语花言地再来补足了十景而后已。

无破坏即无新建设，大致是的；但有破坏却未必即有新建设。卢梭、斯谛纳尔、尼采、托尔斯泰、伊孛生等辈，若用勃兰兑斯的话来说，乃是"轨道破坏者"。其实他们不单是破坏，而且是扫除，是大呼猛进，将碍脚的旧轨道不论整条或碎片，一扫而空，并非想挖一块废铁古砖挟回家去，预备卖给旧货店。中国很少这一类人，即使有之，也会被大众的唾沫淹死。孔丘先生确是伟大，生在巫鬼势力如此旺盛的时代，偏不肯随俗谈鬼神；但可惜太聪明了，"祭如在祭神如神在"，只用他修《春秋》的照例手段以两个"如"字略寓"俏皮刻薄"之意，使人一时莫明其妙，看不出他肚皮里的反对来。他肯对子路赌咒，却不肯对鬼神宣战，因为一宣战就不和平，易犯骂人——虽然不过骂鬼——之罪，即不免有《衡论》（见一月份《晨报副镌》）作家TY先生似的好人，会替鬼神来奚落他道：为名乎？骂人不能得名。为利乎？骂人不能得利。想引诱女人乎？又不能将蚩尤的脸子印在文章上。何乐而为之欤？

孔丘先生是深通世故的老先生，大约除脸子付印问题以外，还有深心，犯不上来做明目张胆的破坏者，所以只是不谈，而决不骂，于是乎俨然成为中国的圣人，道大，无所不包故也。否则，现在供在圣庙里的，也许不姓孔。

不过在戏台上罢了，悲剧将人生的有价值的东西毁灭给人看，喜剧将那无价值的撕破给人看。讥讽又不过是喜剧的变简的一支流。但悲壮滑稽，却都是十景病的仇敌，因为都有破坏性，虽然所破坏的方面各不同。中国如十景病尚存，则不但卢梭他们似的疯子决不产生，并且也决不产生一个悲剧作家或喜剧作家或讽刺诗人。所有的，只是喜剧底人物或非喜剧非悲剧底人物，在互相模造的十景中生存，一面各各带了十景病。

然而十全停滞的生活，世界上是很不多见的事，于是破坏者到了，但并非自己的先觉的破坏者，却是狂暴的强盗，或外来的蛮夷。獯狁早到过中原，五胡来过了，蒙古也来过了；同胞张献忠杀人如草，而满洲兵的一箭，就钻进树丛中死掉了。有人论中国说，倘使没有带着新鲜的血液的野蛮的侵入，真不知自身会腐败到如何！这当然是极刻毒的恶谑，但我们一翻历史，怕不免要有汗流浃背的时候罢。外寇来了，暂一震动，终于请他作主子，在他的刀斧下修补老例；内寇来了，也暂一震动，终于请他做主子，或者别拜一个主子，在自己的瓦砾中修补老例。再来翻县志，就看见每一次兵燹之后，所添上的是许多烈妇烈女的氏名。看近来的兵祸，怕又要大举表扬节烈了罢。许多男人们都那里去了？

凡这一种寇盗式的破坏，结果只能留下一片瓦砾，与建设无关。

但当太平时候，就是正在修补老例，并无寇盗时候，即国中暂时没有破坏么？也不然的，其时有奴才式的破坏作用常川活动着。

雷峰塔砖的挖去，不过是极近的一条小小的例。龙门的石佛，大半肢体不全，图书馆中的书籍，插图须谨防撕去，凡公物或无主的东西，倘难于移动，能够完全的即很不多。但其毁坏的原因，则非如革除者的志在扫除，也非如寇盗的志在掠夺或单是破坏，仅因目前极小的自利，也肯对于完整的大物暗暗的加一个创伤。人数既多，创伤自然极大，而倒败之后，却难于知道加害的究竟是谁。正如雷峰塔倒掉以后，我们单知道由于乡下人的迷信。共有的塔失去了，乡下人的所得，却不过一块砖，这砖，将来又将为别一自利者所藏，终究至于灭尽。倘在民康物阜时候，因为十景病的发作，新的雷峰塔也会再造的罢。但将来的运命，不也就可以推想而知么？如果乡下人还是这样的乡下人，老例还是这样的老例。

这一种奴才式的破坏，结果也只能留下一片瓦砾，与建设无关。

岂但乡下人之于雷峰塔，日日偷挖中华民国的柱石的奴才们，现在正不知有多少！

瓦砾场上还不足悲，在瓦砾场上修补老例是可悲的。我们要革新的破坏者，因为他内心有理想的光。我们应该知道他和寇盗奴才的分别；应该留心自己堕入后两种。这区别并不烦难，只要观人，省己，凡言动中，思想中，含有借此据为己有的朕兆者是寇盗，含有借此占些目前的小便宜的朕兆者是奴才，无论在前面打着的是怎样鲜明好看的旗子。

一九二五年二月六日
收《坟》

春末闲谈

　　北京正是春末，也许我过于性急之故罢，觉着夏意了，于是突然记起故乡的细腰蜂。那时候大约是盛夏，青蝇密集在凉棚索子上，铁黑色的细腰蜂就在桑树间或墙角的蛛网左近往来飞行，有时衔一支小青虫去了，有时拉一个蜘蛛。青虫或蜘蛛先是抵抗着不肯去，但终于乏力，被衔着腾空而去了，坐了飞机似的。

　　老前辈们开导我，那细腰蜂就是书上所说的果蠃，纯雌无雄，必须捉螟蛉去做继子的。她将小青虫封在窠里，自己在外面日日夜夜敲打着，祝道"像我像我"，经过若干日，——我记不清了，大约七七四十九日罢，——那青虫也就成了细腰蜂了，所以《诗经》里说："螟蛉有子，果蠃负之。"螟蛉就是桑上小青虫。蜘蛛呢？他们没有提。我记得有几个考据家曾经立过异说，以为她其实自能生卵；其捉青虫，乃是填在窠里，给孵化出来的幼蜂做食料的。但我所遇见的前辈们都不采用此说，还道是拉去做女儿。我们为存留天地间的美谈起见，倒不如这样好。当长夏无事，遣暑林阴，瞥见二虫一拉一拒的时候，便如睹慈母教女，满怀好意，而青虫的宛转抗拒，则活像一个不识好歹的毛鸦头。

但究竟是夷人可恶，偏要讲什么科学。科学虽然给我们许多惊奇，但也搅坏了我们许多好梦。自从法国的昆虫学大家发勃耳（Fabre）仔细观察之后，给幼蜂做食料的事可就证实了。而且，这细腰蜂不但是普通的凶手，还是一种很残忍的凶手，又是一个学识技术都极高明的解剖学家。她知道青虫的神经构造和作用，用了神奇的毒针，向那运动神经球上只一螫，它便麻痹为不死不活状态，这才在它身上生下蜂卵，封入窠中。青虫因为不死不活，所以不动，但也因为不活不死，所以不烂，直到她的子女孵化出来的时候，这食料还和被捕当日一样的新鲜。

三年前，我遇见神经过敏的俄国的E君[①]，有一天他忽然发愁道，不知道将来的科学家，是否不至于发明一种奇妙的药品，将这注射在谁的身上，则这人即甘心永远去做服役和战争的机器了？那时我也就皱眉叹息，装作一齐发愁的模样，以示"所见略同"之至意，殊不知我国的圣君，贤臣，圣贤，圣贤之徒，却早已有过这一种黄金世界的理

[①] 即爱罗先珂，俄国盲诗人，童话作家。

想了。不是"唯辟作福，唯辟作威，唯辟玉食"么？不是"君子劳心，小人劳力"么？不是"治于人者食（去声）人，治人者食于人"么？可惜理论虽已卓然，而终于没有发明十全的好方法。要服从作威就须不活，要贡献玉食就须不死；要被治就须不活，要供养治人者又须不死。人类升为万物之灵，自然是可贺的，但没有了细腰蜂的毒针，却很使圣君，贤臣，圣贤，圣贤之徒，以至现在的阔人，学者，教育家觉得棘手。将来未可知，若已往，则治人者虽然尽力施行过各种麻痹术，也还不能十分奏效，与果蠃并驱争先。即以皇帝一伦而言，便难免时常改姓易代，终没有"万年有道之长"；"二十四史"而多至二十四，就是可悲的铁证。现在又似乎有些别开生面了，世上挺生了一种所谓"特殊智识阶级"[①]的留学生，在研究室中研究之结果，说医学不发达是有益于人种改良的，中国妇女的境遇是极其平等的，一切道理都已不错，一切状态都已够好。E君的发愁，或者也不为无因罢，然而俄国是不要紧的，因为他们不像我们中国，有所谓"特别国情"，还有所谓"特殊智识阶级"。

但这种工作，也怕终于像古人那样，不能十分奏效的

[①] 一九二五年段祺瑞为了抵制孙中山召开国民会议的主张，成立了所谓"善后会议"，当时一批曾在外国留学的人提出请愿书，说"留学者为一特殊知识阶级"，要求参加"善后会议"。

罢，因为这实在比细腰蜂所做的要难得多。她于青虫，只须不动，所以仅在运动神经球上一螫，即告成功。而我们的工作，却求其能运动，无知觉，该在知觉神经中枢，加以完全的麻醉的。但知觉一失，运动也就随之失却主宰，不能贡献玉食，恭请上自"极峰"下至"特殊智识阶级"的赏收享用了。就现在而言，窃以为除了遗老的圣经贤传法，学者的进研究室主义，文学家和茶摊老板的莫谈国事律，教育家的勿视勿听勿言勿动论之外，委实还没有更好，更完全，更无流弊的方法。便是留学生的特别发见，其实也并未轶出了前贤的范围。

那么，又要"礼失而求诸野"了。夷人，现在因为想去取法，姑且称之为外国，他那里，可有较好的法么？可惜，也没有。所有者，仍不外乎不准集会，不许开口之类，和我们中华并没有什么很不同。然亦可见至道嘉猷，人同此心，心同此理，固无华夷之限也。猛兽是单独的，牛羊则结队；野牛的大队，就会排角成城以御强敌了，但拉开一匹，定只能牟牟地叫。人民与牛马同流，——此就中国而言，夷人别有分类法云，——治之之道，自然应该禁止集合：这方法是对的。其次要防说话。人能说话，已经是祸胎了，而况有时还要做文章。所以苍颉造字，夜有鬼哭。鬼且反对，而况于官？猴子不会说话，猴界即向无风潮，——可是猴界中也没有官，但这又作别论，——确应该虚心取法，反朴归真，则口且不开，文章自灭：这方法也是对的。然而上文也不过就理论而言，至于实效，却依然是难说。最显著的例，是连那么专制的俄国，而尼古拉二世"龙御上宾"之后，罗马诺夫氏竟已"覆宗绝祀"了。要而言之，那大缺点就在虽有二大良法，而还缺其一，便是：无法禁止人们的思想。

于是我们的造物主——假如天空真有这样的一位"主子"——就可恨了：一恨其没有永远分清"治者"与"被治者"；二恨其不给治者生一枝细腰蜂那样的毒针；三恨其不将被治者造得即使砍去了藏着的思想中枢的脑袋而还能动作——服役。三者得一，阔人的地位即永久稳固，统御也永久省了气力，而天下于是乎太平。今也不然，所以即使单想高高在上，暂时维持阔气，也还得日施手段，夜费心机，实在不胜其委屈劳神之至……。

假使没有了头颅，却还能做服役和战争的机械，世上的情形就何等地醒目呵！这时再不必用什么制帽勋章来表明阔人和窄人了，只要一看头之有无，便知道主奴、官民、上下、贵贱的区别。并且也不至于再闹什么革命、共和、会议等等的乱子了，单是电报，就要省下许多许多来。古人毕竟聪明，仿佛早想到过这样的东西，《山海经》上就记载着一种名叫"刑天"的怪物。他没有了能想的头,却还活着,"以乳为目,以脐为口",——这一点想得很周到,否则他怎么看,怎么吃呢,——实在是很值得奉为师法的。假使我们的国民都能这样,阔人又何等安全快乐?但他又"执干戚而舞",则似乎还是死也不肯安分,和我那专为阔人图便利而设的理想底好国民又不同。陶潜先生又有诗道:"刑天舞干戚,猛志固常在。"连这位貌似旷达的老隐士也这么说,可见无头也会仍有猛志,阔人的天下一时总怕难得太平的了。但有了太多的"特殊知识阶级"的国民,也许有特在例外的希望;况且精神文明太高了之后,精神的头就会提前飞去,区区物质的头的有无也算不得什么难问题。

一九二五年四月二十二日
收《坟》

灯下漫笔

一

有一时，就是民国二三年时候，北京的几个国家银行的钞票，信用日见其好了，真所谓蒸蒸日上。听说连一向执迷于现银的乡下人，也知道这既便当，又可靠，很乐意收受，行使了。至于稍明事理的人，则不必是"特殊知识阶级"，也早不将沉重累坠的银元装在怀中，来自讨无谓的苦吃。想来，除了多少对于银子有特别嗜好和爱情的人物之外，所有的怕大都是钞票了罢，而且多是本国的。但可惜后来忽然受了一个不小的打击。

就是袁世凯想做皇帝的那一年，蔡松坡先生溜出北京，到云南去起义。这边所受的影响之一，是中国和交通银行的停止兑现。虽然停止兑现，政府勒令商民照旧行用的威力却还有的；商民也自有商民的老本领，不说不要，却道找不出零钱。假如拿几十几百的钞票去买东西，我不知道怎样，但倘使只要买一枝笔，一盒烟卷呢，难道就付给一元钞票么?不但不甘心,也没有这许多票。那么,换铜元,少换几个罢,又都说没有铜元。那么,到亲戚朋友那里借现钱去罢,怎么会有?于是降格以求,不讲爱国了,要外国银行的钞票。但外国银行的钞票这时就等于现银,他如果借给你这钞票,也就借给你真的银元了。

我还记得那时我怀中还有三四十元的中交票①,可是忽而变了一个穷人,几乎要绝食,很有些恐慌。俄国革命以后的藏着纸卢布的富翁的心情,恐怕也就这样的罢;至多,不过更深更大罢了。我只得探听,钞票可能折价换到现银呢?说是没有行市。幸而终于,暗暗地有了行市了:六折几。我非常高兴,赶紧去卖了一半。后来又涨到七折了,我更非常高兴,全去换了现银,沉垫垫地坠在怀中,似乎这就是我的性命的斤两。倘在平时,钱铺子如果少给我一个铜元,我是决不答应的。

但我当一包现银塞在怀中,沉垫垫地觉得安心,喜欢的时候,却突然起了另一思想,就是:我们极容易变成奴隶,而且变了之后,还万分喜欢。

假如有一种暴力,"将人不当人",不但不当人,还不及牛马,不算什么东西;待到人们羡慕牛马,发生"乱离人,不及太平犬"的叹息的时候,然后给与他略等于牛

---

① 指当时中国银行和交通银行发行的钞票。

马的价格，有如元朝定律，打死别人的奴隶，赔一头牛，则人们便要心悦诚服，恭颂太平的盛世。为什么呢？因为他虽不算人，究竟已等于牛马了。

我们不必恭读《钦定二十四史》，或者入研究室，审察精神文明的高超。只要一翻孩子所读的《鉴略》，——还嫌烦重，则看《历代纪元编》，就知道"三千余年古国古"的中华，历来所闹的就不过是这一个小玩艺。但在新近编纂的所谓"历史教科书"一流东西里，却不大看得明白了，只仿佛说：咱们向来就很好的。

但实际上，中国人向来就没有争到过"人"的价格，至多不过是奴隶，到现在还如此，然而下于奴隶的时候，却是数见不鲜的。中国的百姓是中立的，战时连自己也不知道属于那一面，但又属于无论那一面。强盗来了，就属于官，当然该被杀掠；官兵既到，该是自家人了罢，但仍然要被杀掠，仿佛又属于强盗似的。这时候，百姓就希望有一个一定的主子，拿他们去做百姓，——不敢，是拿他们去做牛马，情愿自己寻草吃，只求他决定他们怎样跑。

假使真有谁能够替他们决定，定下什么奴隶规则来，自然就"皇恩浩荡"了。可惜的是往往暂时没有谁能定。举其大者，则如五胡十六国的时候，黄巢的时候，五代时候，宋末元末时候，除了老例的服役纳粮以外，都还要受意外的灾殃。张献忠的脾气更古怪了，不服役纳粮的要杀，服役纳粮的也要杀，敌他的要杀，降他的也要杀：将奴隶规则毁得粉碎。这时候，百姓就希望来一个另外的主子，较为顾及他们的奴隶规则的，无论仍旧，或者新颁，总之是有一种规则，使他们可上奴隶的轨道。

"时日曷丧，予及汝偕亡！"愤言而已，决心实行的不多见。实际上大概是群盗如麻，纷乱至极之后，就有一个较强，或较聪明，或较狡滑，或是外族的人物出来，较有秩序地收拾了天下。厘定规则：怎样服役，怎样纳粮，怎样磕头，怎样颂圣。而且这规则是不像现在那样朝三暮四的。于是便"万姓胪欢"了；用成语来说，就叫作"天下太平"。

任凭你爱排场的学者们怎样铺张，修史时候设些什么"汉族发祥时代""汉族发达时代""汉族中兴时代"的好题目，好意诚然是可感的，但措辞太绕湾子了。有更其直捷了当的说法在这里——

一，想做奴隶而不得的时代；

二，暂时做稳了奴隶的时代。

这一种循环，也就是"先儒"之所谓"一治一乱"；那些作乱人物，从后日的"臣民"看来，是给"主子"清道辟路的，所以说："为圣天子驱除云尔。"

现在入了那一时代，我也不了然。但看国学家的崇奉国粹，文学家的赞叹固有文明，道学家的热心复古，可见于现状都已不满了。然而我们究竟正向着那一条路走呢？百姓是一遇到莫名其妙的战争，稍富的迁进租界，妇孺则避入教堂里去了，因为那些地方都比较的"稳"，暂不至于想做奴隶而不得。总而言之，复古的，避难的，无智愚贤不肖，似乎都已神往于三百年前的太平盛世，就是"暂时做稳了奴隶的时代"了。

但我们也就都像古人一样，永久满足于"古已有之"的时代么？都像复古家一样，不满于现在，就神往于三百年前的太平盛世么？

自然，也不满于现在的，但是，无须反顾，因为前面还有道路在。而创造这中国历史上未曾有过的第三样时代，则是现在的青年的使命！

二

但是赞颂中国固有文明的人们多起来了，加之以外国人。我常常想，凡有来到中国的，倘能疾首蹙额而憎恶中国，我敢诚意地捧献我的感谢，因为他一定是不愿意吃中国人的肉的！

鹤见祐辅氏在《北京的魅力》中，记一个白人将到中国，预定的暂住时候是一年，但五年之后，还在北京，而且不想回去了。有一天，他们两人一同吃晚饭——

"在圆的桃花心木的食桌前坐定，川流不息地献着山海的珍味，谈话就从古董，画，政治这些开头。电灯上罩着支那式的灯罩，淡淡的光洋溢于古物罗列的屋子中。什么无产阶级呀，Proletariat呀那些事，就像不过在什么地方刮风。

"我一面陶醉在支那生活的空气中，一面深思着对于外人有着'魅力'的这东西。元人也曾征服支那，而被征服于汉人种的生活美了；满人也征伐支那，而被征服于汉人种的生活美了。现在西洋人也一样，嘴里虽然说着Democracy呀，什么什么呀，而却被魅于支那人费六千年而建筑起来的生活的美。一经住过北京，就忘不掉那生活的味道。大风时候的万丈的沙尘，每三月一回的督军们的开战游戏，都不能抹去这支那生活的魅力。"

这些话我现在还无力否认他。我们的古圣先贤既给与我们保古守旧的格言，但同时也排好了用子女玉帛所做的奉献于征服者的大宴。中国人的耐劳，中国人的多子，都就是办酒的材料，到现在还为我们的爱国者所自诩的。西洋人初入中国时，被称为蛮夷，自不免个个蹙额，但是，现在则时机已至，到了我们将曾经献于北魏，献于金，献于元，献于清的盛宴，来献给他们的时候了。出则汽车，行则保护；虽遇清道，然而通行自由的；虽或被劫，然而必得赔偿的；孙美瑶①掳去他们站在军前，还使官兵不敢开火。何况在华屋中享用盛宴呢？待到享受盛宴的时候，自然也就是赞颂中国固有文明的时候；但是我们的有些乐观的爱国者，也许反而欣然色喜，以为他们将要开始被中国同化了罢。古人曾以女人作苟安的城堡，美其名以自欺曰"和亲"，今人还用子女玉帛为作奴的贽敬，又美其名曰"同化"。所以倘有外国的谁，到了已有赴宴的资格的现在，而还替我们诅咒中国的现状者，这才是真有良心的真可佩服的人！

但我们自己是早已布置妥帖了，有贵贱，有大小，有上下。自己被人凌虐，但也可以凌虐别人；自己被人吃，但也可以吃别人。一级一级的制驭着，不能动弹，也不想动弹了。因为倘一动弹，虽或有利，然而也有弊。我们且看古人的良法美意罢——

"天有十日，人有十等。下所以事上，上所以共神也。故王臣公，公臣大夫，大夫臣士，士臣皂，皂臣舆，舆臣隶，隶臣僚，僚臣仆，仆臣台。"（《左传》昭公七年）

但是"台"没有臣，不是太苦了么？无须担心的，有

---

① 孙美瑶是占领山东抱犊崮的土匪首领。一九二三年五月五日他在津浦路临城站劫车，掳去中外旅客二百多人。

比他更卑的妻，更弱的子在。而且其子也很有希望，他日长大，升而为"台"，便又有更卑更弱的妻子，供他驱使了。如此连环，各得其所，有敢非议者，其罪名曰不安分！

虽然那是古事，昭公七年离现在也太辽远了，但"复古家"尽可不必悲观的。太平的景象还在：常有兵燹，常有水旱，可有谁听到大叫唤么？打的打，革的革，可有处士来横议么？对国民如何专横，向外人如何柔媚，不犹是差等的遗风么？中国固有的精神文明，其实并未为共和二字所埋没，只有满人已经退席，和先前稍不同。

因此我们在目前，还可以亲见各式各样的筵宴，有烧烤，有翅席，有便饭，有西餐。但茅檐下也有淡饭，路傍也有残羹，野上也有饿莩；有吃烧烤的身价不资的阔人，也有饿得垂死的每斤八文的孩子（见《现代评论》二十一期）。所谓中国的文明者，其实不过是安排给阔人享用的人肉的筵宴。所谓中国者，其实不过是安排这人肉的筵宴的厨房。不知道而赞颂者是可恕的，否则，此辈当得永远的诅咒！

外国人中，不知道而赞颂者，是可恕的；占了高位，养尊处优，因此受了蛊惑，昧却灵性而赞叹者，也还可恕的。可是还有两种，其一是以中国人为劣种，只配悉照原来模样，因而故意称赞中国的旧物。其一是愿世间人各不相同以增自己旅行的兴趣，到中国看辫子，到日本看木屐，到高丽看笠子，倘若服饰一样，便索然无味了，因而来反对亚洲的欧化。这些都可憎恶。至于罗素在西湖见轿夫含笑，便赞美中国人，则也许别有意思罢。但是，轿夫如果能对坐轿的人不含笑，中国也早不是现在似的中国了。

这文明，不但使外国人陶醉，也早使中国一切人们无不陶醉而且至于含笑。因为古代传来而至今还在的许多差别，使人们各各分离，遂不能再感到别人的痛苦；并且因为自己各有奴使别人，吃掉别人的希望，便也就忘却自己同有被奴使被吃掉的将来。于是大小无数的人肉的筵宴，即从有文明以来一直排到现在，人们就在这会场中吃人，被吃，以凶人的愚妄的欢呼，将悲惨的弱者的呼号遮掩，更不消说女人和小儿。

这人肉的筵宴现在还排着，有许多人还想一直排下去。扫荡这些食人者，掀掉这筵席，毁坏这厨房，则是现在的青年的使命！

一九二五年四月二十九日
收《坟》

这个与那个（节选）

读史与读经

捧与挖

中国的人们，遇见带有会使自己不安的朕兆的人物，向来就用两样法：将他压下去，或者将他捧起来。

压下去就用旧习惯和旧道德，或者凭官力，所以孤独的精神的战士，虽然为民众战斗，却往往反为这"所为"而灭亡。到这样，他们这才安心了。压不下时，则于是乎捧，以为抬之使高，餍之使足，便可以于己稍稍无害，得以安心。

伶俐的人们，自然也有谋利而捧的，如捧阔老，捧戏子，捧总长之类；但在一般粗人，——就是未尝"读经"的，则凡有捧的行为的"动机"，大概是不过想免害。即以所奉祀的神道而论，也大抵是凶恶的，火神瘟神不待言，连财神也是蛇呀刺蝟呀似的骇人的畜类；观音菩萨倒还可爱，然而那是从印度输入的，并非我们的"国粹"。要而言之：凡有被捧者，十之九不是好东西。

既然十之九不是好东西，则被捧而后，那结果便自然和捧者的希望适得其反了。不但能使不安，还能使他们很不安，因为人心本来不易餍足。然而人们终于至今没有悟，还以捧为苟安之一道。

记得有一部讲笑话的书，名目忘记了，也许是《笑林广记》罢，说，当一个知县的寿辰，因为他是子年生，属鼠的，属员们便集资铸了一个金老鼠去作贺礼。知县收受之后，另寻了机会对大众说道：明年又恰巧是贱内的整寿；她比我小一岁，是属牛的。其实，如果大家先不送金老鼠，他决不敢想金牛。一送开手，可就难于收拾了，无论金牛无力致送，即使送了，怕他的姨太太也会属象。象不在十二生肖之内，似乎不近情理罢，但这是我替他设想的法子罢了，知县当然别有我们所莫测高深的妙法在。

民元革命时候，我在S城，来了一个都督。他虽然也出身绿林大学，未尝"读经"（？），但倒是还算顾大局，听舆论的，可是自绅士以至于庶民，又用了祖传的捧法群起而捧之了。这个拜会，那个恭维，今天送衣料，明天送翅席，捧得他连自己也忘其所以，结果是渐渐变成老官僚一样，动手刮地皮。

最奇怪的是北几省的河道，竟捧得河身比屋顶高得多了。当初自然是防其溃决，所以壅上一点土；殊不料愈壅愈高，一旦溃决，那祸害就更大。于是就"抢堤"咧，"护堤"咧，"严防决堤"咧，花色繁多，大家吃苦。如果当初见河水泛滥，不去增堤，却去挖底，我以为决不至于这样。

有贪图金牛者，不但金老鼠，便是死老鼠也不给。那么，此辈也就连生日都未必做了。单是省却拜寿，已经是一件大快事。

中国人的自讨苦吃的根苗在于捧，"自求多福"之道却在于挖。其实，劳力之量是差不多的，但从惰性太多的人们看来，却以为还是捧省力。

十二月十日
收《华盖集》

谈皇帝

中国人的对付鬼神,凶恶的是奉承,如瘟神和火神之类,老实一点的就要欺侮,例如对于土地或灶君。待遇皇帝也有类似的意思。君民本是同一民族,乱世时"成则为王败则为贼",平常是一个照例做皇帝,许多个照例做平民;两者之间,思想本没有什么大差别。所以皇帝和大臣有"愚民政策",百姓们也自有其"愚君政策"。

往昔的我家,曾有一个老仆妇,告诉过我她所知道,而且相信的对付皇帝的方法。她说——

"皇帝是很可怕的。他坐在龙位上,一不高兴,就要杀人;不容易对付的。所以吃的东西也不能随便给他吃,倘是不容易办到的,他吃了又要,一时办不到;——譬如他冬天想到瓜,秋天要吃桃子,办不到,他就生气,杀人了。现在是一年到头给他吃波菜,一要就有,毫不为难。但是倘说是波菜,他又要生气的,因为这是便宜货,所以大家对他就不称为波菜,另外起一个名字,叫作'红嘴绿鹦哥'。"

在我的故乡，是通年有波菜的，根很红，正如鹦哥的嘴一样。

这样的连愚妇人看来，也是呆不可言的皇帝，似乎大可以不要了。然而并不，她以为要有的，而且应该听凭他作威作福。至于用处，仿佛在靠他来镇压比自己更强梁的别人，所以随便杀人，正是非备不可的要件。然而倘使自己遇到，且须侍奉呢？可又觉得有些危险了，因此只好又将他练成傻子，终年耐心地专吃着"红嘴绿鹦哥"。

其实利用了他的名位，"挟天子以令诸侯"的，和我那老仆妇的意思和方法都相同，不过一则又要他弱，一则又要他愚。儒家的靠了"圣君"来行道也就是这玩意，因为要"靠"，所以要他威重，位高；因为要便于操纵，所以又要他颇老实，听话。

皇帝一自觉自己的无上威权，这就难办了。既然"普天之下，莫非皇土"，他就胡闹起来，还说是"自我得之，自我失之，我又何恨"哩！于是圣人之徒也只好请他吃"红嘴绿鹦哥"了，这就是所谓"天"。据说天子的行事，是都应该体帖天意，不能胡闹的；而这"天意"也者，又偏只有儒者们知道着。

这样，就决定了：要做皇帝就非请教他们不可。

然而不安分的皇帝又胡闹起来了。你对他说"天"么，他却道，"我生不有命在天？！"岂但不仰体上天之意而已，还逆天，背天，"射天"，简直将国家闹完，使靠天吃饭的圣贤君子们，哭不得，也笑不得。

于是乎他们只好去著书立说，将他骂一通，豫计百年之后，即身殁之后，大行于时，自以为这就了不得。

但那些书上，至多就止记着"愚民政策"和"愚君政策"全都不成功。

二月十七日
收《华盖集续编》

无声的中国
——二月十六日在香港青年会讲

以我这样没有什么可听的无聊的讲演,又在这样大雨的时候,竟还有这许多来听的诸君,我首先应当声明我的郑重的感谢。

我现在所讲的题目是:《无声的中国》。

现在,浙江,陕西,都在打仗,那里的人民哭着呢还是笑着呢,我们不知道。香港似乎很太平,住在这里的中国人,舒服呢还是不很舒服呢,别人也不知道。

发表自己的思想,感情给大家知道的是要用文章的,然而拿文章来达意,现在一般的中国人还做不到。这也怪不得我们;因为那文字,先就是我们的祖先留传给我们的可怕的遗产。人们费了多年的工夫,还是难于运用。因为难,许多人便不理它了,甚至于连自己的姓也写不清是张还是章,或者简直不会写,或者说道:Chang。虽然能说话,而只有几个人听到,远处的人们便不知道,结果也等于无声。又因为难,有些人便当作宝贝,像玩把戏似的,之乎者也,只有几个人懂,——其实是不知道可真懂,而大多数的人们却不懂得,结果也等于无声。

文明人和野蛮人的分别,其一,是文明人有文字,能够把他们的思想,感情,藉此传给大众,传给将来。中国虽然有文字,现在却已经和大家不相干,用的是难懂的古文,讲的是陈旧的古意思,所有的声音,都是过去的,都就是只等于零的。所以,大家不能互相了解,正像一大盘散沙。

将文章当作古董,以不能使人认识,使人懂得为好,也许是有趣的事罢。但是,结果怎样呢?是我们已经不能将我们想说的话说出来。我们受了损害,受了侮辱,总是不能说出些应说的话。拿最近的事情来说,如中日战争,拳匪事件,民元革命这些大事件,一直到现在,我们可有一部像样的著作?民国以来,也还是谁也不作声。反而在外国,倒常有说起中国的,但那都不是中国人自己的声音,是别人的声音。

这不能说话的毛病,在明朝是还没有这样厉害的;他们还比较地能够说些要说的话。待到满洲人以异族侵入中国,讲历史的,尤其是讲宋末的事情的人被杀害了,讲时事的自然也被杀害了。所以,到乾隆年间,人民大家便更不敢用文章来说话了。所谓读书人,便只好躲起来读经,校刊古书,做些古时的文章,和当时毫无关系的文章。有些新意，也还是不行的；不是学韩，便是学苏。韩愈苏轼他们，用他们自己的文章来说当时要说的话，那当然可以的。我们却并非唐宋时人，怎么做和我们毫无关系的时候的文章呢。即使做得像，也是唐宋时代的声音，韩愈苏轼的声音，而不是我们现代的声音。然而直到现在，中国人却还要着这样的旧戏法。人是有的，没有声音，寂寞得很。——人会没有声音的么？没有，可以说：是死了。倘要说得客气一点，那就是：已经哑了。

要恢复这多年无声的中国，是不容易的，正如命令一个死掉的人道："你活过来！"我虽然并不懂得宗教，但我以为正如想出现一个宗教上之所谓"奇迹"一样。

首先来尝试这工作的是"五四运动"前一年，胡适之先生所提倡的"文学革命"。"革命"这两个字，在这里不知道可害怕，有些地方是一听到就害怕的。但这和文学两字连起来的"革命"，却没有法国革命的"革命"那么可怕，不过是革新，改换一个字，就很平和了，我们就称为"文学革新"罢，中国文字上，这样的花样是很多的。那大意也并不可怕，不过说：我们不必再去费尽心机，学说古代的死人的话，要说现代的活人的话；不要将文章看作古董，要做容易懂得的白话的文章。然而，单是文学革新是不够的，因为腐败思想，能用古文做，也能用白话做。

所以后来就有人提倡思想革新。思想革新的结果，是发生社会革新运动。这运动一发生，自然一面就发生反动，于是便酿成战斗……。

但是，在中国，刚刚提起文学革新，就有反动了。不过白话文却渐渐风行起来，不大受阻碍。这是怎么一回事呢？就因为当时又有钱玄同先生提倡废止汉字，用罗马字母来替代。这本也不过是一种文字革新，很平常的，但被不喜欢改革的中国人听见，就大不得了了，于是便放过了比较的平和的文学革命，而竭力来骂钱玄同。白话乘了这一个机会，居然减去了许多敌人，反而没有阻碍，能够流行了。

中国人的性情是总喜欢调和，折中的。譬如你说，这屋子太暗，须在这里开一个窗，大家一定不允许的。但如果你主张拆掉屋顶，他们就会来调和，愿意开窗了。没有更激烈的主张，他们总连平和的改革也不肯行。那时白话文之得以通行，就因为有废掉中国字而用罗马字母的议论的缘故。

其实，文言和白话的优劣的讨论，本该早已过去了，但中国是总不肯早早解决的，到现在还有许多无谓的议论。例如，有的说：古文各省人都能懂，白话就各处不同，反而不能互相了解了。殊不知这只要教育普及和交通发达就好，那时就人人都能懂较为易解的白话文；至于古文，何尝各省人都能懂，便是一省里，也没有许多人懂得的。有的说：如果都用白话文，人们便不能看古书，中国的文化就灭亡了。其实呢，现在的人们大可以不必看古书，即使古书里真有好东西，也可以用白话来译出的，用不着那么心惊胆战。他们又有人说，外国尚且译中国书，足见其好，我们自己倒不看么？殊不知埃及的古书，外国人也译，非洲黑人的神话，外国人也译，他们别有用意，即使译出，也算不了怎样光荣的事的。

近来还有一种说法，是思想革新紧要，文字改革倒在其次，所以不如用浅显的文言来作新思想的文章，可以少招一重反对。这话似乎也有理。然而我们知道，连他长指甲都不肯剪去的人，是决不肯剪去他的辫子的。

因为我们说着古代的话，说着大家不明白，不听见的话，已经弄得像一盘散沙，痛痒不相关了。我们要活过来，首先就须由青年们不再说孔子孟子和韩愈柳宗元们的话。时代不同，情形也两样，孔子时代的香港不这样，孔子口调的"香港论"是无从做起的，"吁嗟阔哉香港也"，不过是笑话。

我们要说现代的，自己的话；用活着的白话，将自己的思想，感情直白地说出来。但是，这也要受前辈先生非笑的。他们说白话文卑鄙，没有价值；他们说年青人作品幼稚，贻笑大方。我们中国能做文言的有多少呢，其余的都只能说白话，难道这许多中国人，就都是卑鄙，没有价值的么？至于幼稚，尤其没有什么可羞，正如孩子对于老人，毫没有什么可羞一样。幼稚是会生长，会成熟的，只不要衰老，腐败，就好。倘说待到纯熟了才可以动手，那是虽是村妇也不至于这样蠢。她的孩子学走路，即使跌倒了，她决不至于叫孩子从此躺在床上，待到学会了走法再下地面来的。

青年们先可以将中国变成一个有声的中国。大胆地说话，勇敢地进行，忘掉了一切利害，推开了古人，将自己的真心的话发表出来。——真，自然是不容易的。譬如态度，就不容易真，讲演时候就不是我的真态度，因为我对朋友，孩子说话时候的态度是不这样的。——但总可以说些较真的话，发些较真的声音。只有真的声音，才能感动中国的人和世界的人；必须有了真的声音，才能和世界的人同在世界上生活。

我们试想现在没有声音的民族是那几种民族。我们可听到埃及人的声音？可听到安南，朝鲜的声音？印度除了泰戈尔，别的声音可还有？

我们此后实在只有两条路：一是抱着古文而死掉，一是舍掉古文而生存。

收《三闲集》

宣传与做戏

就是那刚刚说过的日本人,他们做文章论及中国的国民性的时候,内中往往有一条叫作"善于宣传"。看他的说明,这"宣传"两字却又不像是平常的"Propaganda",而是"对外说谎"的意思。

这宗话,影子是有一点的。譬如罢,教育经费用光了,却还要开几个学堂,装装门面;全国的人们十之九不识字,然而总得请几位博士,使他对西洋人去讲中国的精神文明;至今还是随便拷问,随便杀头,一面却总支撑维持着几个洋式的"模范监狱",给外国人看看。还有,离前敌很远的将军,他偏要大打电报,说要"为国前驱"。连体操班也不愿意上的学生少爷,他偏要穿上军装,说是"灭此朝食"。

不过,这些究竟还有一点影子;究竟还有几个学堂,几个博士,几个模范监狱,几个通电,几套军装。所以说是"说谎",是不对的。这就是我之所谓"做戏"。

但这普遍的做戏,却比真的做戏还要坏。真的做戏,是只有一时;戏子做完戏,也就恢复为平常状态的。杨小楼做《单刀赴会》,梅兰芳做《黛玉葬花》,只有在戏台上的时候是关云长,是林黛玉,下台就成了普通人,所以并没有大弊。倘使他们扮演一回之后,就永远提着青龙偃月刀或锄头,以关老爷,林妹妹自命,怪声怪气,唱来唱去,那就实在只好算是发热昏了。

不幸因为是"天地大戏场",可以普遍的做戏者,就很难有下台的时候,例如杨缦华女士用自己的天足,踢破小国比利时女人的"中国女人缠足说"①,为面子起见,用权术来解围,这还可以说是很该原谅的。但我以为应该这样就拉倒。现在回到寓里,做成文章,这就是进了后台还不肯放下青龙偃月刀;而且又将那文章送到中国的《申报》上来发表,则简直是提着青龙偃月刀一路唱回自己的家里来了。难道作者真已忘记了中国女人曾经缠脚,至今也还有正在缠脚的么?还是以为中国人都已经自己催眠,觉得全国女人都已穿了高跟皮鞋了呢?

这不过是一个例子罢了,相像的还多得很,但恐怕不久天也就要亮了。

收《二心集》

---

① 一九三一年八月三十一日《申报·自由谈》载《杨缦华女士游欧杂感》一文,说她用自己的天足否定了比利时人关于中国女人都是小脚的说法,又对比利时人提出的"中国的军阀如何专横""人民过着地狱的生活"予以否定,为当时中国的黑暗政治粉饰太平。

中华民国的新"堂·吉诃德"们

十六世纪末尾的时候，西班牙的文人西万提斯做了一大部小说叫作《堂·吉诃德》，说这位吉先生，看武侠小说看呆了，硬要去学古代的游侠，穿一身破甲，骑一匹瘦马，带一个跟丁，游来游去，想斩妖服怪，除暴安良。谁知当时已不是那么古气盎然的时候了，因此只落得闹了许多笑话，吃了许多苦头，终于上个大当，受了重伤，狼狈回来，死在家里，临死才知道自己不过一个平常人，并不是什么大侠客。

这一个古典，去年在中国曾经很被引用了一回，受到这个谥法的名人，似乎还有点很不高兴的样子。其实是，这种书呆子，乃是西班牙书呆子，向来爱讲"中庸"的中国，是不会有的。西班牙人讲恋爱，就天天到女人窗下去唱歌，信旧教，就烧杀异端，一革命，就捣烂教堂，踢出皇帝。然而我们中国的文人学子，不是总说女人先来引诱他，诸教同源，保存庙产，宣统在革命之后，还许他许多年在宫里做皇帝吗？

记得先前的报章上，发表过几个店家的小伙计，看剑侠小说入了迷，忽然要到武当山去学道的事，这倒很和"堂·吉诃德"相像的。但此后便看不见一点后文，不知道是也做出了许多奇迹，还是不久就又回到家里去了？以"中庸"的老例推测起来，大约以回了家为合式。

这以后的中国式的"堂·吉诃德"的出现，是"青年援马团"①。不是兵，他们偏要上战场；政府要诉诸国联，他们偏要自己动手；政府不准去，他们偏要去；中国现在总算有一点铁路了，他们偏要一步一步地走过去；北方是冷的，他们偏只穿件夹袄；打仗的时候，兵器是顶要紧的，他们偏只着重精神。这一切等等，确是十分"堂·吉诃德"的了。然而究竟是中国的"堂·吉诃德"，所以他只一个，他们是一团；送他的是嘲笑，送他们的是欢呼；迎他的是诧异，而迎他们的也是欢呼；他驻扎在深山中，他们驻扎在真茹镇；他在磨坊里打风磨，他们在常州玩梳篦，又见美女，何幸如之（见十二月《申报》《自由谈》）。其苦乐之不同，有如此者，呜呼！

---

① "九一八"事变后，黑龙江省代理主席马占山曾抵抗日军侵占，得到爱国人士的支持。当时上海一些青年组织了"青年援马团"，要求参加东北的抗日军队，对日作战。但由于缺乏坚决的斗争精神和切实的办法，尤其是国民党的阻挠破坏，这个团体不久就涣散了。

不错，中外古今的小说太多了，里面有"舆榇"，有"截指"，有"哭秦庭"，有"对天立誓"。耳濡目染，诚然也不免来抬棺材，砍指头，哭孙陵，宣誓出发的。然而五四运动时胡适之博士讲文学革命的时候，就已经要"不用古典"，现在在行为上，似乎更可以不用了。

讲二十世纪战事的小说，旧一点的有雷马克的《西线无战事》，棱的《战争》，新一点的有绥拉菲摩维支的《铁流》，法捷耶夫的《毁灭》，里面都没有这样的"青年团"，所以他们都实在打了仗。

收《二心集》

小品文的危机

仿佛记得一两月之前,曾在一种日报上见到记载着一个人的死去的文章,说他是收集"小摆设"的名人,临末还有依稀的感喟,以为此人一死,"小摆设"的收集者在中国怕要绝迹了。

但可惜我那时不很留心,竟忘记了那日报和那收集家的名字。

现在的新的青年恐怕也大抵不知道什么是"小摆设"了。但如果他出身旧家,先前曾有玩弄翰墨的人,则只要不很破落,未将觉得没用的东西卖给旧货担,就也许还能在尘封的废物之中,寻出一个小小的镜屏,玲珑剔透的石块,竹根刻成的人像,古玉雕出的动物,锈得发绿的铜铸的三脚癞虾蟆:这就是所谓"小摆设"。先前,它们陈列在书房里的时候,是各有其雅号的,譬如那三脚癞虾蟆,应该称为"蟾蜍砚滴"之类,最末的收集家一定都知道,现在呢,可要和它的光荣一同消失了。

那些物品，自然决不是穷人的东西，但也不是达官富翁家的陈设，他们所要的，是珠玉扎成的盆景，五彩绘画的磁瓶。那只是所谓士大夫的"清玩"。在外，至少必须有几十亩膏腴的田地，在家，必须有几间幽雅的书斋；就是流寓上海，也一定得生活较为安闲，在客栈里有一间长包的房子，书桌一顶，烟榻一张，瘾足心闲，摩挲赏鉴。然而这境地，现在却已经被世界的险恶的潮流冲得七颠八倒，像狂涛中的小船似的了。

然而就是在所谓"太平盛世"罢，这"小摆设"原也不是什么重要的物品。在方寸的象牙版上刻一篇《兰亭序》，至今还有"艺术品"之称，但倘将这挂在万里长城的墙头，或供在云冈的丈八佛像的足下，它就渺小得看不见了，即使热心者竭力指点，也不过令观者生一种滑稽之感。何况在风沙扑面，狼虎成群的时候，谁还有这许多闲工夫，来赏玩琥珀扇坠，翡翠戒指呢。他们即使要悦目，所要的也是耸立于风沙中的大建筑，要坚固而伟大，不必怎样精；即使要满意，所要的也是匕首和投枪，要锋利而切实，用不着什么雅。

美术上的"小摆设"的要求，这幻梦是已经破掉了，那日报上的文章的作者，就直觉的知道。然而对于文学上的"小摆设"——"小品文"的要求，却正在越加旺盛起来，要求者以为可以靠着低诉或微吟，将粗犷的人心，磨得渐渐的平滑。这就是想别人一心看着《六朝文絜》，而忘记了自己是抱在黄河决口之后，淹得仅仅露出水面的树梢头。

但这时却只用得着挣扎和战斗。

而小品文的生存，也只仗着挣扎和战斗的。晋朝的清言，早和它的朝代一同消歇了。唐末诗风衰落，而小品放了光辉。但罗隐的《谗书》，几乎全部是抗争和愤激之谈；皮日休和陆龟蒙自以为隐士，别人也称之为隐士，而看他们在《皮子文薮》和《笠泽丛书》中的小品文，并没有忘记天下，正是一榻胡涂的泥塘里的光彩和锋铓。明末的小品虽然比较的颓放，却并非全是吟风弄月，其中有不平，有讽刺，有攻击，有破坏。这种作风，也触着了满洲君臣的心病，费去许多助虐的武将的刀锋，帮闲的文臣的笔锋，直到乾隆年间，这才压制下去了。以后呢，就来了"小摆设"。

"小摆设"当然不会有大发展。到五四运动的时候，才又来了一个展开，散文小品的成功，几乎在小说戏曲和诗歌之上。这之中，自然含着挣扎和战斗，但因为常常取法于英国的随笔（Essay），所以也带一点幽默和雍容；写法也有漂亮和缜密的，这是为了对于旧文学的示威，在表示旧文学之自以为特长者，白话文学也并非做不到。以后的路，本来明明是更分明的挣扎和战斗，因为这原是萌芽于"文学革命"以至"思想革命"的。但现在的趋势，却在特别提倡那和旧文章相合之点，雍容，漂亮，缜密，就是要它成为"小摆设"，供雅人的摩挲，并且想青年摩挲了这"小摆设"，由粗暴而变为风雅了。

然而现在已经更没有书桌；雅片虽然已经公卖，烟具是禁止的，吸起来还是十分不容易。想在战地或灾区里的人们来鉴赏罢——谁都知道是更奇怪的幻梦。这种小品，上海虽正在盛行，茶话酒谈，遍满小报的摊子上，但其实是正如烟花女子，已经不能在弄堂里拉扯她的生意，只好涂脂抹粉，在夜里蹩到马路上来了。

小品文就这样的走到了危机。但我所谓危机，也如医学上的所谓"极期"（Krisis）一般，是生死的分歧，能一直得到死亡，也能由此至于恢复。麻醉性的作品，是将与麻醉者和被麻醉者同归于尽的。生存的小品文，必须是匕首，是投枪，能和读者一同杀出一条生存的血路的东西；但自然，它也能给人愉快和休息，然而这并不是"小摆设"，更不是抚慰和麻痹，它给人的愉快和休息是休养，是劳作和战斗之前的准备。

八月二十七日
收《南腔北调集》

世故三昧

人世间真是难处的地方，说一个人"不通世故"，固然不是好话，但说他"深于世故"也不是好话。"世故"似乎也像"革命之不可不革，而亦不可太革"一样，不可不通，而亦不可太通的。

然而据我的经验，得到"深于世故"的恶谥者，却还是因为"不通世故"的缘故。

现在我假设以这样的话，来劝导青年人——

"如果你遇见社会上有不平事，万不可挺身而出，讲公道话，否则，事情倒会移到你头上来，甚至于会被指作反动分子的。如果你遇见有人被冤枉，被诬陷的，即使明知道他是好人，也万不可挺身而出，去给他解释或分辩，否则，你就会被人说是他的亲戚，或得了他的贿赂；倘使那是女人，就要被疑为她的情人的；如果他较有名，那便是党羽。例如我自己罢，给一个毫不相干的女士做了一篇信札集的序，人们就说她是我的小姨；介绍一点科学的文艺理论，人们就说得了苏联的卢布。亲戚和金钱，在目下的中国，关系也真是大，事实给与了教训，人们看惯了，以为人人都脱不了这关系，原也无足深怪的。

"然而，有些人其实也并不真相信，只是说着玩玩，有趣有趣的。即使有人为了谣言，弄得凌迟碎剐，像明末的郑鄤那样了，和自己也并不相干，总不如有趣的紧要。这时你如果去辨正，那就是使大家扫兴，结果还是你自己倒楣。我也有一个经验。那是十多年前，我在教育部里做"官僚"，常听得同事说，某女学校的学生，是可以叫出来嫖的，连机关的地址门牌，也说得明明白白。有一回我偶然走过这条街，一个人对于坏事情，是记性好一点的，我记起来了，便留心着那门牌，但这一号，却是一块小空地，有一口大井，一间很破烂的小屋，是几个山东人住着卖水的地方，决计做不了别用。待到他们又在谈着这事的时候，我便说出我的所见来，而不料大家竟笑容尽敛，不欢而散了，此后不和我谈天者两三月。我事后才悟到打断了他们的兴致，是不应该的。

"所以，你最好是莫问是非曲直，一味附和着大家；但更好是不开口；而在更好之上的是连脸上也不显出心里的是非的模样来……"

这是处世法的精义，只要黄河不流到脚下，炸弹不落在身边，可以保管一世没有挫折的。但我恐怕青年人未必以我的话为然；便是中年，老年人，也许要以为我是在教坏了他们的子弟。呜呼，那么，一片苦心，竟是白费了。

然而倘说中国现在正如唐虞盛世，却又未免是"世故"之谈。耳闻目睹的不算，单是看看报章，也就可以知道社会上有多少不平，人们有多少冤抑。但对于这些事，除了有时或有同业，同乡，同族的人们来说几句呼吁的话之外，利害无关的人的义愤的声音，我们是很少听到的。这很分明，是大家不开口；或者以为和自己不相干；或者连"以为和自己不相干"的意思也全没有。"世故"深到不自觉其"深于世故"，这才真是"深于世故"的了。这是中国处世法的精义中的精义。

而且，对于看了我的劝导青年人的话，心以为非的人物，我还有一下反攻在这里。他是以我为狡猾的。但是，我的话里，一面固然显示着我的狡猾，而且无能，但一面也显示着社会的黑暗。他单责个人，正是最稳妥的办法，倘使兼责社会，可就得站出去战斗了。责人的"深于世故"而避开了"世"不谈，这是更"深于世故"的玩艺，倘若自己不觉得，那就更深更深了，离三昧境盖不远矣。

不过凡事一说，即落言筌，不再能得三昧。说"世故三昧"者，即非"世故三昧"。三昧真谛，在行而不言；

我现在一说"行而不言",却又失了真谛,离三昧境盖益远矣。

一切善知识,心知其意可也,唵!

十月十三日
收《南腔北调集》

谣言世家

双十佳节,有一位文学家大名汤增敭先生的,在《时事新报》上给我们讲光复时候的杭州的故事。他说那时杭州杀掉许多驻防的旗人,辨别的方法,是因为旗人叫"九"为"钩"的,所以要他说"九百九十九",一露马脚,刀就砍下去了。

这固然是颇武勇,也颇有趣的。但是,可惜是谣言。

中国人里,杭州人是比较的文弱的人。当钱大王治世的时候,人民被刮得衣裤全无,只用一片瓦掩着下部,然而还要追捐,除被打得麂一般叫之外,并无贰话。不过这出于宋人的笔记,是谣言也说不定的。但宋明的末代皇帝,带着没落的阔人,和暮气一同滔滔的逃到杭州来,却是事实,苟延残喘,要大家有刚决的气魄,难不难。到现在,西子湖边还多是摇摇摆摆的雅人;连流氓也少有浙东似的"白刀子进红刀子出"的打架。自然,倘有军阀做着后盾,那是也会格外的撒泼的,不过当时实在并无敢于杀人的风气,也没有乐于杀人的人们。我们只要看举了老成持重的汤蛰仙先生做都督,就可以知道是不会流血的了。

不过战事是有的。革命军围住旗营,开枪打进去,里面也有时打出来。然而围得并不紧,我有一个熟人,白天在外面逛,晚上却自进旗营睡觉去了。

虽然如此,驻防军也终于被击溃,旗人降服了,房屋被充公是有的,却并没有杀戮。口粮当然取消,各人自寻生计,开初倒还好,后来就遭灾。

怎么会遭灾的呢?就是发生了谣言。

杭州的旗人一向优游于西子湖边,秀气所钟,是聪明的,他们知道没有了粮,只好做生意,于是卖糕的也有,卖小菜的也有。杭州人是客气的,并不歧视,生意也还不坏。然而祖传的谣言起来了,说是旗人所卖的东西,里面都藏着毒药。这一下子就使汉人避之惟恐不远,但倒是怕旗人来毒自己,并不是自己想去害旗人。结果是他们所卖的糕饼小菜,毫无生意,只得在路边出卖那些不能下毒的家具。家具一完,途穷路绝,就一败涂地了。这是杭州驻防旗人的收场。

笑里可以有刀,自称酷爱和平的人民,也会有杀人不见血的武器,那就是造谣言。但一面害人,一面也害己,弄得彼此懵懵懂懂。古时候无须提起了,即在近五十年来,甲午战败，就说是李鸿章害的，因为他儿子是日本的驸马，骂了他小半世；庚子拳变，又说洋鬼子是挖眼睛的，因为造药水，就乱杀了一大通。下毒学说起于辛亥光复之际的杭州，而复活于近来排日的时候。我还记得每有一回谣言，就总有谁被诬为下毒的奸细，给谁平白打死了。

谣言世家的子弟，是以谣言杀人，也以谣言被杀的。

至于用数目来辨别汉满之法，我在杭州倒听说是出于湖北的荆州的，就是要他们数一二三四，数到"六"字，读作上声，便杀却。但杭州离荆州太远了，这还是一种谣言也难说。

我有时也不大能够分清那句是谣言，那句是真话了。

十月十三日
收《南腔北调集》

家庭为中国之基本

中国的自己能酿酒,比自己来种鸦片早,但我们现在只听说许多人躺着吞云吐雾,却很少见有人像外国水兵似的满街发酒疯。唐宋的踢球,久已失传,一般的娱乐是躲在家里彻夜叉麻雀。从这两点看起来,我们在从露天下渐渐的躲进家里去,是无疑的。古之上海文人,已尝慨乎言之,曾出一联,索人属对,道"三鸟害人鸦雀鸽","鸽"是彩票,雅号奖券,那时却称为"白鸽票"的。但我不知道后来有人对出了没有。

不过我们也并非满足于现状,是身处斗室之中,神驰宇宙之外,抽鸦片者享乐着幻境,叉麻雀者心仪于好牌。檐下放起爆竹,是在将月亮从天狗嘴里救出;剑仙坐在书斋里,哼的一声,一道白光,千万里外的敌人可被杀掉了,不过飞剑还是回家,钻进原先的鼻孔去,因为下次还要用。这叫做千变万化,不离其宗。所以学校是从家庭里拉出子弟来,教成社会人才的地方,而一闹到不可开交的时候,还是"交家长严加管束"云。

"骨肉归于土，命也；若夫魂气，则无不之也，无不之也！"一个人变了鬼，该可以随便一点了罢，而活人仍要烧一所纸房子，请他住进去，阔气的还有打牌桌，鸦片盘。成仙，这变化是很大的，但是刘太太偏舍不得老家，定要运动到"拔宅飞升"，连鸡犬都带了上去而后已，好依然的管家务，饲狗，喂鸡。

我们的古今人，对于现状，实在也愿意有变化，承认其变化的。变鬼无法，成仙更佳，然而对于老家，却总是死也不肯放。我想，火药只做爆竹，指南针只看坟山，恐怕那原因就在此。

现在是火药蜕化为轰炸弹，烧夷弹，装在飞机上面了，我们却只能坐在家里等他落下来。自然，坐飞机的人是颇有了的，但他那里是远征呢，他为的是可以快点回到家里去。

家是我们的生处，也是我们的死所。

十二月十六日
收《南腔北调集》

言论自由的界限

看《红楼梦》,觉得贾府上是言论颇不自由的地方。焦大以奴才的身分,仗着酒醉,从主子骂起,直到别的一切奴才,说只有两个石狮子干净。结果怎样呢?结果是主子深恶,奴才痛嫉,给他塞了一嘴马粪。

其实是,焦大的骂,并非要打倒贾府,倒是要贾府好,不过说主奴如此,贾府就要弄不下去罢了。然而得到的报酬是马粪。所以这焦大,实在是贾府的屈原,假使他能做文章,我想,恐怕也会有一篇《离骚》之类。

三年前的新月社诸君子,不幸和焦大有了相类的境遇。他们引经据典,对于党国有了一点微词,虽然引的大抵是英国经典,但何尝有丝毫不利于党国的恶意,不过说:"老爷,人家的衣服多么干净,您老人家的可有些儿脏,应该洗它一洗"罢了。不料"荃不察余之中情兮",来了一嘴的马粪:国报同声致讨,连《新月》杂志也遭殃。但新月社究竟是文人学士的团体,这时就也来了一大堆引据三民主义，辨明心迹的"离骚经"。现在好了，吐出马粪，换塞甜头，有的顾问，有的教授，有的秘书，有的大学院长，言论自由，《新月》也满是所谓"为文艺的文艺"了。

这就是文人学士究竟比不识字的奴才聪明，党国究竟比贾府高明，现在究竟比乾隆时候光明：三明主义。

然而竟还有人在嚷着要求言论自由。世界上没有这许多甜头，我想，该是明白的罢，这误解，大约是在没有悟到现在的言论自由，只以能够表示主人的宽宏大度的说些"老爷，你的衣服……"为限，而还想说开去。

这是断乎不行的。前一种，是和《新月》受难时代不同，现在好像已有的了，这《自由谈》也就是一个证据，虽然有时还有几位拿着马粪，前来探头探脑的英雄。至于想说开去，那就足以破坏言论自由的保障。要知道现在虽比先前光明，但也比先前利害，一说开去，是连性命都要送掉的。即使有了言论自由的明令，也千万大意不得。这我是亲眼见过好几回的，非"卖老"也，不自觉其做奴才之君子，幸想一想而垂鉴焉。

> 四月十七日
> 收《伪自由书》

清明时节

　　清明时节,是扫墓的时节,有的要进关内来祭祖,有的是到陕西去上坟①,或则激论沸天,或则欢声动地,真好像上坟可以亡国,也可以救国似的。

　　坟有这么大关系,那么,掘坟当然是要不得的了②。

　　元朝的国师八合思巴罢,他就深相信掘坟的利害。他掘开宋陵,要把人骨和猪狗骨同埋在一起,以使宋室倒楣。后来幸而给一位义士盗走了,没有达到目的,然而宋朝还是亡。曹操设了"摸金校尉"之类的职员,专门盗墓,他的儿子却做了皇帝,自己竟被谥为"武帝",好不威风。这样看来,死人的安危,和生人的祸福,又仿佛没有关系似的。

　　相传曹操怕死后被人掘坟,造了七十二疑冢,令人无从下手。于是后之诗人曰:"遍掘七十二疑冢,必有一冢

---

① 伪满洲国皇帝溥仪要求在清明节入关祭扫清代皇帝陵墓,戴季陶等国民党军政要人祭扫周文王、汉武帝等陵墓。

② 戴季陶曾以"培植民德"为由,反对学术界发掘古墓。

葬君尸。"于是后之论者又曰：阿瞒老奸巨猾，安知其尸实不在此七十二冢之内乎。真是没有法子想。

阿瞒虽是老奸巨猾，我想，疑冢之流倒未必安排的，不过古来的冢墓，却大约被发掘者居多，冢中人的主名，的确者也很少，洛阳邙山，清末掘墓者极多，虽在名公巨卿的墓中，所得也大抵是一块志石和凌乱的陶器，大约并非原没有贵重的殉葬品，乃是早经有人掘过，拿走了，什么时候呢，无从知道。总之是葬后以至清末的偷掘那一天之间罢。

至于墓中人究竟是什么人，非掘后往往不知道。即使有相传的主名的，也大抵靠不住。中国人一向喜欢造些和大人物相关的名胜，石门有"子路止宿处"，泰山上有"孔子小天下处"；一个小山洞，是埋着大禹，几堆大土堆，便葬着文武和周公。

如果扫墓的确可以救国，那么，扫就要扫得真确，要扫文武周公的陵，不要扫着别人的土包子，还得查考自己是否周朝的子孙。于是乎要有考古的工作，就是掘开坟来，看看有无葬着文王武王周公旦的证据，如果有遗骨，还可照《洗冤录》的方法来滴血。但是，这又和扫墓救国说相反，很伤孝子顺孙的心了。不得已，就只好闭了眼睛，硬着头皮，乱拜一阵。

"非其鬼而祭之,谄也!"单是扫墓救国术没有灵验,还不过是一个小笑话而已。

四月二十六日
收《花边文学》

说"面子"

"面子",是我们在谈话里常常听到的,因为好像一听就懂,所以细想的人大约不很多。

但近来从外国人的嘴里,有时也听到这两个音,他们似乎在研究。他们以为这一件事情,很不容易懂,然而是中国精神的纲领,只要抓住这个,就像二十四年前的拔住了辫子一样,全身都跟着走动了。相传前清时候,洋人到总理衙门去要求利益,一通威吓,吓得大官们满口答应,但临走时,却被从边门送出去。不给他走正门,就是他没有面子;他既然没有了面子,自然就是中国有了面子,也就是占了上风了。这是不是事实,我断不定,但这故事,"中外人士"中是颇有些人知道的。

因此,我颇疑心他们想专将"面子"给我们。

但"面子"究竟是怎么一回事呢?不想还好,一想可就觉得胡涂。它像是很有好几种的,每一种身份,就有一种"面子",也就是所谓"脸"。这"脸"有一条界线,如果落到这线的下面去了，即失了面子，也叫作"丢脸"。不怕"丢脸"，便是"不要脸"。但倘使做了超出这线以上的事，就"有面子"，或曰"露脸"。而"丢脸"之道，则因人而不同，例如车夫坐在路边赤膊捉虱子，并不算什么，富家姑爷坐在路边赤膊捉虱子，才成为"丢脸"。但车夫也并非没有"脸"，不过这时不算"丢"，要给老婆踢了一脚，就躺倒哭起来，这才成为他的"丢脸"。这一条"丢脸"律，是也适用于上等人的。这样看来，"丢脸"的机会，似乎上等人比较的多，但也不一定，例如车夫偷一个钱袋，被人发见，是失了面子的，而上等人大捞一批金珠珍玩，却仿佛也不见得怎样"丢脸"，况且还有"出洋考察"[①]，是改头换面的良方。

谁都要"面子"，当然也可以说是好事情，但"面子"这东西，却实在有些怪。九月三十日的《申报》就告诉我们一条新闻：沪西有业木匠大包作头之罗立鸿，为其母出殡，邀开"赁器店之王树宝夫妇帮忙，因来宾众多，所备白衣，不敷分配，其时适有名王道才，绰号三喜子，亦到来送殡，争穿白衣不遂，以为有失体面，心中怀恨，……邀集徒党数十人，各执铁棍，据说尚有持手枪者多人，将王树宝家人乱打，一时双方有剧烈之战争，头破血流，多

---

① 旧时的军阀、政客在失势或失意时，常以"出洋考察"作为暂时退隐、伺机再起的手段。也有并未"出洋"，只用来保全面子的。

人受有重伤。……"白衣是亲族有服者所穿的，现在必须"争穿"而又"不遂"，足见并非亲族，但竟以为"有失体面"，演成这样的大战了。这时候，好像只要和普通有些不同便是"有面子"，而自己成了什么，却可以完全不管。这类脾气，是"绅商"也不免发露的：袁世凯将要称帝的时候，有人以列名于劝进表中为"有面子"；有一国从青岛撤兵的时候，有人以列名于万民伞上为"有面子"。

所以，要"面子"也可以说并不一定是好事情——但我并非说，人应该"不要脸"。现在说话难，如果主张"非孝"，就有人会说你在煽动打父母，主张男女平等，就有人会说你在提倡乱交——这声明是万不可少的。

况且，"要面子"和"不要脸"实在也可以有很难分辨的时候。不是有一个笑话么？一个绅士有钱有势，我假定他叫四大人罢，人们都以能够和他扳谈为荣。有一个专爱夸耀的小瘪三，一天高兴的告诉别人道："四大人和我讲过话了！"人问他"说什么呢？"答道："我站在他门口，四大人出来了，对我说：滚开去！"当然，这是笑话，是形容这人的"不要脸"，但在他本人，是以为"有面子"的，如此的人一多，也就真成为"有面子"了。别的许多人，不是四大人连"滚开去"也不对他说么？

在上海，"吃外国火腿"①虽然还不是"有面子"，却也不算怎么"丢脸"了，然而比起被一个本国的下等人所踢来，又仿佛近于"有面子"。

中国人要"面子"，是好的，可惜的是这"面子"是"圆机活法"，善于变化，于是就和"不要脸"混起来了。长谷川如是闲说"盗泉"云："古之君子，恶其名而不饮，今之君子，改其名而饮之。"也说穿了"今之君子"的"面子"的秘密。

十月四日
收《且介亭杂文》

---

① 上海俗语，指被外国人所踢。

论讽刺

我们常不免有一种先入之见,看见讽刺作品,就觉得这不是文学上的正路,因为我们先就以为讽刺并不是美德。但我们走到交际场中去,就往往可以看见这样的事实,是两位胖胖的先生,彼此弯腰拱手,满面油晃晃的正在开始他们的扳谈——

"贵姓?……"

"敝姓钱。"

"哦,久仰久仰!还没有请教台甫……"

"草字阔亭。"

"高雅高雅。贵处是……?"

"就是上海……"

"哦哦,那好极了,这真是……"

谁觉得奇怪呢?但若写在小说里,人们可就会另眼相看了,恐怕大概要被算作讽刺。有好些直写事实的作者,就这样的被蒙上了"讽刺家"——很难说是好是坏——

的头衔。例如在中国,则《金瓶梅》写蔡御史的自谦和恭维西门庆道:"恐我不如安石之才,而君有王右军之高致矣!"还有《儒林外史》写范举人因为守孝,连象牙筷也不肯用,但吃饭时,他却"在燕窝碗里拣了一个大虾圆子送在嘴里",和这相似的情形是现在还可以遇见的;在外国,则如近来已被中国读者所注意了的果戈理的作品,他那《外套》(韦素园译,在《未名丛刊》中)里的大小官吏,《鼻子》(许遐译,在《译文》中)里的绅士,医生,闲人们之类的典型,是虽在中国的现在,也还可以遇见的。这分明是事实,而且是很广泛的事实,但我们皆谓之讽刺。

人大抵愿意有名,活的时候做自传,死了想有人分讣文,做行实,甚而至于还"宣付国史馆立传"。人也并不全不自知其丑,然而他不愿意改正,只希望随时消掉,不留痕迹,剩下的单是美点,如曾经施粥赈饥之类,却不是全般。"高雅高雅",他其实何尝不知道有些肉麻,不过他又知道说过就完,"本传"里决不会有,于是也就放心的"高雅"下去。如果有人记了下来,不给它消灭,他可要不高兴了。于是乎挖空心思的来一个反攻,说这些乃是"讽刺",向作者抹一脸泥,来掩藏自己的真相。但我们也每不免来不及思索,跟着说,"这些乃是讽刺呀!"上当真可是不浅得很。

同一例子的还有所谓"骂人"。假如你到四马路去，看见雉妓在拖住人，倘大声说"野鸡在拉客"，那就会被她骂你是"骂人"。骂人是恶德，于是你先就被判定在坏的一方面了；你坏，对方可就好。但事实呢，却的确是"野鸡在拉客"，不过只可心里知道，说不得，在万不得已时，也只能说"姑娘勒浪做生意"，恰如对于那些弯腰拱手之辈，做起文章来，是要改作"谦以待人，虚以接物"的。——这才不是骂人，这才不是讽刺。

其实，现在的所谓讽刺作品，大抵倒是写实。非写实决不能成为所谓"讽刺"；非写实的讽刺，即使能有这样的东西，也不过是造谣和诬蔑而已。

三月十六日
收《且介亭杂文二集》

半夏小集

一

A：你们大家来品评一下罢，B竟蛮不讲理的把我的大衫剥去了！

B：因为A还是不穿大衫好看。我剥它掉，是提拔他；要不然，我还不屑剥呢。

A：不过我自己却以为还是穿着好……

C：现在东北四省失掉了，你漫不管，只嚷你自己的大衫，你这利己主义者，你这猪猡！

C太太：他竟毫不知道B先生是合作的好伴侣，这昏蛋！

二

用笔和舌，将沦为异族的奴隶之苦告诉大家，自然是不错的，但要十分小心，不可使大家得着这样的结论："那么，到底还不如我们似的做自己人的奴隶好。"

三

"联合战线"之说一出,先前投敌的一批"革命作家",就以"联合"的先觉者自居,渐渐出现了。纳款,通敌的鬼蜮行为,一到现在,就好像都是"前进"的光明事业。

四

这是明亡后的事情。

凡活着的,有些出于心服,多数是被压服的。但活得最舒服横恣的是汉奸;而活得最清高,被人尊敬的,是痛骂汉奸的逸民。后来自己寿终林下,儿子已不妨应试去了,而且各有一个好父亲。至于默默抗战的烈士,却很少能有一个遗孤。

我希望目前的文艺家,并没有古之逸民气。

五

A:B,我们当你是一个可靠的好人,所以几种关于革命的事情,都没有瞒了你。你怎么竟向敌人告密去了?

B:岂有此理!怎么是告密!我说出来,是因为他们问了我呀。

A:你不能推说不知道吗?

B:什么话!我一生没有说过谎,我不是这种靠不住的人！

六

A：阿呀，B先生，三年不见了！你对我一定失望了罢？……

B：没有的事……为什么？

A：我那时对你说过，要到西湖上去做二万行的长诗，直到现在，一个字也没有，哈哈哈！

B：哦，……我可并没有失望。

A：您的"世故"可是进步了，谁都知道您记性好，"责人严"，不会这么随随便便的，您现在也学会了说谎。

B：我可并没有说谎。

A：那么，您真的对我没有失望吗？

B：唔，无所谓失不失望，因为我根本没有相信过你。

七

庄生以为"在上为乌鸢食，在下为蝼蚁食"，死后的身体，大可随便处置，因为横竖结果都一样。

我却没有这么旷达。假使我的血肉该喂动物，我情愿喂狮虎鹰隼，却一点也不给癞皮狗们吃。

养肥了狮虎鹰隼，它们在天空，岩角，大漠，丛莽里是伟美的壮观,捕来放在动物园里,打死制成标本,也令人看了神旺,消去鄙吝的心。

但养胖一群癞皮狗,只会乱钻,乱叫,可多么讨厌!

八

琪罗编辑圣·蒲孚[①]的遗稿,名其一部为《我的毒》(Mes Poisons);我从日译本上,看见了这样的一条:

"明言着轻蔑什么人,并不是十足的轻蔑。惟沉默是最高的轻蔑。——我在这里说,也是多余的。"

诚然,"无毒不丈夫",形诸笔墨,却还不过是小毒。最高的轻蔑是无言,而且连眼珠也不转过去。

九

作为缺点较多的人物的模特儿,被写入一部小说里,这人总以为是晦气的。

殊不知这并非大晦气,因为世间实在还有写不进小说里去的人。倘写进去,而又逼真,这小说便被毁坏。

譬如画家,他画蛇,画鳄鱼,画龟,画果子壳,画字纸篓,画垃圾堆,但没有谁画毛毛虫,画癞头疮,画鼻涕,画大便,就是一样的道理。

[①] 通译圣佩韦,法国文艺批评家。

有人一知道我是写小说的,便回避我,我常想这样的劝止他,但可惜我的毒还不到这程度。

收《且介亭杂文末编》

导师

　　近来很通行说青年；开口青年，闭口也是青年。但青年又何能一概而论？有醒着的，有睡着的，有昏着的，有躺着的，有玩着的，此外还多。但是，自然也有要前进的。

　　要前进的青年们大抵想寻求一个导师。然而我敢说：他们将永远寻不到。寻不到倒是运气；自知的谢不敏，自许的果真识路么？凡自以为识路者，总过了"而立"之年，灰色可掬了，老态可掬了，圆稳而已，自己却误以为识路。假如真识路，自己就早进向他的目标，何至于还在做导师。说佛法的和尚，卖仙药的道士，将来都与白骨是"一丘之貉"，人们现在却向他听生西的大法，求上升的真传，岂不可笑！

　　但是我并非敢将这些人一切抹杀；和他们随便谈谈，是可以的。说话的也不过能说话，弄笔的也不过能弄笔；

别人如果希望他打拳，则是自己错。他如果能打拳，早已打拳了，但那时，别人大概又要希望他翻筋斗。

有些青年似乎也觉悟了，我记得《京报副刊》征求青年必读书时，曾有一位发过牢骚，终于说，只有自己可靠！我现在还想斗胆转一句，虽然有些杀风景，就是：自己也未必可靠的。

我们都不大有记性。这也无怪，人生苦痛的事太多了，尤其是在中国。记性好的，大概都被厚重的苦痛压死了；只有记性坏的，适者生存，还能欣然活着。但我们究竟还有一点记忆，回想起来，怎样的"今是昨非"呵，怎样的"口是心非"呵，怎样的"今日之我与昨日之我战"呵。我们还没有正在饿得要死时于无人处见别人的饭，正在穷得要死时于无人处见别人的钱，正在性欲旺盛时遇见异性，而且很美的。我想，大话不宜讲得太早，否则，倘有记性，将来想到时会脸红。

或者还是知道自己之不甚可靠者，倒较为可靠罢。

青年又何须寻那挂着金字招牌的导师呢？不如寻朋友，联合起来，同向着似乎可以生存的方向走。你们所多的是生力，遇见深林，可以辟成平地的，遇见旷野，可以栽种树木的，遇见沙漠，可以开掘井泉的。问什么荆棘塞途的老路，寻什么乌烟瘴气的鸟导师！

　　　　　　　　　　　　五月十一日
　　　　　　　　　　　　收《华盖集》

长城

伟大的长城!

这工程,虽在地图上也还有它的小像,凡是世界上稍有知识的人们,大概都知道的罢。

其实,从来不过徒然役死许多工人而已,胡人何尝挡得住。现在不过一种古迹了,但一时也不会灭尽,或者还要保存它。

我总觉得周围有长城围绕。这长城的构成材料,是旧有的古砖和补添的新砖。两种东西联为一气造成了城壁,将人们包围。

何时才不给长城添新砖呢?

这伟大而可诅咒的长城!

五月十一日
收《华盖集》

难得糊涂

因为有人谈起写篆字，我倒记起郑板桥有一块图章，刻着"难得糊涂"。那四个篆字刻得叉手叉脚的，颇能表现一点名士的牢骚气。足见刻图章写篆字也还反映着一定的风格，正像"玩"木刻之类，未必"只是个人的事情"："谬种"和"妖孽"就是写起篆字来，也带着些"妖谬"的。

然而风格和情绪，倾向之类，不但因人而异，而且因事而异，因时而异。郑板桥说"难得糊涂"，其实他还能够糊涂的。现在，到了"求仕不获无足悲，求隐而不得其地以窜者，毋亦天下之至哀欤"的时代，却实在求糊涂而不可得了。

糊涂主义，唯无是非观等等——本来是中国的高尚道德。你说他是解脱，达观罢，也未必。他其实在固执着，坚持着什么，例如道德上的正统，文学上的正宗之类。这终于说出来了：——道德要孔孟加上"佛家报应之说"（老庄另帐登记），而说别人"鄙薄"佛教影响就是"想为儒家争正统",原来同善社的三教同源论早已是正统了。文学呢?要用生涩字,用词藻,秾纤的作品,而且是新文学的作品,虽则他"否认新文学和旧文学的分界";而大众文学"固然赞成","但那是文学中的一个旁支"。正统和正宗,是明显的。

对于人生的倦怠并不糊涂!活的生活已经那么"穷乏",要请青年在"佛家报应之说",在"《文选》,《庄子》,《论语》,《孟子》"里去求得修养。后来,修养又不见了,只剩得字汇。"自然景物、个人情感、宫室建筑,……之类,还不妨从《文选》之类的书中去找来用。"从前严几道从甚么古书里——大概也是《庄子》罢——找着了"幺匿"两个字来译 Unit,又古雅,又音义双关的。但是后来通行的却是"单位"。严老先生的这类"字汇"很多,大抵无法复活转来。现在却有人以为"汉以后的词,秦以前的字,西方文化所带来的字和词,可以拼成功我们的光芒的新文学"。这光芒要是只在字和词,那大概像古墓里的贵妇人似的,满身都是珠光宝气了。人生却不在拼凑,而在创造,几千百万的活人在创造。可恨的是人生那么骚扰忙乱,使一些人"不得其地以窜",想要逃进字和词里去,以求"庶免是非",然而又不可得。真要写篆字刻图章了!

十一月六日

收《准风月谈》

南京民谣

大家去谒灵,强盗装正经。①
静默十分钟,各自想拳经。

收《集外集拾遗》

---

① 谒灵即谒陵。一九三一年十二月二十三日《申报》报道,参加国民党四届一中全会的中央委员于当日上午八时全体拜谒孙中山的陵墓。

大小骗

"文坛"上的丑事,这两年来真也揭发得不少了:剪贴,瞎抄,贩卖,假冒。不过不可究诘的事情还有,只因为我们看惯了,不再留心它。

名人的题签,虽然字不见得一定写的好,但只在表示这书的作者或出版者认识名人,和内容并无关系,是算不得骗人的。可疑的是"校阅"。校阅的脚色,自然是名人,学者,教授。然而这些先生们自己却并无关于这一门学问的著作。所以真的校阅了没有是一个问题;即使真的校阅了,那校阅是否真的可靠又是一个问题。但再加校阅,给以批评的文章,我们却很少见。

还有一种是"编辑"。这编辑者,也大抵是名人,因这名,就使读者觉得那书的可靠。但这是也很可疑的。如果那书上有些序跋,我们还可以由那文章,思想,断定它是否真是这人所编辑,但市上所陈列的书,常有翻开便是目录,叫你一点也摸不着头脑的。这怎么靠得住?至于大部的各门类的刊物的所谓"主编",那是这位名人竟上至天空,下至地底,无不通晓了,"无为而无不为",倒使我们无须再加以揣测。

还有一种是"特约撰稿"。刊物初出,广告上往往开列一大批特约撰稿的名人,有时还用凸版印出作者亲笔的签名,以显示其真实。这并不可疑。然而过了一年半载,可就渐有破绽了,许多所谓特约撰稿者的东西一个字也不见。是并没有约,还是约而不来呢,我们无从知道;但可见那些所谓亲笔签名,也许是从别处剪来,或者简直是假造的了。要是从投稿上取下来的,为什么见签名却不见稿呢?

这些名人在卖着他们的"名",不知道可是领着"干薪"的?倘使领的,自然是同意的自卖,否则,可以说是被"盗卖"。"欺世盗名"者有之,盗卖名以欺世者又有之,世事也真是五花八门。然而受损失的却只有读者。

三月七日
收《花边文学》

我要骗人

疲劳到没有法子的时候,也偶然佩服了超出现世的作家,要模仿一下来试试。然而不成功。超然的心,是得像贝类一样,外面非有壳不可的。而且还得有清水。浅间山边,倘是客店,那一定是有的罢,但我想,却未必有去造"象牙之塔"的人的。

为了希求心的暂时的平安,作为穷余的一策,我近来发明了别样的方法了,这就是骗人。

去年的秋天或是冬天,日本的一个水兵,在闸北被暗杀了。忽然有了许多搬家的人,汽车租钱之类,都贵了好几倍。搬家的自然是中国人,外国人是很有趣似的站在马路旁边看。我也常常去看的。一到夜里,非常之冷静,再没有卖食物的小商人了,只听得有时从远处传来着犬吠。然而过了两三天,搬家好像被禁止了。警察拼死命的在殴打那些拉着行李的大车夫和洋车夫,日本的报章,中国的报章,都异口同声的对于搬了家的人们给了一个"愚民"

的徽号。这意思就是说,其实是天下太平的,只因为有这样的"愚民",所以把颇好的天下,弄得乱七八糟了。

我自始至终没有动,并未加入"愚民"这一伙里。但这并非为了聪明,却只因为懒惰。也曾陷在五年前的正月的上海战争——日本那一面,好像是喜欢称为"事变"似的——的火线下,而且自由早被剥夺[①],夺了我的自由的权力者,又拿着这飞上空中了,所以无论跑到那里去,都是一个样。中国的人民是多疑的。无论那一国人,都指这为可笑的缺点。然而怀疑并不是缺点。总是疑,而并不下断语,这才是缺点。我是中国人,所以深知道这秘密。其实,是在下着断语的,而这断语,乃是:到底还是不可信。但后来的事实,却大抵证明了这断语的的确。中国人不疑自己的多疑。所以我的没有搬家,也并不是因为怀着天下太平的确信,说到底,仍不过为了无论那里都一样的危险的缘故。五年以前翻阅报章,看见过所记的孩子的死尸的数目之多,和从不见有记着交换俘虏的事,至今想起来,也还是非常悲痛的。

虐待搬家人,殴打车夫,还是极小的事情。中国的人民,是常用自己的血,去洗权力者的手,使他又变成洁净的人

[①] 自由早被剥夺指作者被通缉的事。一九三○年二月作者参加发起中国自由运动大同盟,国民党浙江省党部即呈请国民党中央通缉"堕落文人鲁迅"。

物的,现在单是这模样就完事,总算好得很。

但当大家正在搬家的时候,我也没有整天站在路旁看热闹,或者坐在家里读世界文学史之类的心思。走远一点,到电影院里散闷去。一到那里,可真是天下太平了。这就是大家搬家去住的处所。我刚要跨进大门,被一个十二三岁的女孩子捉住了。是小学生,在募集水灾的捐款,因为冷,连鼻子尖也冻得通红。我说没有零钱,她就用眼睛表示了非常的失望。我觉得对不起人,就带她进了电影院,买过门票之后,付给她一块钱。她这回是非常高兴了,称赞我道,"你是好人",还写给我一张收条。只要拿着这收条,就无论到那里,都没有再出捐款的必要。于是我,就是所谓"好人",也轻松的走进里面了。

看了什么电影呢?现在已经丝毫也记不起。总之,大约不外乎一个英国人,为着祖国,征服了印度的残酷的酋长,或者一个美国人,到亚非利加去,发了大财,和绝世的美人结婚之类罢。这样的消遣了一些时光,傍晚回家,又走进了静悄悄的环境。听到远地里的犬吠声。女孩子的满足的表情的相貌,又在眼前出现,自己觉得做了好事情了,但心情又立刻不舒服起来,好像嚼了肥皂或者什么一样。

诚然,两三年前,是有过非常的水灾的,这大水和日本的不同，几个月或半年都不退。但我又知道，中国有着叫作"水利局"的机关，每年从人民收着税钱，在办事。但反而出了这样的大水了。我又知道，有一个团体演了戏来筹钱，因为后来只有二十几元，衙门就发怒不肯要。连被水灾所害的难民成群的跑到安全之处来，说是有害治安，就用机关枪去扫射的话也都听到过。恐怕早已统统死掉了罢。然而孩子们不知道，还在拼命的替死人募集生活费，募不到，就失望，募到手，就喜欢。而其实，一块来钱，是连给水利局的老爷买一天的烟卷也不够的。我明明知道着，却好像也相信款子真会到灾民的手里似的，付了一块钱。实则不过买了这天真烂漫的孩子的欢喜罢了。我不爱看人们的失望的样子。

倘使我那八十岁的母亲，问我天国是否真有，我大约是会毫不踌躇，答道真有的罢。

然而这一天的后来的心情却不舒服。好像是又以为孩子和老人不同，骗她是不应该似的，想写一封公开信，说明自己的本心，去消释误解，但又想到横竖没有发表之处，于是中止了，时候已是夜里十二点钟。到门外去看了一下。

已经连人影子也看不见。只在一家的檐下，有一个卖馄饨的，在和两个警察谈闲天。这是一个平时不大看见的特别穷苦的肩贩，存着的材料多得很，可见他并无生意。

用两角钱买了两碗，和我的女人两个人分吃了。算是给他赚一点钱。

庄子曾经说过："干下去的（曾经积水的）车辙里的鲋鱼，彼此用唾沫相湿，用湿气相嘘，"——然而他又说，"倒不如在江湖里，大家互相忘却的好。"①

可悲的是我们不能互相忘却。而我，却愈加恣意的骗起人来了。如果这骗人的学问不毕业，或者不中止，恐怕是写不出圆满的文章来的。

但不幸而在既未卒业，又未中止之际，遇到山本社长了。因为要我写一点什么，就在礼仪上，答道"可以的"。因为说过"可以"，就应该写出来，不要使他失望，然而到底也还是写了骗人的文章。

写着这样的文章，也不是怎么舒服的心地。要说的话多得很，但得等候"中日亲善"更加增进的时光。不久之后，恐怕那"亲善"的程度，竟会到在我们中国，认为排日即国贼——因为说是共产党利用了排日的口号，使中国灭亡的缘故——而到处的断头台上，都闪烁着太阳的圆圈②的罢，但即使到了这样子，也还不是披沥真实的心的时光。

---

① 《庄子》的《大宗师》和《天运》篇中都有这样的话："泉涸，鱼相与处于陆，相呴以湿，相濡以沫，不如相忘于江湖。""涸辙之鲋"，另见《庄子·外物》篇。

② 指日本的国旗。

单是自己一个人的过虑也说不定：要彼此看见和了解真实的心，倘能用了笔，舌，或者如宗教家之所谓眼泪洗明了眼睛那样的便当的方法，那固然是非常之好的，然而这样便宜事，恐怕世界上也很少有。这是可以悲哀的。一面写着漫无条理的文章，一面又觉得对不起热心的读者了。

　　临末，用血写添几句个人的豫感，算是一个答礼罢。

二月二十三日
收《且介亭杂文末编》

从讽刺到幽默

讽刺家,是危险的。

假使他所讽刺的是不识字者,被杀戮者,被囚禁者,被压迫者罢,那很好,正可给读他文章的所谓有教育的智识者嘻嘻一笑,更觉得自己的勇敢和高明。然而现今的讽刺家之所以为讽刺家,却正在讽刺这一流所谓有教育的智识者社会。

因为所讽刺的是这一流社会,其中的各分子便各各觉得好像刺着了自己,就一个个的暗暗的迎出来,又用了他们的讽刺,想来刺死这讽刺者。

最先是说他冷嘲,渐渐的又七嘴八舌地说他谩骂,俏皮话,刻毒,可恶,学匪,绍兴师爷,等等,等等。然而讽刺社会的讽刺,却往往仍然会"悠久得惊人"的,即使捧出了做过和尚的洋人或专办了小报来打击,也还是没有效,这怎不气死人也么哥呢!

枢纽是在这里:他所讽刺的是社会,社会不变,这讽刺就跟着存在，而你所刺的是他个人，他的讽刺倘存在，你的讽刺就落空了。

所以，要打倒这样的可恶的讽刺家，只好来改变社会。

然而社会讽刺家究竟是危险的，尤其是在有些"文学家"明明暗暗的成了"王之爪牙"的时代。人们谁高兴做"文字狱"中的主角呢，但倘不死绝，肚子里总还有半口闷气，要借着笑的幌子，哈哈的吐他出来。笑笑既不至于得罪别人，现在的法律上也尚无国民必须哭丧着脸的规定，并非"非法"，盖可断言的。

我想：这便是去年以来，文字上流行了"幽默"的原因，但其中单是"为笑笑而笑笑"的自然也不少。

然而这情形恐怕是过不长久的，"幽默"既非国产，中国人也不是长于"幽默"的人民，而现在又实在是难以幽默的时候。于是虽幽默也就免不了改变样子了，非倾于对社会的讽刺，即堕入传统的"说笑话"和"讨便宜"。

三月二日
收《伪自由书》

从幽默到正经

"幽默"一倾于讽刺,失了它的本领且不说,最可怕的是有些人又要来"讽刺",来陷害了,倘若堕于"说笑话",则寿命是可以较为长远,流年也大致顺利的,但愈堕愈近于国货,终将成为洋式徐文长。当提倡国货声中,广告上已有中国的"自造舶来品",便是一个证据。

而况我实在恐怕法律上不久也就要有规定国民必须哭丧着脸的明文了。笑笑,原也不能算"非法"的。但不幸东省沦陷,举国骚然,爱国之士竭力搜索失地的原因,结果发见了其一是在青年的爱玩乐,学跳舞。当北海上正在嘻嘻哈哈的溜冰的时候,一个大炸弹抛下来,虽然没有伤人,冰却已经炸了一个大窟窿,不能溜之大吉了。

又不幸而榆关失守,热河吃紧了,有名的文人学士,也就更加吃紧起来,做挽歌的也有,做战歌的也有,讲文德[④]的也有,骂人固然可恶,俏皮也不文明,要大家做正经文章,装正经脸孔,以补"不抵抗主义"之不足。

但人类究竟不能这么沉静，当大敌压境之际，手无寸铁，杀不得敌人，而心里却总是愤怒的，于是他就不免寻求敌人的替代。这时候，笑嘻嘻的可就遭殃了，因为他这是便被叫作："陈叔宝全无心肝。"[1]所以知机的人，必须也和大家一样哭丧着脸，以免于难。"聪明人不吃眼前亏"，亦古贤之遗教也，然而这时也就"幽默"归天，"正经"统一了剩下的全中国。

明白这一节，我们就知道先前为什么无论贞女与淫女，见人时都得不笑不言；现在为什么送葬的女人，无论悲哀与否，在路上定要放声大叫。

这就是"正经"。说出来么，那就是"刻毒"。

三月二日
收《伪自由书》

---

[1] 陈叔宝即南朝陈后主。《南史·陈本纪》："（陈叔宝）既见宥，隋文帝给赐甚厚，数得引见，班同三品；每预宴，恐致伤心，为不奏吴音。后监守者奏言：'叔宝云，既无秩位，每预朝集，愿得一官号。'隋文帝曰：'叔宝全无心肝。'"

许广平

我的小学时代

学生生活是值得留恋的,尤其幼小时的求学,一半在读书,一半也在玩。

在平常人的小学时期,我是进到家塾里去的,这里就算是我的小学了。那家塾,构成于我的三位哥哥,和姑母的表兄、姊、弟等共七八人,原是为他们男孩子的教育,特地聘请的。

我的家庭是非常之封建的,依照旧式的眼光,就是所谓"仕宦之家"的一个聚族而居的大家族,关起大门有一二百人在生活着,也就是同居分炊的一个集团。他们有的是闲空,多余的时光就用在品评别人,但因为是本家或长辈,说起话来较普通邻居有力。女孩子是学些刺绣,比较优良待遇是向一位略识之士的女先生读几句《三字经》,和自修学习到的,会读读乡土文学的产品"木鱼书",那却是向父亲兄弟一个个字问来的。我的姑母们,有三两个会写几行书信,就是拜"木鱼书"做先生,完全"木鱼书"

式的文学。待听到母亲叫我跟着哥哥们跑到家塾里和男孩子们混在一起，领受男教师的教课，她们认为是天翻地覆地异乎寻常的大事，和家庭的前途，以及一向的规矩都两样，不得不抗议了，于是想出一个很动听的理由，向母亲说："女孩子和男孩子一起读书，会夺掉男人的聪明的。"

她们不晓得矜悯自己的失学，而帮助后辈如我的急去补救，反而替男人卫道了，这是甘于堕落的人们！幸而还好，我的母亲是生长在澳门的侨胞，自幼吸收文明，男女的界限没有她们严，而且她自己正是在家里和兄弟们一起读书，做得一手好诗词。于是她给劝告的人们答复了，"不要紧的，我在家里也和兄弟们一起读书，并没有夺去他们的聪明。"

跟着哥哥们去上学，晚上回家，母亲还叫哥哥们教我自修，每天给他们的酬劳是一个铜板。读了不几天的《三字经》，父亲向哥哥们发话了，叫他们第二天向先生说，不要读"官话"——预备哥哥们大起来要做官的，所以聘来的是旗籍（满洲人）的先生，读书不是用广东土音，是蓝青官话——女孩子认识几个字，会写封家书就得，哪里会出门，做官。第二天，哥哥照样向先生禀告，马上教给广东音。怎样子对付呢？他们读的都是官话，我一个人被歧视，不愿意，得想法子。但是一个启蒙的小孩子，好容易有书读，还要不安分，假使反抗，连书也不准读，不是更吃亏吗？不过总得设法，我想。当先生教我土音的时候，我就随声跟着读，他嘴一停，我也不作声，这表示我不是不肯学，是不能学会。如是者从早上至中午，下午，大家都差不多做完功课，放学了，我还是立在先生的桌子前面，等待他抽空不时地教我读。平心静气地我立了几乎一天了，平时是教一两遍就算了的。先生不耐烦起来，向哥哥们情商，带恭维的口吻说："她读了快一天了，还是不会，以前不这样的，你们是官家子弟，读官话比较相宜，好在会了官话也一样地会读土音，还是让她照旧读官话罢。"哥哥无所可否地遵从了，先生改日教了一次，我在早已烂熟之下立刻给背诵了。先生带着证实的欣快调子，笑着说，"我的话，怎样，还是照旧罢。"这一胜利，给予我的前途影响非常之大，后来到了天津读书，虽然北方话同官话有些不同，大致上是比只懂广东话的同乡去到北方便利多了。听了一星期的教课，就能够贯通了，虽然蓝青官话时常被天津腔的小姐见笑，但是不要紧，我少讲话，多听书，没有很大的不方便。

先生虽则是古董式，但也有些洋学气，那是因为已经创立学校，他也被迫去学过简易师范之流的新民教育，回来就在大厅子上把几个男女生排起队来，喊出立正，开步走之流的简单体操，就因为是四十多岁的老秀才，他自己的姿势还未弄端正，所以弄得这一批小学生也莫知所从了。

我们的功课表每天清早写大小楷，先生一到就背昨天教过的书，约莫十时了，讲书内容多是经书一类的，午饭之后温旧书，背诵；再讲书，那是廿四史或古文。再有时间，就又教些新书，立刻熟读，背出，然后放学；这些都是给大一些的哥哥们习的，至于我，除了自己读的《孝经》,《四书》,《诗经》,《书经》,《易经》等之外，先生也会讲到，其余的高级学问，是不给预备的，自然更没有书来听。也不要紧，就凭空来听一下也好，为了教育的高低不同，我总是偷偷地读的。记得先生爱读伯夷列传，时常抑扬顿挫地在读，我也偷偷给学会了。至于古文笔法百篇，是选给大家讲读的，偶然也涉及《东莱博议》，或《古文观止》，但据哥哥们说，先生自己是留着一手的，就是偷自有一部《古文辞类纂》，不教给他们。

遇到礼拜天，上午是做对子，或学习写信，下午再做一篇论说，然后讲文章。讲完如果立刻读熟背出，我们也会有好运气，这是两三个月一次难得的机会，家庭里交出些钱，先生带着七八个男女孩子，步行进城去买纸笔。那时每个还拖着小辫子，先生一把手拿着男孩子的辫子，另一把手就是女的，这样不大自由的走动，大家并不觉得不舒服，因为一群小孩子一道到马路去实在是难遇到的，每逢走出一家店门，先生总是说："好生意！"一个人不止说一声就完了，于是成了晚鸦的乱噪。好在是恭维话，人家照例是欢迎的，目送我们走出之后，耳边总听到一句："他真好福气。"大约当我们是先生的儿女了。

先生管理相当地严，但是闹玩的机会还是有的，第一是约好早些到书房，写好字之后，叫一个小孩在门口侦探，放步哨，我们在里面玩。见到了猫，赶紧捉住，连同鸡、狗，我们都关在一间堆杂物的房间里，号令一出，大家拍手高跳，大叫大喊，把那些小动物们，吓得真个鸡飞狗走，猫急乱窜，我们更得意，步步迫紧，除非报告先生来了，是不肯停止的。我的三哥，人比较聪明，时常想出新花头玩，但挨打的机会也是他多些，有一回先生有事情陪了他的兄弟走开，要三两个钟头才回来，机会到了，大家来比赛山水图画。画笔是用大字笔吸饱了墨水，插在竹竿上，画面就是墙壁、天花板，谁画得最高，最登样，谁就胜利。因此大家都趴到椅子桌子上画了，矮些的甚至桌上添些椅子，在旧式的房子，有时添了椅子还够不上天花板呢，就被挤下，哄笑了。正在兴高采烈之际，先生回来了，待看到不平常的四周，立刻每人罚打手心，根究出谁是主谋之后，那个哥哥最吃亏，挨了十多下的藤鞭子。

有一回，我们先吃好饭，先生才开始去用，偷着机会，我的三哥又有法子玩了，他把写字纸一团扎在辫子末尾，再向孔子跟前的油灯上沾满了油，点着火，来回地飞跑，说是"田单火牛"。隔壁房间的先生，嗅着油烟气味，含着满嘴的饭跑来一看，大吃一惊，立刻扑熄了正在漫延的火，拖住哥哥就打，警告他下次不得再冒险，我们连带受着不举发的罪名，打了几记手心。

先生非常尊孔的，而且真以为他是"精神不死"。每月初一、十五，照例由他率领叩拜。某一回叩拜之后不久，先生到马路上的厕所去了，经常这二三十分钟是我们休息，玩的好机会。这次我的三哥又来了，他把蜡烛油向嵌着"大成至圣先师孔子"的玻璃面擦，说是替孔子"开光"，那是仿效一般神庙建筑完成的开始仪式。但是他这种特殊的礼仪给先生回来看见了，盛怒之下，认为是"污辱圣人"，叫三哥穿起长袍，必恭必敬把双手捧到井旁，跪着揩洗干净，放好之后，还把椅子一张，放在孔子面前叫三哥伏下来，抽了重重的几十下屁股。

但我们并非真不尊孔，座位分男女两行，每行中央是三哥和我，我们都理出一张放书的抽斗来，在正里面也写着一条"大成至圣先师孔子"的红纸牌位，两旁还满写着不少的五彩对联，那是向各方面寻便抄得来的，而且互相竞赛，比起先生的那一份，阔气多了，在我们眼睛里看去。每逢早午吃点心的时候，大家也总留起一部分，一小盘，一小碟地陈列着，多么丰盛的款待，先生那里及得上。因为时常竞赛，小小的纷扰，引起先生的奇怪，连忙跑过来拔开抽斗一看，一目了然之后又怒起来了，说我们"污辱圣人"！"孔子那里会躲在你们的小抽斗里？快快弄去！"随手把我们的小盘小碟连同各色小点心都丢到门外去了，含着满腔眼泪惋惜这伟大建设的毁灭，小小心灵是多么遭受惨痛的蹂躏呢。

不过我们的玩意是破坏不完的，这个做不通那个又起来，与其说是每天来读书倒不如说每天来聚着玩，其间自然大部分时间是在先生鞭策之下做功课，但更要紧的是待时而动。这所谓动，譬如先生有朋友来谈天，总不好意思分神来管束了。我们可以递纸条谈天，也可以向先生请假如厕，一个个分批溜到外面玩。有时出去的回数太多，被先生觉察了，他就黑板上写出每个人名字，出去一次要记下一次，每人不得超过若干次，否则打手心。结果还是无效，最爱出去的他会把记号画在别人的名义上，一样的去玩。应酬在我们也着重，某一人生日，大家每人出几个铜板，一起去小店买些糖、饼分吃。汽水一两瓶，是立在店里一人一口轮流着，谁多吃一口，就是被请的一位，也不会放松的。

有时也会遇到"皇恩大赦"的时候，那是先生带我们去旗下街逛，这一个禁地，不是满洲子弟不能随便走进的，好在先生一路打招呼，我们走进去之后，最开心的是尝到那里面一家有名的油炸云吞，而且是奉旨来玩，放肆些先生也不会板起面孔的，这是我们最难得的好机会。

回忆是更使人依恋，我那捉不回的儿童时代的可爱时光，虽然中了一些旧学的毒，使得我入小学的机会取消了。然而在守旧的家庭里，我第一个能够走到男女同学的书房，想想总可以欣慰不少的。

像捣乱,不是学习

G城是我的故乡,那里虽然是革命发源地,同时也是封建堡垒最后的一座铁壁铜墙。当我出世的时候,已经是戊戌变法之后,沐过维新空气的国土,借了西欧文明的熏陶,使得我的母亲肯不顾本家的窃窃私议而竟然令我走入哥哥们读书的私塾。

毕竟是封建的社会和半开化的家庭,入学的第二天,就听到父亲拿着水烟筒边抽边向大哥哥吩咐:"明天见了老师,向他说'霞囡读书,只念广东话,认识几个字,会写封家书,就够了,女人那里会做官?根本用不着读官话'。"所谓官话,其实不过是本地旗人教的蓝青话,不十分正确的。而在我们故乡,认为读书而读官话,已经是志气高人一等,非同寻常的了。

本来不错,女孩子那能配读书呢?而况我,入学的一天也没有像哥哥们的大模大样,到处受人尊敬,到处拜菩萨,贺入学喜。甚至于在新的书桌跟前,板凳上面还要用红纸遮着一大块糯米粉和糖做成的圆圆的饼，上面坐他一忽儿，据说是：不如此不会用功读书。我只不过冷清清地跟着哥哥们到书房去，在"大成至圣先师孔子"的牌位跟前磕了一个头；之后，对老师也照样磕了一个头，这就算完成盛典。坐在旧的书桌前，开始读那"人之初，性本善；性相近，习相远……"了。奇怪，哥哥们开头读的那几句"幼而学，壮而行；上致君，下泽民。扬名声，显父母，光于前，垂于后"，不是在小哥哥不久之前头一天如此读了，夜里回来，哥哥们还照样教的吗，为什么我读的不一样？给我读"人之初……"而不读"幼而学……"已经使我纳闷——可怜我是不懂其中妙用——这回更要令我读官话了，这那里行。

父亲的意思，老师是不会不依，我也绝对不能公然反对的，八岁的小女孩，一反对，马上可能没有书读。一点也没有办法，老师到了的时候，哥哥首先依着父亲的话禀告了。自然，立刻改口教我广东语，我也立刻随声咿唔。但是老师的口一停，我也马上不作声。老师不能总在教我读，在给哥哥们预备功课之余,抽空就又教我读。老是一样，他一停声，马上我就停口，像开头就没有学过，一个字也不认识一样。如是坚持到傍晚，快放夜学了，幸得老师回心转意，倒向哥哥们请托了，夹着恭维，说出他的意见：

"你们看，她读了一天书还是一字不会，而昨天不是这样的。可见广东话不相宜的了。你们是官宦之家，会读官话。好在读了官话也一定会读广东话的，还是由她去罢。"哥哥本来无可无不可的，在老师改口教读官话一遍之后，我把早已烂熟的几句给背完了。于是，托福在几年家塾里学习过官话的缘故，使我后来到北方读书，自己住到全是用国语听书讲话的环境里也没有很大的不方便，稍稍留心，过一两个星期便逐渐懂话了。虽然没有做成官，却读了书，这不能不说小时候倔强的一点点好处。

如果一直倔强下去，凡是不给女孩子学的，我都要学，也许成就不是限于这样，可惜有时我的负气取消了。看到哥哥们在下象棋，我要学。他们说："女孩子学什么？你比得过我们！你有猪肉分吗？"（我家每年春秋二次祭过祖的猪羊，每个男子都有得分的。）听了这含着侮辱的讥讽，从此绝对不走到他们下棋的圈子里去，一直到现在，我是不会下棋的。旧诗我也不会做，看到父亲，那位被人推许为评定诗钟（是一种截句的两句诗，要对仗工整，又要在七个字当中任意勘定的地方一定用某两个字）的好手，和自命是诗人的父亲，在恳切地好像把家传宝贝送给儿子似的教我哥哥的时候，好像感着免开尊口更好似的走开了，从此我对这门学问没有感到兴趣去学习。

老师是算新派的，虽然是八股先生，却已经入过强迫的"速成师范"，所以教起哥哥们历史、地理，用的本子是"二十四史"和"环瀛图志"，那生硬的开天辟地故事和世界各国风土人情，我都在没有书本之下而生吞活剥地装进脑子里，现在又送还把老师了。大致没有忘记的，就是不知怎地老师总爱默诵司马迁的《伯夷叔齐列传》，时常在巡视的时候就自己背诵起来。这原是并不算短的一篇文章，尤其是初入学的我看来，却一定也要把它学会，终于也一字不漏地像唱歌一样会唱出来了。原来不一定要正式教，也可以会，只要自己坚决去学习。以后，哥哥们的书本，经他收藏起来的好书，宝贝似的放在他房间的书橱里时，我得便就偷偷去拿来看。许多学习国文的参考书，都给我读到了。我以为这些帮助，比我从教师那里所得到的还要把握得住，受益得多。

我的家谱里名字当中是有"崇"字排的，我的哥哥们都是。父亲似乎优待我，在名字当中也像男孩一样排入崇字排，可是还要分别出是女人，第三个字是"嫺"，女旁，而取嫺星日之长寿之意。到了入学校，我向父亲请求，不要女字旁的名字。好，给我起了"广平"二字。我又反对了，"这有什么意思！""你懂得什么？这是广东太平的意思（那时屡经军阀变乱，人们的确希望太平，而父亲却拿这希望像符咒似的放在我的肩膀上,想要用我的名字来吓退敌人了)。而且宋广平是做过宰相的,兼之你母亲也姓宋,连姓带名读起来,无论国语广东话平仄都协调,易读,最好不过的了。"在严父的威势之下,没法子顶了这名字走到学校,走向人间。到了天津,那个初级师范的主任国文教师,那个为众景仰,身兼南开等数校,门墙桃李不下数千人的张皞如先生,时常向人称赞许多人都是他学生,连周恩来也是他得意门生的夸耀的张先生,头脑却冬烘得可怜。虽然承他看得起,给我取一个别字叫做"相梅",大约也还是从宋广平做梅花赋起的,不晓得为什么我的父亲和先生都那么念念不忘于做宰相,难道赞成女人参政吗?不是的。"五四"之后,那浪潮马上卷到天津来,学生们的游行,讲演,是没法子禁制得住的,而那位张先生,就在他上课的时候,我们要全班请假而遭严厉禁止了。谁也不会忍受下去,终于在他摇头叹气,以辞职相威胁之后大家走出课室。过后,好像就此决定了我不配做宰相的惋惜之下,被大的文学思潮所推动,这位张先生发讲义的时候,每每也夹着发些胡适的《文学改良刍议》,《白话文法》,或克鲁泡特金的《互助论》译文等。然而却又叮嘱说:"这些东西,念过一遍就会懂的,无须讲解。"仿佛不算得文章似的,同时我们的作文,还是要用文言,自然他会很详细的给逐句修改，评定甲乙，细加批语，好像一经提拔，把课卷贴在公共的墙壁上是无上光荣似的。而我却开始在课卷上学写白话文了。这引起张先生的大大痛惜，他劝我以后不要这样做。并且白话写的分数也特别比平时减少，更说不到像以前的幸运，被贴在墙上了。我还是写我的白话文。到了开全省的展览会，作文能够选出去是很体面的，张先生叫我去，好好地自己选几篇帖堂的文章抄送给他。我把他给我分数比平时少的几篇白话文都一古脑抄去了，一篇也没有文言。这却把张先生气个半死。从此，在他眼里，被判决我是自毁前程，无可救药的了。虽然我至今还没有学会写白话文，甚至有时连造句都自觉不妥，但是我却私自庆幸，没有做个腐儒以终。

图书馆是我的好所在，那里有许多书，杂志，报章，这些比课本上的知识还要更活泼，除了急迫的课业之外，我尽可能每天都要找出时间去的。却看到许多新花样：火炉周围坐满了人，在谈天说笑，吃花生米，烤山芋，或者在烤馒头，年糕，弄得满屋子乌烟瘴气，立足不住。另外有图书馆，那是在北京了，她们利用图书馆的温暖，三五成群在抄讲义，写书信，多数做一切不是图书馆里面的事体。我在课堂放毒气了，我故意渲染出那些从报纸上得来的消息，从杂志得来的学问，她们觉得缺了什么的不满足而去填补，生怕吃亏了似的，于是阅报室的坐位上添了不少整天咿唔古籍，和弯了背脊的女学士们，而我倒时常轮不到阅览了。寻求活的学问，向社会战斗的学问，离开书本，去请教鲁迅先生了，然而后来却消磨在家庭和小孩的繁琐上。一个女人，如果这两方面没有合理的解决，没法放开脚走一步的。这苦恼情形，不是男人所能了解，所以我控诉：那些劝女人安心在家庭的男人们是混蛋，说出不负责任，不了解，或故作不知的好听话来欺骗人。而那些和他们作应声虫的女人，是蔑良心，自己甘于忍受无理待遇，而满足于物质生活的丰饶，毫没有接受过家务劳碎和儿女管教的职务的同样不负责任的人云亦云的自掘坟墓者。

活的学问，随处都有，社会战斗时刻存在，要学习，多的是好书。在《人间》那厨师史墨如告诉高尔基说："好，你念书。书本中无论什么重要的知识都有。书正是个好东西！"他还说："念书呀！念不懂，就念七遍；七遍再不懂，就念十二遍……"当然，这本是神父伯伯问过高尔基念过没有的那种在史墨如看来是胡说的秘密禁书。好多书，我们现在也急待念，可惜我不能一一都举出来，但是我希望我能够有机会学习。此外，我以为仅只是向书本学习就算完了责任是不够的，我们拿书本所知的向社会实习罢。在过程中，一定有一样走向实习之途的人们，第一先要："敢说，敢笑，敢哭，敢怒，敢骂，敢打，在这可诅咒的地方，击退了可诅咒的时代！"这已经成了格言了，就是怎样把成为格言的变做事实，那才是真正在学习。对于这，我时常在想念，现在把它写了出来，供大家研究。末了，我还要说出我怎样对会学习的人受了很大的感动。我曾经读过高尔基著的《母亲》，那位老太太，什么都不懂的，却向年轻的儿子学习了。还有，革拉特珂夫著的《士敏土》那位黛荷工人的妻子，她是怎样坚强起来的？不是一有工夫就读书，在学习吗？没有年龄和环境的限制，如其肯去学习，不是都会有益处的吗？这是我相信着，而也希望更能够多多地给我有学习的机会。

我的斗争史

在最近六月出版了一部《穷人》，这是韦丛芜君从俄国陀思妥也夫斯基（Dostoyevsky）著的一本"Poor People"中译出的。这译本前面有鲁迅先生的小引，中间说到陀曾有那么几句："相传陀思妥也夫斯基不喜欢对人述说自己，尤不喜欢述说自己的困苦；但和他一生相纠结的却正是困难和贫穷。"

陀氏的伟大，我怎敢引用他自比呢？然而，的确，我从来也不喜欢对人述说自己，也尤不喜欢述说自己的困苦；专门拿自己恶的境遇，述说出来，博得一般同情或怜恤，在我以为是懦怯可耻的事，虽则这困苦中不少斗争在里面，还是藏起来的好。自然啰，所谓困苦，大部分离不了贫穷。但是，困苦也者，正如厨川白村氏《苦闷的象征》中第一章创作论所说："正因为有生的苦闷，也因为有战的苦痛，所以人生才有生的功效。"现在，我就把这些斗争的经过，不管它是酸甜苦辣，是辗转于沙漠中；所有一切真的内容，毫不改装地显现出来，倘或能够引起和我有一点相似境遇的人们作参考，或者完全和我相反的人们看看，也多知道一些世情，这是我此刻拿起笔来的动机罢。

电网是从我生下来就早已安设好，因此我能够呱呱地叫喊出来，已经给电网重重围住了。我的斗争是平常的么？的确，在我的时代——过渡的——相同的人不少有相类似的遭际吧。

在我的头上有三个哥哥，两位姊姊，哥哥不用说，由习俗的眼光，生下来就取得优越的地位，嘘寒问暖，那桩不格外小心？姊姊！听说也和哥们一起在书房读书，生得十分漂亮，人都称她是玉观音，裹得好小脚，天天由老妈背上书房去，但是，九岁的时候死了，临死口内还如流的背诵《三字经》，《孝经》，《四书》，《诗经》，这是一个很深刻的印象，所以等到我生下来是那丑陋不堪，稍能读书，又不如阿姊的聪明，于是母亲常常引起感慨，想是说："好的都死光了，剩下这坏的！"就由这感慨里，母亲的表示，我的感受的影响，老实说，在我八岁母亲死的时候，我心下是这样想过："死了一个母亲不要紧，还有一个父亲呢！"

祖母的一个老妈名叫旺姐，她好饮两杯烧酒；略微带了酒意的时候，最喜欢唱水仙调给我听，但也常常在醉后告诉我关于我生下来的经过，据说我一生还未哭出声先自撒出尿，母亲认为这样是对于她两老的不吉的，俗论是子女生下来此样形态妨父母之一，解襆方法，只有把我出继别人，算不是他们女儿，就不至于妨害他们。我于是几乎给了隔壁同族的一个穷伯伯婶婶，他们穷到连食饭都难维持，然而伯伯还设法弄钱抽大烟，母亲就宁可每月贴送乳母，伙食，用费，把我送出去。不晓怎的这计划没有实行，然而算命先生已经把我从刚生下来就判决了我的将来，说是声音洪亮，性刚，男造则售，母亲也能占算的，对于算命先生的话大为击节，虽则她死的时候我已经八岁，底下还有一个七岁的妹妹，总不能算是我妨害她的吧。

　　八岁在我的生命史上有许多意义，在那一年，母亲替我穿耳，不知若干时，用桂花油浸过的几口针，在历书上择好的日子，叫了我和比我大两岁的丫鬟添富，来到跟前，先演说了一大通，谁，谁，谁……都穿耳了，都带上好看的耳环了，多么美丽呀！现在我也给你们打扮打扮，给你们穿耳，带金环，先从添富下手，红线穿在针眼上，用手指把耳根用力搓几下，然后急速的一针穿过去，添富素来驯良，又加几分敬畏主人，那敢表示一些痛苦，母亲问声："痛不？"她就说："不。"这是一个好榜样，母亲于是又说："你看丫头也给她打扮带耳环了，你快来吧！否则你还赶不上丫头美呢。"我也就欣然立着受穿，也有一点痛，但不服气赶不上丫头，没出声叫痛，于是毫不反抗地过去了。

接着就是缠足，这回不要丫头做榜样了，因为丫头的未来的资格是做人姨太太不配坐正的，立在人后，用不着缠足以示区别，小姐们就与丫头有别了，必得缠足。这是女人经的学说，我母亲的乡里是最讲究缠足不过的。父亲说："母亲初入门时，她的花鞋端端的可以立酱油碟子内。"传统的思想毒，她那能一时去掉呢？在某一天的下午，我父亲出门去了，母亲拿出好几双红绿质地，绣上各色花朵的尖头圆锥形新近预备好的花鞋出来，另外又有三尺来长，约莫三寸宽的白布条，母亲用盛着密陀僧末或者叫作红丹的一个锡盒子，打开来涂一些在我足趾缝间上，在外一层层缠上白布，然后穿起新造的大红尖嘴绣花鞋。头一天缠得松，还不觉痛，我照样的和哥哥妹妹丫头一块玩，一起跳；但是，一到蹲下来，许多层的布堆压着，弄得脚背和腿骨间迫压的老大不舒服。我开始厌恶起脚下的模样来。人见了我说："恭喜缠足了！"我立刻报他一下子瞪眼，熬到第二天早上，父亲正在漱口，母亲手执报纸浏览，我走向跟前照例叫声"爹爹！"父亲当即看见我的脚下异样，立刻和母亲吵闹起来："吓！我说不要缠足，你又给她缠，你不见连日的报纸都载各处设立戒缠足会吗？人家放足，你去缠足！你忘记了你缠足的苦处吗？寸步不能行，那么胖大的身躯，配一双小脚，动不动插两支手在两个丫头的肩上做拐杖行路，你阔气，有丫头使，她将来跑到乡下人家，缠了双足，你不成叫她活受罪？"崩的一声，一只茶碗落地粉碎了，父亲下一个最重的赌咒说："再缠足，就是这样。"吓的我放声大哭，稍微领悟父亲是帮我的，解除我缠足的苦的，我更多哭几声，表示我也在不愿意，而且也把昨天缠足以向人瞪眼的表示就此尽量发泄，母亲也哭了，一面说："我也不是要她缠得怎样小，无非稍微裹裹，免得像龙舟般大，落了人家笑话，不缠就不缠，却是一辈子也不要她见我。"父亲立刻把我抱起来，脱下红色尖嘴花鞋，解开脚布，赤着脚，由着我一面哭，直抱到祖母那里。自此我不愿见母亲，我自己总躲开她，遇着偷偷地跑回来和哥哥妹妹玩的时候，一听见母亲远远的声音，就急忙跑回祖母那里。一直到我生病，母亲叫抱过来看看，然后我重新在母亲下生活。

还是在八岁的四月里，我开始随着哥哥一起读书，先生是汉旗，教的是蓝青官话。官话，是限于做官通用的话语，以别于土语的，刚读得两日，同族的好管闲事的婶婶向我母亲捣鬼了，她说："嫂嫂，你别叫霞跟她哥哥在一起读书吧！女的跟男的一起读会夺去聪明的呢！"这次总算是母亲的开通，她回复说："不碍事，我小时也和兄弟们一块念书呢，何曾夺去了他们。"又过了几天，父亲立在廊下向大哥哥说："霞女一个女孩儿家，叫她读几句书，认几个字，能够在家里记记账，看看家书，足够了，读什么官话？你明天告诉老师，单给她教土音好了，而况她将来是乡下人。"这套话恰好给我在旁听见，第二天早上，大哥哥果然把父亲吩咐的话一一同老师细说。老师开始用土音教我读"玉不琢，不成器；人不学，不知道……"一共是教八句，先是老师带读一次或二次，然后自己读一次，都认识了，跑到自己坐位熟读预备背诵。我看看大家都读官话，连姑母的女儿比我大一岁的端姊也读官话，光是叫我读土音我气极了。我也有我的斗法，我老是立在老师面前，对着书本，教我带读的一次，我跟着读一次，老师的口一停住，我的书声也立刻止住，我是如何拙蠢，从早上八点至下午三点，就是一百章歌谣这时也能学会了，然而八句书，弄了一天也教不会。老师提议了，向我大哥哥说："你看，霞女学官话，一两次就会，可见官话是你们的家风呢，学土音，这时候，整一天还不会，管她乡下不乡下，好在学了官话也认识土音的，还是照旧教吧！"老师改用官话只教一次，我随即当场背诵，一字不差，这是因为教土音时我早已烂熟了，不会全是我装出来的把戏，这把戏战胜了，一直读书都用官话。这一点，便宜了我，后来跑到北方对国语能懂，不大吃言语不通的苦。

我明明城里人，在当地说得起数一数二的大户人家，乡下人有时入城进送些四时鲜果熟食，款待他都不令和我们在一起食住，地位介乎主仆之间的一种待遇，我是看惯了的。然而说我将来是乡下人，因此不令我缠足，又说是乡下人，不叫读官话，家人谈话，漫延到书房里，乡下人三字就常常用来讥笑嘲责我，甚而至于仆役，也拿这句话侮辱我。我开始觉悟乡下人三个字和我发生关系，我私自推测，莫非家里要把我给乡下人做女儿，好似给隔壁同族的穷伯伯做养女一样吗？我得防避他，早早设法。我知道曾经要把我给伯伯，我见了伯伯就恨他，那乡下人若是要我，我自然要想法对待。于是我开始暗中留心乡下人对于我的关系，和他的情形。并且，有人一提到乡下人几个字，我就当他有意和我开玩笑，无有不深仇怒恨的。

大哥哥娶了嫂嫂之后，他开始正式有他的房间，嫂嫂在房内的时候，特别热闹，我们家人大小都围坐在嫂嫂房里。祖母用过的旺姐，渐渐老了，酒愈发喝得多，虽则祖母死了，不忍叫她出去，仍旧留在我们家里使用。那天晚饭后她也撇到嫂嫂房内一起谈天。哥哥叫我到父母处取东西，刚走出门口，听见旺姐说："霞姑答认将来送我一担蕃薯，一担芋头呢！在她嫁到乡下之后。"我触目惊心地留神他们谈话，刚走到门口，旺姐就发酒疯，硬派我的坏话，我焉能不气愤，然而屡次说及乡下人的三字的意义我明白了！是将我许给人家做媳妇不是做女儿。

有一天，仆人报道姓M的来找，我父亲到客厅相见，说也奇怪，家内人就跟来把我的房门掩起来。我知道有些蹊跷。落后领进一个下半截浅湖色上半截白色合成长袍的一个比我父亲较年轻的人进来，经过我的房的窗外，看得见，闷我在房内好半天，客人走了，留下三个封包，给我小的哥哥和妹妹及我。他们并且向我叫老M，封包打开是半辅币，兄妹拿着晃给我看，笑着叫老M给的，我气极了，连纸带银顺手掷到房后门上。

辛亥革命，在我的生命史上也有很大意义，这时我意志坚强了。我们合家逃到外国人住的境界内，由大哥哥照顾着，不久父亲带着小哥哥从P地回来，也同住一起。我刚学阅报，因逃乱没有书读，但是还不会看报纸的格式，起头是从上一直看下去，中间许多字不认识，随后大哥哥给讲解，报纸上孙文黄兴的照相，星形的海陆军旗，满洲和汉族的分别，世界共和的趋势……在逃乱的闲居中天天由大哥哥灌输，弄得我火般热，恨我不大几岁好做点事。

　　大局平定我们回到城里住，在父亲看的好几份报纸中有一种是《平民报》。它是革命后开导一般人知识的急先锋，我最爱看它，由它介绍某处每星期有一种妇女报出版，专研究妇女问题，我和妹妹有时两人同去，有时一人跑到十几里远的地方买那报来看。它无非鼓吹放足，不装饰，不搽粉，不带耳环，婚姻解放……。我看了之后大为拜服，首饰早已不用了，为了乱的原故，添做衣服不要调的艳的，耳环立刻去掉，家内人别的倒不说，惟有耳环，大加攻击，因为习俗亲丧三日不带环，第四日才换银的。父亲不好意思明说我不带环是诅咒他，可是宛转的说："文明改良就不带耳环？你看外国人多么文明，她们也都带耳环。"我说："文明人做的准对么？我们就不能改变他们的么？"父亲没的好说，我还是不带耳环。

　　在父亲领着小哥哥从P地回来的时候，听说经过老M那里，小哥哥见了我们就大大说老M的坏话，其中最讨厌的，就是老M在C地四处买广告，说："城里大户人家某人是他亲家，不久，就要娶她入门了……"意思是借此显得他阔气，我听了气愤在心。又一次，家内一个老妈和老M是同乡，从乡下回来，说老M家里怎样的不行，他们简直在村口拦街劫抢，掳人勒索，种种丑行，无恶不作，落后还叹惜了一句:"唉,将来霞姑真可惜呢。"我听了记在心,更坚决一下,我意志的前进。

校潮参与中我的经历

我是什么的一个人,我对求学的态度是什么?这些,似乎和校潮也有多少关系,如今,经章士钊解散,停办之女师大,被刘百昭派三河县老妈拖出的女师大学生,在石驸马大街,目前总算把女师大的形式取消了!但是宗帽胡同的女师大复活呢?他们——章刘——又如何的对付?

我以为现在青年求学是需要活的,现社会的,适合人生的。我虽则入文科,然而对于读死书及考古堆砌的先生们,我当然毫不客气的有相当表示,对于以教书为兼差的政客,来敷衍我们,那更是我十二分表示的不满意。总之:过于容忍混文凭不认真地对学问前进的同学,当然我也同样的攻击,如此,环绕我周围的战线是多么宽泛,仇视我的敌人是多么拥挤,然而因为战线之广,敌人之多就冷缩一团么?不!不!这是我个人的态度。

杨荫榆是什么一个人呢?我一点也不认识她。在先前,她从哥伦比亚毕业回国了。因她以前做过女师大的舍监,听说她的出洋也与学校有点关系,那时我刚入校一年,适值旧生有驱逐前任校长许某的事件,恰好杨氏回国,校中聘来任职,于是一部分人的欢迎声,校中的帖纸写出欢迎字句,应有尽有,那时我到校不久,而且情形不熟习,说不到有什么表示,但继续许校长辞职,杨氏继任了!关于她的德政,零碎的听来,就是办事认真,朴实,至于学识方面,并未听到过分的推许或攻击,论资格,总算够当校长了,而且又是破天荒的第一次的女子做大学校长,是多么荣耀呀!在女子方面,我想,这是中国人"重女"的好表示,一个劳什子的杨荫榆,便以为了不得的大人物,终之闹出大大一场把戏,然后下台,这是女界之荣,还是辱?

杨荫榆做校长以后怎样呢?她整天的披起钟式斗篷,从大清早出门四处奔走,不知干出什么事体以外,回到校里,不是干涉一下子今天用几多煤,明天撤换什么教员,一屁股往卧室一躺,自然有一大群丫头,寡妇,名为什么校中职员的,实则女仆之不如,然后群居终日,言不及义,有时连食带闹,终宵达旦,弄个不亦乐乎,一到和各主任教员周旋,和学生接谈,都是言语支离,问东答西,不得要领的胡涂虫,学生迫得没法,由各班推举代表亲自见她要求她自行辞职。她起头就叫人在门外干等,末后见面了,又一一问你们姓甚名谁,你们是否真是代表,我有什么错,你告诉我好改，又说我待你们并不坏，支支节节的一大套，到底还是没改良，这样，凭良心，如果没有利诱威迫，丧失人格的外交政策，我敢决个个都是反杨的，我，自然不在话下了。

　　杨氏最大的病就是自尊自是，而又识浅力薄，用人不当，以致措置乖方；偏私，患得患失，也是她最大的致命伤，因此对同乡和媚她的，自然另眼相看了。风潮最初发动，是因为去年江浙战后回南的同学受战事影响，迟来的同学，后来杨氏整顿校规，把特别迟到的从严处治，按章是改为特别旁听的，而杨氏连坐位也不给她们设立，自然更不给她们补考，按法律，规则成立在事情之先，自然不能约束以前发生的事。而况同是迟回的人，而对于她的同乡，她同乡的好友，就一点也不妨碍，别人就严格对待，这如何能服众？于是风潮勃起，这是年假时事。

　　学生自治会向来代表全体，对内对外的，反对校长的工作也是该会代表群众的一桩事，恰好我们班内这时被举的职员，六人之中，被推为总评议——正副会长——的二人，被推为总干事的二人，被推为总纠察的一人，其余一个总纠察是文预的人当选。选举票揭晓之后，我因自入校以来，每学期评议、纠察、干事，轮流更替，缠纠永无休止，自觉无所建树，有点疲倦了，因此在本班提出辞职，在举行交代大会中亦托故不出席；可是同班的一个评议员亲自向我说了，她说多数人都是我班的，自治会重责都放在我班身上，我们几个人好好地干去，大家一齐干去，一个也不要推辞，末后的结果，个人无法拘执了！只得硬干下去。

　　记得新年开师生同乐会的晚上，我们班中评议员召集同班到教室上讨论对校长事。对杨，我是不满意的，但是我原也晓得，牵入风潮的旋涡而且是在北京，一定麻烦而无效的，我终于没有到教室参与这种会议。随后听同班说，到的人不过十个左右，不知怎的算议决了，随后评议员得到各班的总表决是驱杨，但是第二天我们班的一个评议员（即评议主席）托故不来了！说也奇怪，另一个也推到家庭限制不做这种运动了！她们推举同班L君代表，L君傻头傻脑的竟日忙着油印，会议，做驱杨运动，我当时给她一个警告，劝她不要受人利用，或暗地吃亏，她也退下来了！不久，那个托故不来的同学，写了长篇大论的十多张信纸的信来骂住堂的同班——她不住堂——最重要的意思是她为评议长，为什么未得她同意就发出驱杨宣言，然而当她托故不来时，她的概行辞职，一切进行，已由各班另推举评议主席，她已经去职，怎能再负责干涉，且更不能反骂住堂的同学擅尊，这一骂，住堂同班也严重的回驳她了！这一来，同班对她们十分怀疑，同时，她们十多个某附中来的同学连成一气灰色起来了,她们起先热烘烘的可以领着大家干,忽地冷冰冰的掉下来反噬人。我是要血性的,抱不平的,明是非的,伸正义的,无论刀斧在前,我要不甘退让了。

年假后开课,全班再慎重的讨论过一次对校长运动,当逐个签名(现在还有存案),直写反杨的有二十余人,写随多数的十来人,全班四十人,算是全体通过了!这时本班另外推出评议员,更由各班再选正副主席,我以干事的资格随同工作起来。

遭难前后①

一　人民立场的我

我是一个极寻常，毫不足道，碌碌无能的一个中国女公民，这是我自己知道。不但如此，连朋友也以此默许我的。当中国军队退出上海，许许多多中国士兵被驱赶到租界里来的时候，就在霞飞路杜美路旁的一角，后来是叫作蓝维纳公园的所在，那时是被称为"民生简便食堂"的，烟囱高高的经常张开口喷着浓雾，想以人间的一角生活，写在素洁如雪的天幕上，报道这里也有在为贫苦无力享受豪华的餐席的，为这批可怜的人们服务者。但就因为只有为可怜的人们服务的地方，才肯收容那被政府力量所不及保护的兵士，虽然包围着这兵士四周的还有千千万万的自国人民，连我也在其内。

铁丝网障隔着兵士与人民的会晤，大家走过，都不期抱着焦躁、难堪与无可奈何的心境。铁丝网的严重性一天

---

① 本文节选自《遭难前后》，原文二十一节，文中序号为编者加。

天在增加，包围了手无寸铁的兵士之外，又在包围着手无寸铁的人民，大家一致承认：是在大的集中营里生活着。有些人在计划脱逃，走入更自由的天地去，有些人既不能脱逃，也计划用甚么方法就近掩藏一下，"狡兔三窟"，当心点总比较是好的。在这种不安定的情绪之下，朋友相见，交换意见之后，总是说："你可以不走，因为你向来就没有做甚么事，而且日本人对鲁迅先生也很尊重，绝不会对你怎样的。"这朋友的说法一点不错，我自己细加检讨，的确也没有担任过什么，整天在家里着忙，无非是日常生活的布置，并没有什么值得提上口头的，值得令人满意，可以因而骄傲的工作过。我有什么可怕的呢？为了体质当时并不算强壮的孩子，我不敢带着他奔波遥远的路程，有时甚至要步行或沦落的旅途，除了准备把生命交出，像弃掉废纸一样的毫不吝啬，否则能维持一天苟安的生活，我总想等孩子身体稍好，经得起流浪再行出门。然而第二个问题又来了，我这一个家，这毫没有贵重物品的家，在有些人眼里是看不起的。但也更有些人，用精神在感召我，如同我自己一样，希望把这个家，不，这一草一木，一桌一椅，一书一物，凡是鲁迅先生留下来的，都好好地保存起来，这不是私产，这是所有全国人民，凡是要了解这一时代文化，这一位作家的生活的人，只要不是有意歪曲，像发了怔忡病的迫害狂者，见了影子也以为是鬼魅的东西，我们都愿意除此之外体会到应该有保存藏书的义务。虽则这藏书是如此贫乏，不足称道，但就是这贫瘠的土地，也曾经开出美丽的花朵和生出供给生命的米粮，这如何能自私？所以我在这种精神感召的情况之下，毅然不敢自馁，负起看守的责任。当然请别人看守也许有可能的，但是倘使连我也不能看守的时候而要求别人，为了看守这些逝去的遗留，而把活着的生命葬送，是没有理由的，因此我不敢在任何危难的时候交托任何人。以人民立场的我，始终没有离开上海一步，也就为此。八周年了，一天天挨着，活着，死一样的活着，复苏一样的活着，艰苦的活着。可以说是生活过来了吗？我不知道。因此我还是想就我所知道的一部分写出来，为我的生活，以前的，和以后的作一个段落。有一位女友，在经过一年多狱中生活之后，每见人就不自觉流露出"我们在这里是如何如何的"一些话，引到听的人觉得太麻烦了。其实在讲的人并不自觉的，因为生活的对比太强烈了，好比在盛夏红日之后走到阴处，长久也会觉得烈日的可怕一样，自然不知不觉会有深刻的印象。我之所以把经过略写一二，也不过是把从太阳下毒晒过了的伤痛，稍稍写出就是了。

二　遭难的开始

上面所说的中国军队撤入租界，那时是中华民国二十六年十一月，即"八一三"后三个月，每决定暂不离开上海。然而绝非至死不变的执着的意思，似乎记得古烈女贞顺传里有过一个故事，说是楚昭贞姜因为守义，江水来了不肯走，直至大水浸入，人家屡屡劝她离去，却是不听，终于为守义而淹死了。我不配做烈女，也无意于被录入，我的意思是守着我的岗位，尽我最大的努力做去，待到真至无可守，无法守时，我也只能撤退，这时任什么也管不到的了，所以且守且退，到非走不可的时候我只得走。以人殉物，有时是不必要的，我以为是。因此在中华民国三十年十二月八日，日本向英美不宣而战，造成偷袭珍珠港事件的第二天，日军开进到上海租界里来了，朋友们又在窃窃私议，谁应该撤退或不需要撤退，交换意见的结论还是老样："你可以不走，因为你向来就没有做什么事，而且日本人对鲁迅先生也很尊重，绝不会对你怎样的。"我自己重加检讨，的确还是没有担任过什么，我也许不必走的。但为了万一的准备，宁可信其有。虽然在十二月十一日那一天，上海各报纸都详细记载日方负责人表示：这次是向英美作战，对中国人是优待的，就是抗日分子也予以宽容云云。而路人口耳相传，也的确见到有英美人坐在人力车上经过苏州河桥上时，被日军拖下来，叫中国车夫坐在车子上让英美人拉着走的事发生。然而还是当心些比较好的，因此我把朋友们的通信处等东西寄放到别人处了，以为倘有意外，首先免掉牵连，这是唯一的小心方法了。

果不其然，在意外的一天，就是日军开进租界之后的一星期，十二月十五日清晨五时，天还是乌黑，忽然听到弄堂前面有二三十人的脚步声和人声，由远而近，转瞬听到后弄堂在拍门，来不及细加辨别，接着楼上卧室门口有人在嘭嘭地拍门了。我急忙开灯起床，门开了，进来了十多个便装的人，内中有一个小个子，戴眼镜的，开口用中国话问我："你姓什么？""姓许。""叫什么名字？"我一想租屋时用的户名是逸尘二字，就说："逸尘。""还有什么名字？""广平。""另外还有没有？"我想，不必遮瞒的，马上回答："景宋。""还有没有？""没有了。"这是我的答复，不大靠得住的，因为后来我慢慢预感到寒冷的到来，在身上加了好几个不被人注意的遮盖名字。但是何必向这些吃人的动物添些材料呢？我从这时起得机会就撒谎。那眼镜真以为没有其他名字而满足，说一声："对了。"于是开始在房间里搜索。

目标是一只三尺多高的书橱，有些随手翻看的新出书及朋友译著的亲自题字的书籍，另外有《鲁迅三十年集》

一部,和鲁迅先生亲笔写的日记一包,那是从民国元年至十四年的。这一包日记本来存在保险箱内,不致遭殃的。就因为有北方朋友实因世变不测恐只留一份在我处不大妥当,希望陆续出版起来,以便流传,而资永久。这意思是好的,我接受之后,得暇抄录,陆续寄出副本,计已抄至第三年了,预备还待抄下去,所以放在身边,而谁料到在身边就是遭殃之所呢?当眼镜把这包日记拿出来预备带走的时候,我曾经沉痛地要求:"这不是我写的东西,是鲁迅先生的日记,请留下给小孩子作纪念他爸爸的。"而眼镜却说:"不要紧,看过会还给你的。"于是和其他书籍一同被搜去了,还有十多个图章在内。打作两个包裹,大大的。

在十多个便衣人里面,据我猜测,其中一半左右是陪客。就是还有若干属于旧法租界巡捕房直辖人员,他们应景的来了,坐在一边打瞌睡,不闻不问。只有眼镜率领的几个人在起劲,一只只抽斗都拉开过细搜寻。随后有人叫我穿起大衣来,我明白是要被带走了,心中死一样的沉寂,仅有简单的一个念头,就是:"大不了一死。"因此倒反觉得若无其事似的了。从此我被监视着,一举一动都有一对对眼睛在搜索,我走到外间盥洗室,他们也尾随在后。到了天放亮了,大约有七点钟,应该搜的抽斗也都搜过了,拿去了海婴的集邮票簿子和几册《上海妇女》等，于是开始叫我走。我觑寻机会，等到他们一大部分人走了之后，我赶快拿一瓶医气喘的药走到躺在眠床上的海婴那里，告诉他病了的时候吃药，又细声通知他到××地方，不要住在家里。海婴点点头，我只得走下楼，任随着那批杀人不眨眼的家伙带去。我的布置——预先下的两只棋子颇有用处——第一只棋子是把亲友们的地址预先送出，对我是很有帮助的，因此我不必顾虑到朋友们会受我连累。再则是把孩子安排到外面去，省得万一被人斩草除根，或遭受不必要的惊恐。

三　被押解后

走到寓所门外，被那批家伙簇拥着走出朝北的大弄堂口，就是霞飞路旁，停放着一辆无篷的空货车，那时天气相当的冷。清早本来不大有人出门，但惯于看热闹的好奇者亲自满足了一片段实际新闻之后，被车的发动声所镇压，照例大众没有什么好说的就走散了。

走了不多时候被送到金神父路，辣斐德路口朝东的一所大宅前停下了。像待上屠场的牲口，又被驱遣到这里做一次盖戳的登记，录取下姓名之后重新被赶上货车，朝北开去。同车还有几个不认识的青年，和超出一倍余的押解者。

兜了好几个圈子车开到四川路北,过了苏州河,沿着高大的邮政总局旁边没有几步路,就是上海人听到都寒慄的虐杀人类的屠场"日本宪兵队总部"。我被领进一个像普通亭子间大小的房间,潮湿和亚摩尼亚气味熏腾着侵袭到嗅觉上,大约是从里面一小间发出来的。五支光的电灯在室中央亮着,使我得以领会到灯光下有一具半旧的办公桌和一张坐椅,周围有两条椅子,也夹坐着两三个青年男女,不知那里来的镇静,支使我沉默,只用眼睛来探索。差不多有个把钟头吧,从那批出入自如,像煞忙得很的黄色军衣和黑色便装的家伙里有一个带眼镜的来坐在桌子旁了,一看原来就是捉我来的,他叫我走向跟前,从姓名,高度,到外表等似乎都很详尽的填在表格里,随后又叫我把手套,手表,和带来的壹百数十元以及裤带都给缴出了。当我在家里临走的时候,曾经随手抓了一百多块钱带在身边,那也不过照例出外的一种习惯,当时并没有想到如何用它或不许用它,那时耳边曾听见谁在说:"你留些给孩子用。"大约是警告我不必要带去吧!我说:"还有的。"也不过百把块钱。据我的意思,以为留下百把块钱给小孩子是并不多。但我又曾从书本上看过,似乎牢狱中的一个钱,有时甚至可以赎命,带着在身边或者于我也有一些用处，在无须送命的时候。所以带来了，料不到却是毫不能用的便被缴出！

那眼镜办完一切应当填写的手续之后，他又郑重其事地自己签署了一个叫做佐佐木德正的名字，这时我才知道这个捉我来的人的名字。

四　囚徒生活

在表格填好之后，大约我被认定为囚犯了罢，来不及多加考虑，马上被领到另外一间办公室里，有一大片的玻璃，朝南的，光线颇充足。室中央照例摆着桌子，并排的两行共四张，是杂凑的，横头靠窗的一张比较讲究，书桌上有一套颇完全的文具另外还有一张特大的椅子配备着，似乎坐在这椅子上应该是一位较高级的人员。

那时大约是九点钟，我被指定坐在朝西的靠横头桌子的一旁。过不多久，一个穿黄绿色军装，肩章上有星星和条子的高个子来了，是大块头，隆耸的颧骨安顿在方方的脸颊上，横生的脸肉告白出是一个冷血的心肠，在中国人的看法，是一个杀人不眨眼的家伙，他就坐在靠横头的椅子上，瘦瘦的翻译坐在我的右旁。

阵形摆出来是要审问了，我沉着气在等待，从此一脸横肉的大块头是我的承审者。他首先照例问姓名、籍贯、学历、几时结婚等等，很是仔细，问三两句，由翻译说出。我答话之后，大块头自己在做录事了。如此一问一译，一答一写，周而复始，差不多到下午一点钟了，问我吃什么，我说不想吃，可是照例最怕犯人绝食的吧，在他再次劝问之后，我想："我还得挣扎，不能那么容易就葬送在这些刽子手的手里。"于是我表示了："我胃不好，让我吃些面罢。"这样吃罢了一碗，同时那大块头和翻译也在吃。随后休息起来了，大块头伏在办公桌上打午睡，逐渐发出些微鼾声，那翻译稍稍走动，我还是端坐在一旁整理我的思绪。

我不明白捉我到日本宪兵队里于他们有什么意义，那两大包书，一大半是《鲁迅三十年集》和鲁迅日记，还有一些朋友送的文学译著和市面上时常看到的刊物。我不晓得，这于我会有什么切肤之痛，我很坦然地安坐在椅子上，像一团乱丝摆在那里，寻不出一点头绪，会觉得应该是要到这里来的理由。

大块头的梦，那新鲜的，又有一个活的灵魂在他掌握里捏着，卷着，压缩着……用种种的方式来完成他拷问的美梦也许已经在酣睡中布置好了罢。只略略一动，就抬起了身躯，用手搓了搓眼睛，打过呵欠之后马上又拿起笔来了，又是一问一译，一答一写。直至晚上，精神在要求迟缓到休息，而应对的需要仔细考虑又使得过分紧张的心情无从宽懈。九点钟快了，大约审问者也觉得吃力了罢，在记录上自己签了名，盖章之后，由翻译照样签名盖章，待送到我面前时，我的姓名早被写下来了，迫令在名字下面打了一个手指印。就在这一刹那，使我得知这大块头叫：奥谷。

由奥谷押送我走出办公室下楼梯，到后院，朝北有两扇漆黑铁门，我漠漠然任随命运的安排把我推入铁门里面。门一开开，扑鼻而来的一股恶臭难堪的气味，现在想起来也要作呕，真正寻不出一种切当的比方，就拿猪窠来说吧，恐怕那气味还不及百十分之一！有什么可说的呢，像恶醉的人半失去了知觉一样，木木然地被指定投向门旁走去，到第五号。两面木柱子，每柱子间仅有二三寸阔的空间，余外两面是密不透风的木板壁，从窄窄的木柱子空隙望进去，矮矮的木板上面，密密的受难的人群已经在准备躺下了，偷着这仅有的几小时，大家从虎口里算是又活了一日。我被沉重的大铁链声惊醒了，厚大的锁被打开，一扇坚实的木门也开开了，被催赶着投向这窒息的人海里，像投江的人，明知这里不是好所在也只好一直投进去了。

五　四天

每天早上九时左右，牢室就颇觉得不安静，这时人们的心情是紧张的，总囚室的铁门开锁声，皮鞋踏步声，声声都震撼囚徒的心灵。有时皮鞋声带来新的足音，垂头丧气苍白脸的灵魂跟随着威风凛凛的精神和肉体的凌虐者，这时难友们都急急想窥探一下是不是和自己有关的熟人。有时带来了披头散发像狗一样被牵着扒着的动物，那就晓得已经是早已捉到而且曾经用刑审讯过的了，大家一齐用同情的眼光迎接这新来的旅客。

有时足音带来了稍稍相熟的脸孔，这时紧张的心情忽然松懈了，心房在卜卜地跳，是审过自己的夜叉又碰头了，随着自己的名字被高声唤着，木门的大锁在响着，老经验的难友通知了，"叫你出去。"知道是没法躲避的了，曾亲眼看到一个这样被呼唤的囚徒，久久不见走出，那些虎狼亲自入室来拖了，原来还是夜里像狗一样被拖进来的一位穿短衣裤的。现在又拖出去了，拖过之处一条血迹，我们也不晓得是什么缘故，但是一拖到木栅门外就被他们像捶破布堆似的毫没有反响，捶够了，拖去了，大家如梦初醒，才听到有谁在说："生活吃不住了，拿短筷子自己戳穿喉咙，想自杀。"

这的确是一个惨酷的场面。曾经有一个哥哥，因为弟弟捉不着被关进来，天天提出去审问。有一天，在早晨吃过粥，那批家伙快要来提人的时候，恐怖地说："今天我一定也要叫出去，跑上四层楼，高高的，总想堕楼自杀，这样子的审问实在吃不消！"

吃不消也得忍受，两手铐锁着，被人家牵着，那里有你慷慨赴死的机会？似乎古诗歌上说过："慷慨赴死易。"像这样子，那里容易呢？每一个囚徒，还不是任他摆布，拿种种不可想象的阴毒来施用出"欺、吓、哄、诱"的四字政策！

什么是"欺"呢？这是用在两个人以上被捕的时候，他们会向甲骗说乙已经说出你怎样怎样的经过了，他已经出卖你了，你还要好心替他遮瞒做什么？快快说出来，你就可以没有事情了。这时如果信心不坚，气愤起来，觉得自己的确犯不上如此，一一二二的说个仔细，到头不但自己仍在这案子里，而且只有加重，绝不是减轻，于是他的计策成功了。

什么是"吓"呢？叫别人受苦给你看，告诉你如不招供就会像他一样吃苦。或者同你说，"你如果不说真话我就把你枪毙"等等的办法，通用熟了都是随手拿来，就可以令人丧魂失魄的。

两计不成就用"哄"，"你快说出来吧。你说了马上可以放你了。""你不欢喜看你的亲人吗?你说了就可以放你出去见你的亲人了。"种种甜言蜜语,无非达到他的摘取口供政策。

三计无成还有杀手锏,给你利禄,诱你入彀。是年青的女性,还会由年青的审讯者施用感情,骗其投入恋爱圈套,或者说送到日本留学的甘言。和我一间囚室的一位女难友,丈夫是店家的收账员,因为家境困难,叫他的妻子入补习学校学些职业,希望从此可以出来做些事,帮轻他的负担,那里晓得莫名其妙地都捉进来了,说是有一封重庆的信给他的妻子。审她的就是捉我去的那一个带眼镜叫佐佐木德正的,一开首就用电刑,她一遇到电就死去了,救了三个钟头活转来,再四的拷问,真正得不出什么口供了,还是不灰心,不时的带她上写字间,请吃饭,坐大半天又关起来。有时就在写字间里煽动,说她的丈夫不要她了,在外面另娶人了,不如嫁给他吧,害得她回来痛哭惶惧,不是不信任丈夫,而是怕他真个拿她做对象,终生终世没有得恢复自由。

在初被捕的时候,上面各阶段是每个人都经历过的,只不过有的经历一两个阶段,有的全经历过就是了。头四天里,类似上面的计策,也曾经分别巧妙地对我施用,可以说,还相当客气,用种种的话语来追究我有什么友朋,有什么来往,一向怎样过日子等,每天早上带上写字间——审讯或施刑室——到午餐的时候给我叫碗白菜肉丝汤面,到下午九点快了,才又把我带回第五号囚室,除了吃后片刻的休息,整天度着那紧张应对的生活。

六　凌辱的试炼

入狱后的第五天,早上九时左右照例由原来承审的奥谷曹长(看到他们办公室的黑板上曾称他是曹长,平常的审讯者多是军曹)到囚室里来,带上写字间。(在二楼上)这天特别叫我坐得靠他近些,我只得依了。先是再三追问:有什么日本人认识,我自然首先记起内山完造先生,因为到上海之后,认识最长久的算是他了。唔了一声之后,又问还有什么人,我想不起说谁,因为许多日本人和鲁迅先生谈话,来往的时候,他们说的什么,我都听不懂,连他们的名字都说不出来。我游移一下,表示说不出谁的时候,奥谷忽然面色一变,声色俱厉的说:"你撒谎!"我不响。他再三追问,我想起来了:曾经有一个叫增田涉的到上海来,有一个时期,天天到寓里来听讲中国小说史略,虽然我不曾和他谈日本话,没法子也说是认识吧!"还有呢?""没有了。""你撒谎!"凶暴的话声伴随着几下响亮的耳光,耳鼓轰轰地响,心中泛起狂怒的波涛,我报告不出任何一个名字。眼前摆着一张素洁的白纸，要我在这白纸上留下出卖他人灵魂的诺言，而甘言诱劝，说是说了出来就于你没相干了，你可以回家好好地看孩子了的话就夹在打完之后相互施用。劝诱不成继续再打，全个头面的各部位都轮流被打遍了，耳中轰雷般响，眼前乌黑了一片旋又感觉清澈，像暴风雨前的晦暝交变似的。每当清澈的时候，甘言诱劝又来了，"快说，快说。说了就放你出去。"我有什么好说的呢？没法子以沉默作答辩。大约奥谷这回也觉得头部不能再忍受他那方形巨掌的威力，找不到适合的用武之地了罢，忽然用他那黄色皮马靴狠命地朝我大腿踢过来了。没可逃避，也许逃了踢之后还有更恶辣的手段，我把心房紧闭起来，自己弄到窒息的情绪，毫无表情，像濒死人一样平静地坐着。我以这最大的沉默作答辩，身体可以死去，灵魂却要健康地活着。奥谷气透了，起身走去拿出一个红条信封丢在我面前，迫着拆开，一看我才明白吃苦之由，他却高声地叫："这不是你的？怎么会在你的抽斗里。"我镇静下来了，回说："是的。""这不是日本人的通信处吗？你不是认识他们吗？"我心中又气愤又替他们的特务叫屈，原来被目为世界专门特务见长的日本，也不过如是。我只得说，"这是鲁迅先生生前自己剪下来的，和我不相干。我因为这也是他的遗物，所以保存在抽斗里。"他面孔红了一阵算是从心底里告白出了办案的鲁莽，然而屡次三番的挨打却是无法追回的冤枉！这没头没脑的追问，原来他是以为我在和这些日本人结党，这是他们所最痛恨的。可怜我却连做梦也没想到陈旧的几个通信处会给我如此深痛的打击！

为了弥补鲁莽之失，忽然一张硬纸片递到眼前，细看是用绿色印就的木刻书片，一个青年，双手半举着在胸前，锁链挂在两个手腕上，用强有力的挣扎使得锁链中断了。翻过后面有几句话，表示挣脱压迫，换取自由，并庆祝新年的胜利，很明显是抗战期中的作品。这里表示了战胜了敌人的欣期，从某一位木刻的友朋寄来的罢，当时因为实在刻得不错，就留存起来。是谁？什么时候寄来的？都一点想不起了，这样子答复必然又遭一顿毒打的，人穷则智生，一点也不错。对不起，安在鲁迅先生身上了，"这是鲁迅先生的，我不知道。"看内容明明是抗战作品，他不大相信我的答辩。"你撒谎！"皮鞭打过来了。打到差不多吃力了暂时住手，"你什么都推到鲁迅身上！""最要紧是前后口供一致。"那位死过去六次又活转来的难友的话声在救了我。只得像解释似的补充一句："这是木刻的东西，是鲁迅欢喜，所以有的。"他无可奈何地算是勉强了结一案。自然也是在打到满意了认为无可再发展才罢了的。

一枝笔永远像一条毒蛇摆陈在白纸上，时时在逼迫我从毒蛇口中把毒的信舌舐在纸上，告密出认识的友朋和不相熟的为祖国尽忠贞的义士。又想利用蝼蚁尚且偷生的本能，不时攫取被凌辱的在精神和意志极度低弱时瞬间的时机，来达到凶暴者获致的资材。然而倘使遇到不想私自偷生的谁何，愿意突破这一难关，"大不了一死！"不就心地泰然了吗？当然，没有尝过牢狱之苦的人是不容易理会到某些人为什么会变节，为什么会忍受不住痛苦的试炼。我不敢说我能忍受，因为我也还是人，是肉体，不是钢筋铁骨。而且只要有谁走入过这种人间地狱的，那种惊心动魄的场面，每个囚徒几乎都有他一大串的惨苦经历，每夜隐显的受刑不堪的惨苦哀嗥，应和着啪啪的抽鞭子声，大家心灵上的窒闷，人类同情，兔死狐悲之感，以及每天每次大门锁声响动，心中随着不由卜卜地乱跳等等的不断精神的虐杀，真可以令人发狂！（如果拘禁稍长久，总不免会神经失常，或心脏病的。）然而因此不就更应当尊敬那些死去活来了多次的勇士，百折不挠的灵魂，在狱中死去十一次又活转来的囚徒，上老虎凳把两个膝关节都错开了，蹲着来走路的人吗？我见着他们，只感到惭愧，更增加了尊敬。我算吃过什么苦？值得提起呢！每当严迫口供的时候，我都感觉羞愧，唯一用以自勉，严厉自己的督促，在受刑最苦的时候自己以为绝不应超越的信条只有四句："牺牲自己，保全别人；牺牲个人，保全团体。"我把这四句话当口号的在念诵，当我意志强的时候，固然要检点自我的口供是否符合，而当我意志稍稍觉得萎缩的时候，尤其拿这四句念念不忘。像耶稣信徒在最艰苦的时候往往说"耶稣救我"一样，心中顿然豁朗，找出一条应走、好走的路了。我只不过用这卑浅的口号式的办法来超度我的灵魂从魔鬼的地狱企图走上天堂（即死路），我不过是那么的质直地，可说是幼稚地掌理我自己而已。

带去的书有两大包，内中不少是朋友送给我而又亲自签了名的，这，就是他们寻求文化人，想从我身上肃清上海文化人（翻译偷偷劝我，他们是想从我身上肃清上海文化人，只要说出来，就没有我的事了）的绝好线索。还有不少刊物，曾经出版过或正在出版，都有抗日文字的，这，又是他们自以为找寻抗日知识分子和出版家的好机会了。他们希望太大，用了四天的软索子，没有把我的头颈套住，这第五天的威打，是经过考虑的，以为好不容易找到一个女人，而又相当和社会上各方面有些来往，正好利用她薄弱的意志，不堪刑辱的体质，大有所获。而不知全都错了，因为我的确是一个极寻常毫无足道，碌碌无能的中国女公民。

对于这样碌碌无能毫不足道的女性而施用如此的压力，使我对于日本宪兵队的凌虐提出控诉：日本人想征服别一个民族。对那些人民，用间谍，私刑，残酷的待遇来随便到处找寻他们无理性的猜疑的成果，无疑是空想。然而却要从空想中结出真正的果实，这就是他今天的失败，也就是一切像他一样卑劣手段永远会产生的失败。

日本人的至死不悟的执迷性，并不会因为他一两次的鲁莽无成而觉悟的，当奥谷拳打、足踢、鞭笞了我好半天之后还不死心，还在逐本书追问它收到的时日，是邮局或自己送来的，还有什么人认识，某某人住在那里？某某刊物的组织和内容等。他以为每一投稿者都应该会晓得某一刊物的组织和内容的吗？也许这是审讯学的必需步骤罢。然而我却感到蔑视了，治理一个大国要靠特务的帮助，向茫无所知的普通人民追求解决国事问题的途径，以为从这里可以稳固它所掌握的政权，如果这也会成功，那样的天下还会使人活得下去？

全间办公室围着桌子坐下七八个人，在共同领略这一幕人吃人的筵席。当我越被鞭打的时候，他们的兴致似乎更加浓厚了。被宰的羔羊，在屠场所不能作的反抗大约不过如是罢。而我却另有一种打算，只要能够拖延，能够敷衍，能够逃避出我所不愿意对畜生说人话的时候,任何可以忍受的技巧和耻辱于我都不算什么,这意志定下来了,我在沉着应付,像拳师动手前的静寂。

"把衣服脱下来!"像晴天的霹雳。我可以反抗吗?闪电似的一瞬。转念这是不可能的,满房间都是那批家伙。"寡不敌众,只要除了用口和笔写说些什么,其余都无所谓。只当是在医院,面前是医生,这有什么相干呢?"决定了之后,慢吞吞地在解大衣的扣子。我在拖延时间,一方面是表示软弱驯顺,无可奈何,另一方面是表示真的说不出来了,只得听任死活由他之意。大衣、长袍,一件件脱下来了,皮鞋也自动脱掉。是岁尾,天在作对,很冷,皮肤毛管直竖,牙齿在作战,就只剩下小衬裤了,旁边的帮凶却在说话:"穿起来!"好,我又慢慢地一件件在穿。心中在想,这是一幕时装表演滑稽剧,但这不是喜剧,是一种疯狂暴君的命令剧,像纣王叫人在冬天涉水而又敲削他们胫骨一样的暴虐。元凶又开口了:"说!快点说,把你认识的人说出来。"这时声音一变而为恳求了。"我认识的人很多,那里说得完呢?""把同你来往的人说出来!""来看我的人是有的,但是我没有往。""是谁?""记不清了!""把衣服脱下!"命令重新又下来了,还是慢慢地脱。"你说不说?"没有回答。噼噼的鞭子没头没脸,身手腿臂都遭到了。唯一的念头是痛恨。已经打到这步田地，还有什么可以妥协？至死不屈服，坚决的心情，随着鞭打而凝固了。这时恍然大悟，那些死了十几次还能忍受到活转来的难友的所以能够忍辱的原因何在？这是弹性的反拨，压力越甚，反抗力越大。只要能镇静，冷冷的应付，度过开手的几下打击，支持下来，以后就容易了，其奥妙不过如是罢。

"你是有面子，有地位的人，这样脱掉衣服你不怕羞耻吗？"哦，我明白了，他以为我应当看面子和地位比朋友的性命还有价值。这脱掉衣服的耻辱，他是明白的了，不但对我，对所有的女难友，他们总欢喜拿这一手来羞辱人的。他们知道中国人或从亚当夏娃们偷吃了智慧之果之后的人们都应当以不穿衣服为羞耻的，然而不以脱衣服为羞耻的恐怕只有法西斯的德日。德国的特烈勃林卡地狱，不是把送去死的人都先命令脱去衣服吗？他们都是亚当夏娃的叛徒。或者又可以说，不是亚当夏娃们的子孙，不然为什么那样丧尽廉耻还说别人呢？"这是你叫我脱的，不是我自己的愿意。"表面答复了这是出于压力，而其实心中很想说：你们羞辱我就等于羞辱所有的女性，连你们的母亲也在内。这是我到口边重又咽下的话语。而响声又来了："你说不说，你不说我就叫你脱掉衣服到南京路上去走!"我心里倒不觉暗笑。如果真这样做,不是我的羞耻而是你们,如果每一个中国有血性的人,看到他们自己的儿女、姊妹被敌人凌辱到一丝不挂的去示众游行,这将是一个多么好的宣传资料,如果真有这机会,我不怕!我料定这不过是恐吓。果然,后来得不到什么说的又叫我穿起衣服坐下来了。

"八一三"抗战以后曾写了些抗日文字,大部分都寄放在别处了。偶然疏忽,还有四五本《上海妇女》压在不常用的杂物抽斗下层,这就是我的确是抗日分子的佐证罢。他们又从他们自己的藏书室里找出好些本杂志、周刊之类的东西,凡有景宋二字署名的都拷问过,我也毫不游移的通承认了,因为这是我自己可以负应负的责任。然而枝节又来了,一定要追问到这刊物的组织和内容,是谁来约稿的,什么时候来约的?已经隔了好几年的刊物绝不会记得的了,还是那么机械的严加迫询,我以为这是没有必要的,我心里感觉得要呕吐似的讨厌。以中国人口之多,他们这几个人什么时候才能逐一把中国每个人每件事打听清楚呢,徒然是繁琐而不切实际。把多少值得去做的大事业丢开不管,而仅只是养着这一批猎狗去追踪迹象。猎狗并没有能力把森林原野的动物肃清,猎狗又怎能统治世界?

好几种刊物的名字写出来了之后,逐个刊物迫问它的组织和内容,当然是答不出来的。可是还不相信,又用恐吓了:从紫色锦袋里拔出三尺长的军刀,加在我的面颊上,"说不说,不说就杀掉你!"我定着眼睛没有任何表示。死了比活受罪还爽快,我何必怕?看神气可是装腔,故意鼓起腮子突着眼珠子,表示怒极了,可是我不是小孩,我并不比你傻,这是他们也晓得的知识分子的可恶与难对付。就因为我是女人,他以为我可欺,怕死了,而且又晓得我还有一个未成年的孩子,需要我负保护之责,我必不愿意死,所以他又说了:"写,快写,把你晓得的写出来。"一面又把铅笔塞在我的手里,这已经是不止一次的逼迫了,我稍稍让铅笔在手里存留些时,重又把它放到桌子上。

"你不说吗?我有法子叫你说!"声色俱厉地。

"班长(翻译者称呼那奥谷如此)发怒了。你看,多么可怕。(同时奥谷更加鼓腮子突眼睛。)你难道不怕吗?说了就放你了,可以回去照顾孩子了,你何必因为别人害了自己呢?"这是旁边翻译的帮腔。

死一样的沉默。

奥谷忽然从抽斗里拿出一个信封来,就在封面上写着意思是送军法处的几个字,仿佛押解用的公函,写了之后又说:"我没有法子再帮助你了,你什么都不说,我只有把你送到军法处去办。"我还是不响,看看他还有什么把戏。许久了，不见写公函，光是信封可以送到军法处的吗？幸而我没有吓昏，理智告诉我不会的。也许是骗骗的吧，我面不改色的坐着。

这样子各式各样的把戏玩了一整天。天暗下来，凶手也许感觉吃力了罢，就是扮演戏剧，一个上下午也够受的了。翻译似乎说看她样子也不能再支持下去，不如明天再问吧！

奥谷点了一点头，立起来，用两只手推着我的背送回第五号囚室。

七　再炼

第八天的上午，照例来提人的时候，奥谷又把我带到办公室里。这回不是叫我坐在他的右旁，而换到左面去了，那坐处光线充足。我莫名其妙地坐下之后，并不觉得有什么意外的苦难会遭遇到，就是觉得也没奈何的，只得静静的等着。办公桌上有一个黄木匣子，约六七寸高，十六开本子的平面纵横的阔度，打开之后，拿出两条橡皮包的电线，一端连着木匣内的电度，一端有一马蹄形的铁圈，像煞骑脚踏车的人，用来束着裤脚的一样。奥谷就把这双马蹄形的铁圈拿来套在我两只手腕上。有谁会想到这简单的布置会令人遭遇到怎样的难堪呢？囚徒们口边偶尔流露出

"上麻电"三个字都像异常的惊吓,是听到过的,却并不能详细晓得是怎样一回事。所以,当奥谷在这里逐步布置的时候,我还是若无其事地泰然处之,其实就不泰然也有什么法子呢?当着老虎要吃人的时候,向它揖拜就会放下的传说,终究还是传说罢,有谁亲眼见到的呢?我因此也觉得不必向吃人者求免,还是打我的老念头:"大不了一死。"有什么要紧!

奥谷坐下来,把笔管触动发电机,滋滋声的电流,从电线走到马蹄形的铁圈上,走到贴肉的手腕上,通过脑神经,走到全身,个个细胞遭到电的炙烧,大小神经遭到电痆的震晕,通过血管,走入骨髓,全身发生剧烈的变化,不由自主的痉挛随着电流的强弱而轻重,比晕船还更有说不出的痛苦之感。全身在沸腾,不由自己克服,从内部脏腑到四肢五官百骸,无不起反应了,一句话:形容不出的难受。每通一会电流,受一阵痛苦之后,稍停一下,面前的一枝笔又是一条毒蛇似的摆陈在白纸上,时时逼迫我从毒蛇口中把毒的信舌舐到纸上,告密出认识的朋友们和刊物负责者等等。起先,电流还不十分强,勉强可以忍受,奥谷又时时在留心我可能忍受的程度,所以纵然难受到了极点,幸而我体质还不算坏,吃得住,我心中也镇静得住。而当电流逐步加强,到不大能忍受了,心中就更沸腾起愤怒："去罢，就让他死去，你一点也还是得不着。"

就这样，从上午九时一直到下午，通一次电，停一阵迫问口供一下，再电，再问，……大约有十多次了，两方在比赛韧度，自然是我的身体吃亏的。他们无非多看几次死去活来的生动剧目。因此看厌了的旁边军曹们，有一个忍不住走来抢过笔管，说："你不说吗？"气极了！把发动机拨到轮盘表的更加强度，揿住电钮不遏。强大的电流，长久的电流，在剧烈反应之下使我入于逐渐停止的状态，我自觉安静下来，不会有什么官能的反拨了，也许这就是濒死的状态罢，只觉得时间并不过久，被猛剧的喊声惊醒，举目一看，还是安坐在椅子上。

恐怕这算是死去活来！受伤了，像走在长远的程途中倒下来濒死的牛马一样在抽气，颓然无力的软瘫在椅子上。

又是艰难的一日。奥谷想不出更简捷的办法了，除了再用电，到头还不过一死了事，对他们有什么好处呢？

太阳也羞于再看下去这一幕人类相残的活剧而沉下去的时候，时光确也不早了，几乎支撑不住自己的躯体，重又被赶入囚室，像负了重伤的猛兽，拖着沉重的步子颠跌到它的巢穴里一样。

八　受刑之后

第一次的试炼，满脸打肿，大腿被马靴踢过之后的结成硬块淤血，以及一条条的鞭痕，还不过是皮外受伤，虽然照起镜子来，两只眼睛青紫了一个多月有核桃大小的两块，只不过难看些罢了，对我却并不十分痛苦到难以忍受。惟独电刑过后，把胃却弄糟了，整天从胸部发闷到沸腾翻滚，一直想呕吐，却又不大吐得出，同时头晕涨痛，很觉抬不起来。而第二天，奥谷又来提我出去，仍然带上四楼诊了一通，后来觉得我实在样子太狼狈了罢，总算大发慈悲，又把我带回向囚室的路上走，我自然从失了自由中毫不能作什么表示，一切任随指挥了。那里晓得走到空院子上，并不叫我入囚室，反而叫我慢慢地在院子散步起来，我不晓得这里藏什么鬼胎，会不会在不经意的慢步中飞来一粒子弹，我实在没有兴致追随，亦步亦趋了，找到路旁一片木栏杆，不待许可坐下来了。心情非常之恶劣，反感极其厉害，两次的苦刑，为的什么呢？得的什么呢？我并没有做过什么，他们那里会得到什么！在心潮起伏中，奥谷又命令我起来了，像中途走不动而停下来的牲口，被鞭笞一下重又勉强迈步前进一样。从院子的西南角叫我跟着走到院子北面，那是军士用的厨房，肉香四喷，蔬菜如山，饿了七八天吃不饱的，这时候馋涎欲滴。等了好久，奥谷拿到一只鸡蛋，取来向眼圈四周滚动，叫我学样做，当着他的面前，在命令之后我是照办了，别的时候，谁个喜欢依他？大约他自己也觉得用力过猛，打到我两眼青紫了有两个核桃的大小，到这样看了也可怕的厉害的程度，自己也想快点洗去害人的痕迹罢。而我却巴不得留下它让两圈青紫永远留在眼睛四周，给我做一个受辱的永久纪念，给凡看到这圈青紫的人们也可以推想得到虎狼们的凶残。

鸡蛋带回囚室里来，难友们以好奇而贪馋的眼光迎接这久违的小物体，当我告诉了用处之后，随手把它放在木柱子的空隙，天夜了，大家照例排成沙丁鱼之后，鸡蛋是由它去了，到第二个早晨，一看，鸡蛋没有了，也许被最关心的贪馋至极的谁何偷偷地生吃了吧，我不忍去问，就这样算了。

九　在七十六号

车子循着四川路一直朝南走，到了南京路转向西，大家都一声不响，看它的究竟。后来走到一所大房子，两旁有伪军警守卫，但是车子一直往里开，没有人敢来盘问一句话。门口还是中国式的建筑，算是新式，其实是很平常的。只是里面的又一座洋房就不同了，是很讲究的，陈设也不坏，我们被指定立在洋房阶沿。同来的日本宪兵走入去，稍稍憩息，走出来也是日本便装宪兵之流的人，似乎在办交代，把人和带来的物件都点交了。而且叫我们分两行立在阶沿上被拍了照。之后，有人领我们走到外面，靠东，小门打开，迎面一条狭弄堂，两旁都是平排的小房子，我们被领进一间空屋，有一个穿黑长袍的小个子来招呼，日本宪兵们办了又一次的移交之后就走了。小个子简单的问了几句话，立刻把七位男难友给带走，只留下我单独在空屋子里。

小个子回来了，问我有什么东西，可以交给他，等到全部都在眼前之后，照样把手表和钞票带走。这时我才顺便看到，原来是一百六十多块钱的，现在却在封面上另有一个数目字：是一百一十余元，少了五十元左右，不知算是历次到宪兵队的办公室里吃东西用去的呢？还是怎的，总之是短少了，幸而在宪兵队里我没有给点数目，否则问起来也太难为情了。

小个子再三嘱咐，对此地的人不要随便谈话。他走开之后，马上来一个拿枪的伪兵，在门口守卫。看看这间空屋，有一个木板搭约五寸高的讲台，讲台上安置了一个相仿于床位大小的一只半圆形讲桌，还有两张木椅，看样子很像是预备做审判室的房间。幸而两大包书没有拿去，我一个人坐着在看书，比较在宪兵队那里舒服些，但是还不明白以后该会有什么遭遇。

　　大约十一点钟,有人送饭来。是大米,热的,盛在竹造的饭桶里,另外还有一小碗连汤的青菜,这些都是好两个月没有见到的中国式饭菜,虽然粃粺很多,一羹匙的饭里面可以拣出好几十粒,就因为是热的,久违了,不觉津津有味地吃一顿果腹。

　　黑长袍的小个子像是直接负责的人物,下半天又来领我到弄堂里面的一间小房子,是非常局促的一间办公室,比起里面东洋宪兵占领的一看,真像人家公馆上房下房的天差地远。同来的几个男难友先到了,正在逐个打手印。这就新奇了,日本宪兵队不过叫人用一只手指头打,这里却是认真,十只手指都要用油墨印在表格纸上,然后在表格纸上面又填姓名。犯罪缘由却是填不出,问我也说不出。后来又叫坐在灯光下左胸前被编上号码在衣服上,然后拍照。不但正面一张,连侧面的也要拍。

　　回到先前的审判室(我猜想),小个子又来问话了:"你有没有熟识的店铺可以做保。"我一想,中国人开的铺子也许找得到,但是给这种机关做这样子的保一定不愿意。我于是说:"我在上海这些年,最熟的是内山先生,他做保可以吗?""顶好不要东洋人做保,你再想想看。"

　　他走了之后,我不得不想法解决当前的问题。似乎一有人来做保，马上可以出去，去呼吸自由的空气了。生的希望燃烧着我，心在跳，面孔在发热，为了焦急于寻求释放。这岂非是做梦？今日居然听到有释放的希望了，就一分钟也熬不住，恨不能插着翅膀马上飞出窗外。同时遥望窗外，同来的难友也的确有三两个朝大门口走，朝自由的天地走！我多么难受，我被他们遗弃了，没有希望也罢，是安定了心的。有了希望而不能达到才难受呢，"热锅子上的蚂蚁"比我还舒服。

　　黑长袍子的人又来问了，"想好了没有？""想好了，还是只有内山先生认得，因为我是一个女人，认不得许多商店。"这是我的遁辞。朋友们，凡是和我认识的，大约都一样不甘愿在他们手里留些痕迹的罢，我何必硬要他们做保？内山先生，作为一个店铺，他有资格给我帮忙的，只要他肯。而我，却是借此向日本人作一个无言的答复，他们拘禁我，岂不是当我有罪？但是今天来作保的也还是日本人，也还是由他们来承认我没罪了，这是我的另一种意思。黑长袍子的考虑了一通之后说，"你先打个电话去看看。"他陪我到靠门口的办公室，电话通过之后，说明是在沪西七十六号（这是黑长袍子告诉我的），那面答应马上就来。我高兴极了，我的希望，我的自由的达到，太出乎意料的神速了，以前，在宪兵队里，我因为久被拘禁，和奥里阿加们检讨之后，猜测着，如果能够自由，恐怕要有相当交换条件，倘使如此，必然很难堪的，因此止了那开路的念头。今天忽然像一个奇遇，如果马上有人来保，马上可以回家，究多么快乐呢？

沉沉的暮色像铅一样重压着心头，"望眼若穿"，一分一秒在盼望，这心情，是形容不出的焦躁。终于把白昼交给了黑夜，没奈何铺开被毡，把办公桌，那庄严的黑漆的法庭办公桌，权充我的睡床。

刚睡下不久，黑长袍子又来了，叫我起来。我以为好消息到了，跟着走到靠大门外面的另一个朝西木门，旁边有一个木牌写着"调查统计局"的字样，才晓得是个什么所在。走到里面，七八个人在分头坐着，有一个人起来打招呼，似乎还客气，泡来一杯龙井茶，开始谈话是问我为什么被捕，我说不知道。后来又表示他们对鲁迅先生的尊敬，叫我有什么尽管说，人也死了，说出来也不要紧了。我说："是的。"他问："鲁迅先生生前做的什么事？""文化工作。""你是不是继续他的工作？""我够不上，不过是一个家庭妇女。""你不说真话我们有法子会叫你说的。""是的，如果我说得不对，你们可以调查的。""你可以把你被捕的经过写出来吗？"我一想不妥，如果写了，被窜改之后发表，会不知道变成什么东西，也许像服罪的自白的，就非常之可怕。因此我说："在那面说过以后不写了，所以什么东西也不想写。"他们看看问不出什么来了，大约例行公事，其实办案之权还是在日本宪兵手里，他们问了一通交代过去就算了，憩一会又叫我回到审判室。

二月二十八日，晨起，毫无兴趣的在等待，好不容易，一小时又一小时，真是度日如年！终于黑长袍子也觉得奇怪，又走来问我，"怎么还不见有人来？""我可以再打一次电话吗？"允许了之后，到办公室一看，已经快十二点钟了。从电话里有人告诉我内山先生不在店里，到宪兵队里去了。奇怪！我暗暗在纳闷，也许去请示的罢，日本人的行动本来不自由，为了怕牵连，内山先生可能要请教一下的。如果他不来，没有法子，难道就此关在这里？眼看有释放的机会而出不去，多么伤心？倘使真个迫不得已，也只好向中国店铺请求了，这是我的私意决定如此，但姑且还在等待最后回音。

好不容易到下午两三点钟的时候，黑长袍子又来带我出去，说是对保，我不懂。跟着走到晚间去过的"调查统计局"，抬头一看，内山先生和他的中国职员王先生都坐在屋子里，七十五天，被隔绝了社会，见不到一个亲人和朋友，忽然遇到，禁不住悲哀的泉像拔去水闸的河流，制不住了的奔放，泪如雨下，内山先生和王先生也不禁大洒其同情之泪。但是，手续虽然办了，还是不能立刻出去，据说是要等上头的人后天（三月二日）从苏州回来再作决定。没法子，在这里又多度一夜。

三月一日下午，天在下绵绵的细雨，大约两点钟，黑长袍子又把我叫出去，到了调查统计局，把手续办妥之后，他们说不必再等上头人回来了。发还手表，法币改换中储券给我。那时社会上对中储券还是多数拒绝使用的，没法子收下了。他们给叫好一部黄包车，在细雨霏霏之下，天公作美，把这一个十足关了两个半月共七十六天的狼狈不堪的人打发回家了。被雨盖所遮没坐在车子上一直迷惘，眼前确是走出囚笼，却还像做梦一般疑真疑假。这一天是阴历元宵佳日。

十　无可补偿的损失

被雨遮盖着那狼狈不堪的身体送回到寓处，房门深锁着，女工，孩子，通通见不到面。幸而蒙同住的一位老太太慈悲，给我饮开水，洗澡，掉换了衣服。又急忙洗了一次头发，那几个月来被虱子做够了窠的头发，用滚热的水烫个痛快，人好像轻松到脱了一层皮，有些飘飘然的自在，很想立刻满街跑一通，大叫一通。但是还不敢相信我的自由是不是有相当限度，我怕走到外面会有人跟，倘使这时跟出几个朋友的去处呢，岂非"前功尽弃"？因此等到夜幕低垂之后，我才偷偷走到建人先生家里，并且托他通知一切朋友，不要来看我，我也不到任何其他地方。

海婴比两个半月前高了半个头，人也老练了许多，身体也好了许多，才想起在狱中那回看到下雪了而替他担心气喘复发，暗中饮泣是多余的事。在没有可倚赖的时候，人会自己坚强起来的吧。而且我又知道他居然正式入学校读书了，但是为了不被人知道是我的孩子，他的学名改了，家长名字叫作是周松涛，其实他的家长不敢认自己为亲爹娘，原也不自今天起，在最小入幼稚园读书的时候，为了掩护便利，他的父亲就没敢用自己树人的名字，而是作为周裕齐的儿子把他送入学校的。他一生下来就跟着父亲顶着"华盖运"，原不算什么稀奇。而父亲死了之后，还会因我而使他如此地委曲求全，真是无限的伤愧。朋友们和建人叔婶们都特别照顾，从他的活泼健康证明了他的经过。我不禁游戏似地说，"苦了我的，却在你身体上补偿好了！"

海婴一见面就向我追讨他的一个无线电收音机，那是用他的积存的零钱凑集再加添补，经过多少时候的憧憬而获致的视同珍宝的东西。在我被捕之后，过了三个钟头，有日本人回转来拿去的。因为再也买不起收音机了。他一直胡乱地自己瞎搞，居然收到微弱的音波，但不知怎的一不小心跌到地下，从此没有声音了，又没法晓得这原因何在，就在这阶段见到了我，急切地，头一句就问："我的收音机呢？""什么？我不知道。"失望，充满了孩子的心灵，哇的一声哭起来了。仍然因为被强烈的欢愉所移转。孩子很快地用手一面揩眼泪，一面拿出他喜爱的果点来强送到我跟前，这无邪的天真，引得满屋子的人在哄笑。

"妈妈，我不晓得为什么总想笑。"见面了好两天之后，孩子的嘴边还总在掀开，自己也说不出缘由而自作解释起来了。

这里我应该特别表示一下我的歉意，也更应该说出友情的值得宝爱，当初我因为近便，叫孩子在我被捕后到一位朋友家里，是因为她和许多文化人相熟，马上可以通知大家免致牵累。而不料就为了这，被她的二房东得知了，他们更怕牵累，连逼带赶，不但孩子不许住下，就是我那位朋友连她的两个孩子也被勒令即时搬走。有什么法子声张呢？一点也没有，只好连忙遵命，一时无法找房子，她只好回乡去了！可见当时朋友为我受累，确实不浅。

回来之后检点发还的书包，在那一包日记里面，缺少了民国十一年鲁迅先生写的全年日记。是怎样丢失的？曾经被牵到大门口和一不相识的女青年一同拍照，在两人间摆着从我那里搜去的鲁迅先生著作，也许这就作为犯罪的证件罢！就此搬出搬入而遗失。或者他们压根儿看不起文化，随手拿到书就用来擦桌子也是亲眼见到的。虽然后来曾托内山先生去打听，终于也找不回来了，这真是莫大的损失。回到家里，我亲自第一步是烧书。许多书，原是在三层楼的，日本宪兵走上去，想推开门，女工说："这是借把人了的。"那时幸而没有保甲，查不出户口，听说借了给人，他们也就算了。因此保存了许多书，也更保存而又减轻了我许多麻烦和无聊的冤枉受苦。然而侥幸的事是不可能会长久的，万一被侦知了，重新又搜捕起来，那不是玩的。真可说是"惊弓之鸟"，见影心动，从此大烧其书。凡是朋友送我，而又亲自签了名的，更怕因我而牵累别人，迫不得已，由我自己亲手把它们送到红红的、美丽的火苗内安放，心在绞痛，像把亲人送入火葬道场一样难过。然而经过灾难之后的过敏感，也许不是身受过的所能体会得到的吧！这是首次的文字劫。后来又经过一次"清乡"的谣言，见于报章的是叫人把一切战事发生前后凡是含有抗日反汪等的文字图书甚至旧报纸，一概不准存留，倘不如期缴出或焚化，查出即须严办。于是又一次的自动肃清。谁甘心缴出？到底又没法遮藏，几次把书籍清出重又扫回，重又取出，终于还是照样拿去火葬的好几次。自己来不及葬了，有时还央请别人，每天每天，尺来高的书好些堆就往红红的火口子里送。送的多，来不及烧化，越是心急，越是纸灰多，火慢，烟更厉害，两只眼睛尽吊泪水，真像送葬的人儿。烧的书越多，范围越广，后来这也不妥，那也犯忌，没法子，把历年收集，各地纪念鲁迅先生逝世周年的剪贴文字也给烧掉了。现在看起来也许是笨的。但是鲁迅先生逝世周年起就在抗战，因此每年纪念，总离不开抗战，也就离不开了文字的牵连。而我自己，也是自从鲁迅先生逝世之后才陆续开始写些短文，也多少写了这些短文曾经遭遇过磨折，难道这是好玩的？生命有时觉得比留存那可能另外找寻得到的文字还需要留着的时候，希望留着这区区一息于人间，重振起来这念头也许是情有可原的吧，因此把可以成问题的书差不多都毁了，大约自民国二十五年十月，鲁迅先生逝世以后的，都不能以"鲁迅先生所有"这一护符而被保存。不但我自己，是朋友存放在我处的，书籍、照片、报章、杂志、文稿（有关抗日的）都大胆的被我那无情的手轻轻葬送掉了。我不敢请求朋友们的原谅，因为这是无可补偿的损失，我谨只诚实的招供，以待应得的判决！

　　出狱后的第二个月——四月十九日——忽然从"调查统计部驻沪办事处"的衔头那里寄来一封信，内容是：

本月二十日下午三时请于上开时间到极司非而路七十六号本办事处谈话勿得延误为要此致

许广平先生

调查统计部驻沪办事处启
四月十八日

这是什么玩意？难道又想到把我关起来！心头像要作呕的不痛快。托人打听，据说是非去不可的，否则更会引起疑心。

如期的赶到原被释放的所在，在客室里接见之后，那位穿西装的还算客气，说是没有什么，不过问问这个把月出去了做些什么事？我说在医病：心脏衰弱，血压高，精神兴奋，贫血等，每天在看医生。（杨素兰医师给细心调理好的。）这些天又患感冒，一直没有出来。西装客说出真意："我们这里的规矩，照例是出去之后要把朋友介绍进来的。"但马上又转过腔调："当然不是叫你去捉人，我们对你是尊重的。不过朋友来到这里有了保护，比较安全，我们是一番苦心，为了大家好，将来就是自己牺牲，也对得住国家的。"好口气！我只好说："我一直呆在家里，不敢和任何人来往，别人也不来看我了，那能知道他们在什么地方？" "其实是底下人不知道，才发这封信请你

鲁迅到上海后与许广平建立家庭，这是他们与周建人（前排左）、孙伏园（后排右）、林语堂（后排中）、孙福熙（后排左）的合影，摄于一九二七年十月四日

来，本来可以不必的，你好好地回去休养吧！""谢谢！谢谢！"

就这样，一天天挨着，活着，死一样的活着，复苏一样的活着，艰苦的活着，可以说是生活过来了吗？我不知道。

然而我还是坚持着要活，首先把我的身体强健起来，去做我应该担负的工作。

风子是我的爱

　　风子是我的爱……它，我不知道降生在甚么时候，这是因为在有我的历史以前，它老早就来到这个宇宙和人们结识了吧。

　　风子是什么一个模样的呢？我可说不出！因为自始我就没法子整个的看清楚它，许是因为我太矮小的原故吧！

　　即使我看着最有趣味的书，或者干着最聚精会神的事体，耳根响着隆隆的12345，54321，135，531……钢琴的竟日震动鼓膜的声音，任何人也不容易忍耐得下去领会或细心高兴的工作吧！这时，风子忽然投入我怀，令我不期然而然的抛开工作，装做假寐的去回味它，屡屡不止一二次的追溯它，当遇着我的时候和离开我的时候是什么样的情景。

　　比起蝼蚁鸡犬之流，我，小小的我，勉强可以算是"庞然大物"吧！然而风子总看我是小孩子。

　　这于我真算是莫大的耻辱。它，是天上的一种气体，时间、空间自然比我伟大得多。在解冻的时候它算是春风，在汗流浃背的时候它算是熏风，梧桐叶落的时候呢，人们知道它换了秋的袍子，而狂呼怒号有似刀割的时候，人们在它名字上改换了一个名，说是冬风了！它虽则能被人改变各式花样，但不仍是风子么？时候、地位的不同，风子能单只不给我一些暖的呵气吗？有谁能够禁止我不爱风子，为了我的渺小，否认我的资格呢？

风子有一个劫运，就是在上古的时候，人们把它女性化了！说它是"风姨"，然而我则偏偏说它是风子。何以故？因为我是男性化的，不妨引为同类，可以达到我同性爱的理想的实现，而且免掉了她和他的麻烦。

淡漠寡情的风子，时时攀起脸孔，呼呼的刮叫起来，是深山的虎声，还是狮吼呢？胆小而抖擞的，个个都躲避开了！穿插在躲避了的空洞洞呼号而无应的是我的爱的风子呀！风子是我的爱，于是，我起始握着风子的手。

奇怪，风子同时也报我以轻柔而缓缓的紧握，并且我脉搏的跳荡，也正和风子呼呼的声音相对，于是，它首先向我说："你战胜了！"真的吗？偌大的风子，当我是小孩子的风子，竟至于被我战胜吗！从前它看我是小孩子的耻辱，如今洗刷了！这许算是战胜了吧！不禁微微报以一笑。

它——风子——既然承认我战胜了！甘于做我的俘虏了！即使风子有它自己的伟大，有它自己的地位，渺小的我既然蒙它殷殷握手，不自量也罢！不相当也罢！同类也罢！异类也罢！合法也罢！不合法也罢！这都于我们不相干，于你们无关系，总之，风子是我的爱……呀！风子。

致鲁瑞（三通）

一

母亲大人膝下，敬禀者前上寸缄想经

赐收，夏间媳曾将大先生的著作书籍寄 大人处，拟与北平友人共同编辑，现北平一时不便前往，该书需用，敬求 大人托人统交邮局寄下，如不便大包，可分作小包或作包裹赐寄，或托便人带下均可，因需用沪上配备不到也，海婴较前略好，乞舒

锦注肃此敬请

金安

媳广平叩上
海婴随叩
（一九三七年）一月十九日

二

母亲大人膝下敬禀者，日昨奉到

　　赐谕，谨悉一切。海婴前出水痘，已全愈多天，现在身体甚好，明天二月一号就去上学，仍是初小一年级。因为他身体不大强壮，所以叫他功课宽松些。学校同学有
　三先生的两个阿姊，所以也不冷静。媳身体也托　庇粗安，事情颇忙，但是忙点也好，省得静下来难过。　三先生回来，得知　大人身体渐佳，甚慰。无论如何，　大人千万放宽心肠，媳从小没有父母，　大人就是再生　父母一样慈爱，媳十分感激。现在只怕　大人生病，媳不能侍候在旁，所以千万叩祝　大人，放宽心肠，保养　福躬。暑假一到，必赶速趋京。昨日许寿裳先生回南，已晤见。许先生这回替　大先生身后事出力不少，真可感激。肃此，
　　敬请
福安

　　　　　　　　　　　　媳许广平谨叩
　　　　　　　　　　（一九三七年）一月卅一日

三

母亲大人膝下敬禀者奉到三月廿九日及四月十二日

赐谕，谨悉一切。 大人福躬康健，甚以为慰。不过听说因为 三先生的事， 大人为了听不过闲话，精神欠安。媳想这些事 大人不必放在心内难过。 三先生在沪，媳也时常见面，从旁宽舒，务乞放心是幸。

对于 大先生身后一切事务，媳应分尽力做的。请 大人以后不要抱歉客气，令媳难安。媳得 大人如此厚待，大先生如此恩爱，甚么苦都值得了。早间极愿北上候安。如果有人不拿媳当人看待时，媳就拿出"害马"皮（脾）气来，绝不会像贤桢的好脾气的，所以什么都不怕。也请 大人安心，好好保重。现时乞 嘱咐家人，对于 大先生的用具书籍，千万勿令人借失，待媳回平整理。海婴前几天因天气冷暖不定，有几声咳嗽，看了医生，现慢慢好起来了。暑假媳一定带他见见 娘娘，他很愿意呢。望多多保重。肃此，敬叩

福安

媳广平谨叩
海婴随叩
（一九三七年）四月十四晚

致朱安（三通）

一

朱女士：

　　日前看到报纸，登载《鲁迅先生在平家属拟将其藏书出售，且有携带目录，向人接洽》的消息。此事究竟详细情形如何，料想起来，如果确实，一定是因为你生活困难，不得已才如此做。鲁迅先生生前努力教育文化工作，他死了之后，中外人士都可惜他，纪念他，所以他在上海留下来的书籍、衣服、什物，我总极力保存，不愿有些微损失。我想你也一定赞成这意思。至于你的生活，鲁迅先生死后六七年间，我已经照他生前一样设法维持，从没有一天间断。直至前年（卅一年）春天之后，我因为自己生了一场大病，后来又汇兑不便，商店、银行、邮局都不能汇款，熟托的朋友又不在平，因此一时断了接济。但是并未忘记你，时常向三先生打听。后来说收到你信，知道你近况。我自己并托三先生到处设法汇款，也做不到，这真是没奈何的事。鲁迅先生直系亲属没有几人，你年纪又那么大了，我还比较年轻，可以多挨些苦。我愿意自己更苦些，尽可能办到的照顾你，一定设尽方法筹款汇寄。你一个月最省要多少钱才能维持呢？请实在告诉我。虽则我这里生活负担比你重得多：你只自己，我们是二人；你住的是自己房子，我们要租赁；你旁边有作人二叔，他有地位，有财力，也比我们旁边建人三叔清贫自顾不暇好得多。作人二叔以前我接济不及时，他肯接济了。现在我想也可以请求他先借助一下，以后我们再设法筹还。我也已经去信给他了，就望你千万不要卖书，好好保存他的东西，给大家做个纪念，也是我们对鲁迅先生死后应尽的责任。请你收到此信，快快回音，详细告诉我你的意见和生活最低限度所需，我要尽我最大的力量照料你，请你相信我的诚意。海婴今年算是十五岁了，人很诚实忠厚，时常问起你。只要交通再便利些，我们总想来看望你的。其实想北上的心是总有的，鲁迅先生生前不用说了，死了不久，母亲八十岁做寿，我们都预备好了，临时因海婴生病了取消。去年母亲逝世，自然也应当去，就因事出意外，马上筹不出旅费，所以没有成行。总之，你一个人的孤寂，我们时常想到的。望你好好自己保重，赶快回我一音。即候

近好

许广平
（一九四四年）八月三十一日

二

朱女士：

　　来信收到。听说你有脚疾，想已痊好。你的生活，我总挂念着。就因时局不定，物价高涨，收入毫无，手中拮据，故久未得款。昨向友人借来十万，先分寄五万，于七月二十日托交通银行汇去。收到暂应目前，一俟有法可筹，当再寄出。海儿因体弱多病，上课时常请假，故成绩不佳。暑假要补国、英、算三样功课，每天上午去校。又因学校离家远，很不便；附近无好的，也只得如此。倘暑假补课及格，可望秋季开学读高中。照他年龄，好多人入大学了。他却如此耽搁，乃贫病所误，没法可想的。即候

近好

　　　　　　　　　　　　　　　　　　　许广平

　　　　　　　　　　　　（一九四六年七月二十四日）

三

朱女士：

今天收到三月一日来信，知你患心脏病颇厉害，马上借到壹佰万元，已托银行电汇至平。你一面医理，一面陆续做些衣服，冲冲也好。但千万不要心急，年纪大了，有病自然不舒服。也许吉人天相，天气暖了，逐渐会好起来。海儿也在生病，照了X光验血，是初期肺病，现天天打针。所以我一时也抽不出身来看你。你如果有事要人照料，阮太太她们心肠好，宋先生也好，是不是请他们帮忙一下好呢？你的意思欢喜请他们帮忙，我想他们不会不体谅的。以后需要怎样办，随时再商量就是了。匆此敬候

痊好

许广平

（一九四七年）三月三日

致周作人（二通）

一

岂明先生：

赐函谨悉。前承先生见借会稽郡故书杂集，由 马先生转交与魏建功先生，当由他保存至昆明。全集集稿时，始电请航寄至沪，现保存在生处。如 先生何时需寄回示知当设法也。

全集已出书，因是几位朋友帮助，靠收预约款付印。但因不景气之故，售价未敢提高；而纸张、印工等等费去甚巨，约二万金。除预约所得，初版尚欠约八千元，生收得版税千元。现虽再版，尚未出书，版税不知何时可有，即有亦不会多（初版千部，每部版税一元）。大先生生时，靠版税生活，但因他自己境遇之故，不便露面多交涉，故常常饿肚皮做事；大病亦不敢住医院，免多花费；其所以死，经济也有关系。死后北新想出全集，颇为敷衍，版税倒按月付与北平老太太及上海生处。但自去年八月起，平沪即同时停付。此二年余之生活困苦，生即不言（大先生死后丧葬费三千余元，及医药等共欠五千余元），谅在先生洞鉴中。不得已，从纪念金中借取九百元，先后寄平，听说将次用罄，近即无法。而沪上生处海婴身弱多病，常在调理中；又大先生遗书甚多，不能不妥为保存；上海复寸金寸土，屋租奇昂，生活费更高（以前欠债尚无着落）；统计年余费用，全由纪念金款借取，自以为将来全集出后，可陆续筹还。现全集出来所得之款，全部还去，仍欠二千余元。目下两地生活，绝无善法。生与海儿，即使行乞度日，然太师母等春秋甚高，岂能堪此，又岂 先生等所忍坐视。中夜彷徨无计，故特具陈经过，乞 先生怜而计之，按月与太师母等设法，幸甚！肃此，敬候

著安

生许广平上
（一九三八年）十月一日

二

岂明先生：

久未奉候，惟于出版物中得悉　先生近况一二。最近又得拜读　先生近著《华堂什文》及《书房一角》，于越先贤著述再三致意，思古情深，令人感动。日前上海报载，有北平家属拟出售藏书之说，不知是否属实？果有其事，想为生计所迫使然。鲁迅先生逝世以来，广平仍依照鲁迅先生生前办法，按月筹款，维持平方家属生活。即或接济不继，仍托平方友人先以垫付，六七年间未尝中辍。直至前年（卅一年）春间，身害大病，始无力如愿。病愈之后，邮政、银行、商店俱无法汇款，而平方亦无熟人可托，束手无策，心甚不安。不久前报载南北通汇，又多方设法，仍苦无成。其间重劳　先生鼎力维持，得无冻馁。兹者出售藏书之消息倘属事实，殊负　先生多时予以维护之意。广平特恳请　先生向朱女士婉为劝阻，将鲁迅先生遗书停止出售；而一切遗物亦应妥为保存，亦先生爱护先贤著作之意也。至朱女士生活，广平当尽最大努力筹汇。如　先生有何妥善方法，示知更感。倘一时实在无法汇寄时，仍乞　先生暂为垫付；至以前接济款项亦盼示知，俾将来陆

续清偿，实最感荷。 先生笔墨多劳，今更以琐屑相烦，殊深歉愧，尚祈便中 赐教一二，俾得遵循。敬候

著安

> 许广平
>
> （一九四四年）八月卅一日

致胡适（二通）

一

适之先生：

鲁迅先生逝后，亲友故交，和文坛先进，思有以纪念光大先生的战斗精神与学术成绩，故有"鲁迅纪念会筹备会"之设，拟广请海内外硕德，成立纪念委员会。昨奉马幼渔许季茀两先生函，称先生已允为"鲁迅纪念委员会"委员。将来公务进行，得 先生领导指引，俾收良效，盍胜感幸。又关于鲁迅先生生平译著约五十种，其中惨淡研术，再三考订之《嵇康集》《古小说钩沉》等，对于中国旧学，当有所贡献。但因自身无付梓之能力，故迁延至于今日，而一般人士，咸切盼其成。然此等大规模之整部印刷，环顾国内，以绍介全国文化最早、能力最大之商务印书馆，最为适当。闻 马、许两先生，曾请 先生鼎力设法，已蒙 先生慨予 俯允。如能有成，受赐者当非一人。只以路途遥阻，未克趋谒，申致谢忱。伏乞 便中 嘱记室草

下数行，示以商务接洽情形，以慰翘盼，无任感荷之至！肃请

著安

许广平上
（一九三七年）五月廿三日

一①

适之先生：

四月五日奉到 马、许两位先生转来 先生亲笔致王云五先生函。当于十一日到商务印书馆拜谒。 王先生捧诵尊函后，即表示极愿尽力，一俟中央批下，即可订约，进行全集付梓，在稿件交出后四个月或六个月内，即可出书。对于影印及排印二部，亦完全同意。并谓若以二百万字计算，即可作十册一部；其他如分精装与普及本等，亦表赞同。以商务出书之迅速、完备、规模之宏大、推销之普遍，得 先生鼎力促成，将使全集书能得早日呈献于读者之前，嘉惠士林，裨益文化，真所谓功德无量，惟 先生实利赖之，岂徒私人歌颂铭佩而已！肃此，敬请

著安

---

① 此函与《致蔡元培》原件无落款，推测当为许先生拟的草稿。

致蔡元培

子民先生道鉴：

《鲁迅全集》序文，承蒙先生允予执笔，既示读者以宗尚，更发逝者之幽光，诚生死同感，匪言可谢者。顷奉 季茀师来谕："兹得蔡公函，愿为全集作序，惟嘱将必须注意或说及者详告之，以便执笔，用特奉告，务请示我大略"云。窃思 迅师一生，俱承 先生提拔奖腋（掖），无微不至；一切经过，谅在 洞鉴之中，直至最终。其能仰体 先生厚意而行者，厥为在文化史上的努力；即有成就，足资楷模者，或在于此。序中，稍予 道及，使青年知所景从。或亦 先生所可也，如何之处，敬希早裁是幸。肃此，敬请

著安

致季茀[①]（二通）

一

季茀先生台鉴：

　　五月十七及廿一日　赐谕谨悉。年谱及　蔡先生函亦拜收。　先生公务多劳，又兼　周先生事事烦扰，惭感交并，难以言谢。应改之处，谨当如命照办。关于　迅师遗著，因　先生等各方努力，似有很好效果（以前邵先生对李秉中言，似不大能宽假）。昨接荆有麟信云："周先生著作经有麟托王子壮先生，周先生老友沈士远先生托陈布雷先生分向宣传部各负责人及邵力子先生处接洽，现已得到结果：邵力子部长与方希孔副部长，已下手谕，关于政治小评如有与三民主义不合之处，稍为删改外，其余准出版全集，惟印刷时，须绝对遵照删改之处印刷，一俟印刷稿送审与删改无讹，即通令解禁。邵力子部长并谕：对此一代文豪，决不能有丝毫之摧残，云云。"今天开明书店

[①] 季茀（1882—1948）即许寿裳，字季黻，浙江绍兴人，教育家。

有些人请邵先生吃饭，茅盾作陪。谈到禁书及迅师著作，邵谓："蔡先生等函已收到，鲁迅送中宣的，他已大略看过，《花边文学》与《准风月谈》，以前虽禁过，但他看没有什么，只要把书名改过，序及后记去掉，就可出版；不三不四集则可不要；十月与门外文谈以前虽禁过，他看没有什么，可以通过的。他已将此意下手谕，再过几天，当可批下云。"目前据茅盾意见，姑等几天，候批再说，如仍不批，再由他或夏丏尊先生去函邵部长促其批下。茅先生并说邵先生表示态度甚好，邵先生先不知道是出全集，后接蔡先生信始明白，并谓这当然没有问题，又问：全集大约什么人编。茅答：大约蔡先生，季茀先生，作人先生，他表示满意。照这情形，第二是邵先生说的"删改"问题，万不得已而删，为了全部，没有法。关于改，则大应斟酌，因恐与原著者意思相反，好在这个待批下再说。于此又对书店出书进行上似不妨也随时加紧，因这回开明的人颇出力，如批下提出要求，颇难对付，自然答以待商务答复再说，若商务竟答复，较口推托，生已挂号寄函　胡先生附底稿呈　览。又以前迅师之译书，艺术论，文艺政策等，也拟寄南京，托　季先生向中内二部一同进行，因此等翻译品，不关碍三民主义，十月可准，其余或也可以也。总之，此次能有好结果，俱　先生鼎力向各方设法所致，特急以所

闻奉陈。先生必乐闻也，肃此，敬请

钧安

　　　　　　　　　　　　　　　　学生许广平上
　　　　　　　　　　　　　　　　　五月廿三日

二

季茀先生道鉴：（上略）

关于北平方面生活费问题，重劳　先生远道操心，闻之不胜愧恶。此事说来甚长，好在以前经过。　先生是最关切，而又是周先生交逾手足之最亲切友好，更是生之师长父执。人穷则呼天，而天高难问；痛则呼　父母。生只得忝以同宗，奉　先生如生身　父母矣。生虽粗疏，然亦名门闺秀，略知礼义。对于　周先生之所以委身相侍，非为名，非为利，不过欲助　周先生些微。而一切牺牲，不齿于家属。含垢忍辱，自问无愧；所稍得安慰者，以　太师母过去函札恳挚，谆谆抚慰。自　周先生逝世于今，整三周年又半了。这几年来苦心孤诣，一切亏空筹画，全不使北平方面有丝毫断于接济。计　周先生廿五年十月死去，十一月起，北新每月送平方百元，沪方二百元，刚足开销，计共九个月。"七七"卢沟桥事起，北新即断绝接济，没有一文钱收入。而沪上生活，除生及海儿二人，还与三先生夫妇三女及女仆同住。他们每月房租伙食，不过交生四十元。以四十元养五六口人，其须津贴可知，其时生之不充裕可想。其时　二先生安居北平，发表文章，动辄以"老母家嫂"须照料，不克南下为辞。而生则每月一文不入，仍照常供给北平每月生活百元。沪上生活，无人负责，更无论矣。而 二先生，则闻确在平有职业。因之去年元月曾去函，告以生因版税无着，请其照料太师母生活。他不回信，只口头同 太师母云：要他全部负担，不可；负担一半吧。经由 太师母来示磋商结果，谓 二先生每月能负担五十元，她们家用，最省八十元足够。因之，生托李霁野先生每月垫付四十元（因上海收到版税没有一定，能得 李先生答应，以免中断），待有款陆续拨还，省得 太师母等每月焦待。以为比较妥善，行之已一年余矣。中间修房子，向 李先生特支出二十元，也已取去。此事有 李先生可证，非生推赖。有时向某先生探询，亦云： 二先生确有收入；即沪上传闻亦云： 二先生家有保镖，文坛上为一重要人物，其子当日文教授，每月也有六七百元。实际北平《文艺月刊》，也把他文章花边圈起，甚是看重，其非"藏拙未遑"可知，恐更忙于奔走也。是非得失，国人共见，非生片言可诬。 三先生仍在商务，每月薪金约共二百元，除上海开销（去年阴历一月，从生处搬出），有时仍寄款八道湾玛将。又隔些时候，亦有寄出，或二百，或三百，与 太师母。今天特访 三先生，承他告以如此。并谓久未得 太师母信，有时去信问要不要钱，回信则云"现在有，不必寄"云。似此果确，则所谓"乔峰又力薄能鲜"亦不的确。而信中云云，只不过曲为两子恕，不为生稍留余地耳。　先生试平情观察，生向以为　太夫人明白，不忍高年重受打击，故不自谅，每奉禀时，即陈以"生活不必急，生当尽力，即讨饭也奉养"。今生即讨饭，谁知谁谅？生非人子，连儿媳也不看待，以前梦梦，今始知太过憨直矣。不然，何至于以"损害豫才生前之闻望，影响海婴将来之出路"相恫吓！　周先生闻望，于其刚死时，已被二先生暴露得够了；再损害些，有何要紧。至于海婴出路，真是笑话，无论两亲如何不是，他总是周氏血肉，难道为了争空头的遗产，会把海婴出族，或不齿于人类吗？万料不到，平日最最敬仰的　高年，也把我母子如此看待，岂真没有明白人吗？稍爱　周先生的，不应把他的亲属有此打击。　先生、先生！此苦只有向　先生诉矣！三年余以来，生为了周先生死去，内心悲怆，白日勉为欢笑，清夜暗自垂泪；发已半白，垂垂老矣。然仍力争上流，不敢稍有辱没　周先生处。而今则最了解他最爱他的母亲，迳说生"匝岁以来，承景宋两次寄赠四十元，不致啼饥号寒"矣！（寄去四十元，是两次听说老人家病，寄去请她买食物。生活费另有　二先生管，不料好意成罪了。）　先生就上说观察，四十元即能不"啼饥号寒"，得以度过一年吗？不是的，还有　二先生每月五十元，有时更送米煤；还有　三先生不时的二三百。还有信给　三先生说有钱不要寄，然而为什么又说"老妇风烛残年，不足深惜；然不忍再视豫才后嗣重增纠纷，贻笑中外？"好像要　先生相信，生应负饿死老人家之责，追死她的"侍我二十余年"的人呢！至此，　先生或会恍然大悟其中奥妙罢。去年秋，因海婴不时患喘，医生嘱往热带疗治。沪上友朋，也目睹生母子悲惨生活，因之分头去南洋各属介绍职业，以便转地疗养。去腊底，从暹罗来信，嘱往彼方报馆任职。正购备行装，办护照，花了二三百元，忽然来电不令去而中止。然因之上海已收教书聘约也退去，又花了行装费。但同时也寄了四百元往　李霁野，托其分月交西三条（向她们说借与，省得"诛求无厌"）。更写信　二先生（处处为她们设想），谓因经济困难，携子往南洋谋生。北平　太师母、大师母等安全，请其就近照料，意以为倘有不测，请他相助之意。并未有回信。后生取消南行，即去函太师母。三月九日，接太师母谕，谓"三月份的生活费已交给我了"，知生不南去，即此一天有这一函给　先生了。　周先生清贫，没有遗产，人所共知。只有北平的人们不信，所谓"沪方亦有相当收入"，乃是"南来亲友探询"所得。究竟收入如何呢？除了北新周先生死后担负的九个月，战后分文未得，亏空了一整年余。到七七周年，全集始付印，计自七七以后，中间亏空，照北平每月送百元，一年多，则已千余元，上海二百元，亦已二千余元，共即三千六百。这是从廿六年算到廿七年七七的开销。廿七年八月至年底五个月，北平共五百元，上海共一千元；再去年廿八年一月至年底，北平每月四十元，全年四百八十元，再加修房二十元，寄太师母四十元，共五百四十元；今年一月至三月共百二十元；上海方面若以二百元计，廿八年至今年三月共三千元；总计除了北新九个月，周先生死后共三年零半，实有二年零九个月，南北共用八千七百六十元。又　周先生死去后印《且介亭》三册，费去七百元，印《鲁迅书简》，费去二千元；丧费三千余元；从廿五年三月病起至死，每月医药费亏空百余元，共约千余元（周先生病死，为什么一个人也不来负责？这时倒来迫钱了）；以上连家用、印书、丧费、病费，最少共用去一万五千四百余。收入则（除北新付了九个月生活费不在内）《鲁迅全集》初版千部，每部一元，共千元；再版五百部，每部二元，共千元；三版千部，每部三元，共三千元；陆续收到共四千余元。以历年支出一万五千四百减去收入四千余，实亏空一万余元。但此巨数，绝非架空，有事实可根据。如果真要"各走极端"，在生是求之不得的，正可有人出来还债，不能光是来分钱，省得生徒自焦急，就是头发全白致死，剩了一个海婴做孤哀子，这时大家再来迫他负起父亲的负担罢，这才是"影响海婴将来之出路"呢。以理言之，从前以为她们当生是自己人，生所以一向含忍，一切苦痛，都不说起，就是朋友问到，也说马虎度日。如果有人来"重增纠纷，贻笑中外"，视生如路入，生亦何必在此乱离之际，自救不暇，而为人谋呢。或者有人挑拨，处处以生地位相恫吓，生是不怕的。好在　周先生文章自认"挈妇将雏"，"有眷属在沪，相依为命"，"一妻一子，亦将为累"。这一切，生是周先生的妇无疑，比终生不在周先生旁的弃妇总不同。以弃妇言，　周先生或有赡养义务，在生则大可不必。向来许多朋友，对于此事，即抱不平，总说生过分管闲事。而生则也以为绝不肯令　太师母"不忍再视"，所以宁可自己苦些，对于大师母，也不过原谅在这过度时代的不得已处境，与以同情。其实这面（边）物质精神，因之牺牲太大了，生既负债累累，又时侍病儿，省无可省，再加不谅，而以为"有相当收入"，真是好人难做，做了反而看成不是人。以后不做呆子，每月四十元，事实上恐亦无法代筹了。　先生来　谕命以"酌办"，实情如此，悉属　亲长视生者，故敢琐陈。　太师母处既未直接来谕索款，而生何时能再有版税可收，负债如何清理，都不敢直禀　太师母，恐其不谅，至触怒　高堂，罪无可逭，万不获已，沥陈上述，伏乞　先生鉴之。以生度之，

二七七

此函咄咄逼人，不留余地，所谓"损害……生前闻望"，"寄赠四十元，不致啼饥号寒"，"侍我二十余年，目睹困苦，能不惨然"，"影响海婴将来之出路"，"风烛残年，不足深惜"，"贻笑中外"等等妙文至语，罗织人罪。以太师母平夙的厚道，必非出自老人家本心，或有人挑拨，更有善于笔墨者。此函文笔犀利，如老狱吏，绝非一般小孩、友人所能写，先生亦能猜到的罢。两子不养（据她来信）可谅，生寄款"不致啼饥号寒"，则不可恕，寻遍古今中外，恐亦没有如此责备寡媳之法律道理者，而何况是一个足以"损害……生前闻望"，"影响海婴将来之出路"的生，是一位不足重轻的路人呢！先生先生！世途如此，恐先生亦未闻见到罢。此函甚有不平之气，惟自奉先生来谕之后，如晴天霹雳，不能合目者二夜矣。此情此景，赐爱如先生，视生如子侄者，当能曲宥其失也。临纸凄怆，不知所云，肃叩道安

（一九四〇年）四月

追忆萧红

自从日本人占领了东北，成立伪满洲国之后，许多东北作家都陆续逃亡到山海关里来了。在一九三四年的十月，萧红和刘军两先生（那时的称呼，即萧军）到了人地生疏的上海，"就是还没有在这土里下根"（见鲁迅给刘军信）。非常之感觉寂寞和颓唐，开始和鲁迅先生通讯，在一个多月之后的十一月二十七日，由于他们的邀请，鲁迅先生和我们在北四川路底一间小小的咖啡店作第一次的会面了。

人每当患难的时候遇到具有正义感的人是很容易一见如故的。况以鲁迅先生的丰富的热情和对文人遭遇压迫的不幸，更加速两者间的融洽。为了使旅人减低些哀愁，自然鲁迅先生应该尽最大的力量使有为的人不致颓唐无助。所以除了拨出许多时间来和萧红先生等通讯之外，更多方设法给她（他）们介绍出版，因此萧红先生等的稿子不但给介绍到当时由陈望道先生主编的《太白》，也还介绍给郑振铎先生编的《文学》，有时还代转到良友公司的赵家璧先生那里去。总之是千方百计给这些新来者以温暖，而且还尽其可能给介绍到外国。那时美国很有人欢迎中国新作家的作品，似乎是史沫特莱女士也是热心帮助者，鲁迅先生特地介绍他们相见了。在日本方面，刚巧鹿地亘先生初到上海，他是东京帝大汉文学系毕业的，对中国文学颇为了解，同时也为了生活，通过内山先生的介绍，鲁迅先生帮助他把中国作家的东西，译成日文，交给日本的改造社出版，因此萧红先生的作品，也曾经介绍过给鹿地先生的。从这里我们可以得知萧红先生的写作能力的确不错，而鲁迅先生的无分成名与否的对作家的一视同仁也是使得许多青年和他起着共鸣作用的重要因素。

作为东北人民向征服者抗议的里程碑的作品，是如众所知的《八月的乡村》和《生死场》。这两部作品的出现，无疑地给上海文坛一个不少的新奇与惊动，因为是那么雄厚和坚定，是血淋淋的现实缩影。而手法的生动，《生死场》似乎比《八月的乡村》更觉得成熟些，每逢和朋友谈起，总听到鲁迅先生的推荐，认为在写作前途上看起来，萧红先生是更有希望的。

在多时的习惯，养成我们不爱追求别人生活过程的小小经历，除非他们自己报道出来，否则我们绝不会探讨的，就是连住处也从不打听一下。就这样，我们和萧红先生成了时常见面的朋友了，也还是不甚了然的。不过也并非绝无所知，片段的谈话，陆续连起来也可能得一个大致的轮廓。譬如说，谈得高兴的时候，萧红先生会告诉我们她曾经在北平女师大的附属中学读过书。并且也知道她还有父亲，母亲是死了，家里有一位后母，家境很过得去。也许，她欢喜像鱼一样自由自在的吧，新的思潮浸透了一个寻求解放旧礼教的女孩子的脑海，开始向人生突击，把旧有的束缚解脱了，一切显现出一个人性的自由，因此惹起后母的歧视，原不足怪的。可怜的是从此和家庭脱离了，效娜拉的出走！从父亲的怀抱走向新的天地，不少奇形怪状五花八门的形形色色的天地，使娜拉张惶失措，经济一点也没有。在旅邸上，"秦琼卖马"，舞台上曾经感动过不少观众，然而有马可卖还是幸运的，到连马也没得卖的时候，也就是萧红先生遭遇困厄最惨痛的时候，这时意外地遇到刘军先生，也是一位豪爽侠情的青年，可以想象得出，这就是他们新生活的开始。他们在患难中相遇，这一段掌故是值得歌诵的，直至最后，她（他）们虽然彼此分离，但两方都从没有一句不满的话，作为向对手翻脸的理由，据我所听到，是值得提起的。

　　当然不能否认，萧红先生文章上表现相当英武，而实际多少还赋予女性的柔和，所以在处理一个问题时，也许感情胜过理智。有一个时期，烦闷、失望、哀愁笼罩了她整过的生命力，然而她还能振作一时，替刘军先生整理、抄写文稿。有时又诉说她头痛得厉害，身体也衰弱，面色苍白，一望而知是贫血的样子。这时过从很密，差不多鲁迅先生也时常生病，身体本来不大好。萧红先生无法摆脱她的伤感，每每整天的耽搁在我们寓里。为了减轻鲁迅先生整天陪客的辛劳，不得不由我独自和她在客室谈话，因而对鲁迅先生的照料就不能兼顾，往往弄得我不知所措。也是陪了萧红先生大半天之后走到楼上，那时是夏天，鲁迅先生告诉我刚睡醒，他是下半天有时会睡一下中觉的，这天全部窗子都没有关，风相当的大，而我在楼下又来不及知道他睡了而从旁照料，因此受凉了，发热，害了一场病。我们一直没敢把病由说出来，现在萧红先生人也死了，没什么关系，作为追忆而顺便提到，倒没什么要紧的了。只不过是从这里看到一个人生活的失调，直接马上会影响到周围朋友的生活也失了步骤，社会上的人就是如此关联着了。

她和刘军先生对我们都很客气，在我们搬到施高塔路大陆新村里住下之后，寓所里就时常有他俩的足迹，到的时候，有时是手里拿着一包黑面包及俄国香肠之类的东西，有一回而且挟着一包油腻腻的东西，打开一看，原来是一只烧鸭的骨头，大约是从菜馆里带来的，于是忙着配黄芽菜来烧汤，谈谈吃吃，也还有趣。萧红先生因为是东北人，做饺子，有特别的技巧，又快又好，从不会煮起来漏穿肉馅。其他像吃烧鸭时配用的两层薄薄的饽饽，她做得也很好，如果有一个安定的，相当合式的家庭，使萧红先生主持家政，我相信她会弄得很体贴的。听说在她旅居四川及香港的时候，就想过这样的一种日子，而且对于衣饰，后来听说也颇讲究了，过分压抑着使比较美好生活的不能享受，也许是少数人或短时间所能忍受的罢，然而究竟怎样是比较美好的生活呢？物质的享受？精神领域的不断向上追求？有人偏重一方，把其他方面疏忽了，也许是聪明，却也有人看作是傻子。总之，生活的磨折，转而使她走到文化领域里大踱步起来，然而也为了生活的磨折，摧残了她在文化领域的更广大的成就。这是无可补偿的损失！到现时为止，走出象牙之塔的写作，在女作家方面，像她的造诣，现在看来也还是不可多得的。如果不是在香港，在抗战炮火之下偷活的话，给她一个比较安定，舒适的生活，在写作上也许更有成功。或竟丢弃写作自然也不是绝不可能，这不必我们来作假定。不过如果不是为了战争，她也许不会到香港去，也许不会在这匆匆的人世急忙忙地走完她的旅程，那是可以断定的。

除了脸色苍白之外，萧红先生在和我们初次见面的时候就看到她花白的头发了。时常听见她诉说头痛，这是我有时也会有的，通常吃几次阿司匹灵就会好，却是副作用一定带来胃病。萧红先生告诉我有一种名叫Socoloff的，在法国普世药房可以买到，价钱并不昂贵，服了不会引起胃病，试过之后果然不错，从此每逢头痛我就记起她的指导。可是到了战事紧张，日本人入租界之后，这药买不到了。现时不晓得恢复了没有。她同时还有一种宿疾，据说每个月经常有一次肚子痛，痛起来好几天不能起床，好像生大病一样，每次服"中将汤"也不见好。我告诉她一个故事，那是在"一·二八"上海作战的时候，我们全家逃难。和许多难民夹住在一起，因此海婴传染到疹子，病还没十分复元，我们就在战事一停之后就搬回北四川路底寓所了。没有人煮饭，得力的女工跑了去做女招待。我自己不是买菜就是领小孩，病后的小孩，刚三岁半，一不小心，又转为赤痢了，医了一年总不肯好。小孩长期吃流质营养不足，动不动就又感冒生病，因此又患着气喘。这一年当中，不但小孩病，鲁迅先生和我都病了。我疲劳之极，患了妇人常遇到的"白带"，每天到医院治疗，用药水洗子宫，据医生说是细菌在里面发炎，但是天天洗，洗了两个多月一点也没有好。气起来了，自作聪明的偷偷买了几粒白凤丸，早晚吃半粒，开水送下，吃到第二天，医生忽然说进步非常之快，可以歇一下看看再说。我心想既然白凤丸有效，或者广东药店出售的白带丸更有效，也买了几粒服下，再服几粒白凤丸善后，从此白带病好了，永远没有复发。鲁迅先生是总不相信中医的，我开头不敢告诉他，后来医生叫我停止不用去治疗才向他说。再看到我继续服了几粒白凤丸居然把患了几个月的宿疾医好，鲁迅先生对于中国的经验药品也打破成见，而且拿我这回的经验告诉一些朋友，他们的太太如法炮制，身体也好起来了。像讲故事似的把前后经过告诉了萧红先生，而且我还武断地说，白凤丸对妇科不无效力，何妨试试？过了一些时候，她告诉我的确不错，肚子每个月都不痛了，后来应该痛的时候比平常不痛的日子还觉得身体康强，她快活到不得了。等到"八一三"之后她撤退到内地，曾经收到她的来信，似埋怨似称谢的，说是依我的话服过药丸之后不但身体好起来，而且有孕了。战争时期生小孩是一种不容易的负担，是不是我害了她呢。后来果然听朋友说她生过一个孩子，不久又死去了。不晓得生孩子之后身体是否仍然康强，如果坏起来的话，那么，真是我害了她了。现在是人已经逝世了几年，我无从向她请求饶恕，我只是怀着一块病痞似的放在自己心上，作为精神的谴责，然而果真如此简单就算了吗？

生命的火在地下奔腾,

让它突出来吧,

毁却这贪婪的世界,

和杀人不见血的吃人者。

从灰烬里再生,

就是一株小草也好;

只要有你的精力潜在。

追忆萧红先生,我还亲眼看到她的一件侠义行为,那是为了鹿地亘先生方面的。据我们简单的知道:鹿地先生在日本的时候,确曾为了左倾嫌疑而被捕过,后来终于保释,是因为的确有消过毒的把握,否则绝不可能被日本军阀政府释放的。如同送过传染病医院去的人,倘使身体还在发热,是绝对不可能出院的,必然一切都没有问题了,这才放出。但是在日本政府的严密的不放心的监视之下,就是释放了也还是不容易生活的罢,因此迫得鹿地先生随着剧团,当一名杂役,四处走码头流浪到上海来。究竟以大学毕业生而当剧团的杂役是可惜的,被内山完造先生发见了,从剧团里拔出来,介绍他和鲁迅先生见面,由鲁迅先生代选些中国作家著作给他翻译,替他校正,再由内山先生给介绍到日本改造社出版。以此因缘,鹿地先生和萧红先生等认识了。及到鲁迅先生逝世，为了翻译《大鲁迅全集》日译本，在限定的短期间内出书，需要随时请人校正的方便起见，鹿地先生夫妇由北四川路搬到法租界来住，那时大约是一九三七年的春天。到了同年的八月，两国间的关系非常紧张的时候，在"八一三"的前几天，鹿地先生夫妇又搬回到北四川路去了，这是应当的，因为他还是日本人，在四周全是中国人的地方太显突出了。但是意外地，过了两天他们又到法租界我的寓里来，诉说回去之后自国人都向他们戒严，当作间谍看待，那是有性命之忧的，因此迫得又走出了。然而茫茫租界，房子退了，战争爆发了，写稿换米即不可能，食宿两途都无法解决，这是为翻译鲁迅先生著作而无意中受到的苦难，没有法子，尽我的微力罢，因此请鹿地夫妇留住下来。以两国人的立场，一同领略无情的炮火飞扬，而鹿地先生们是同情我们的，却是整天潜伏在楼上的一角。战争的严重性一天天在增重，两国人的界限也一天天更分明，谣言我寓里是容留二三十人的一个机关，迫使我不得不把鹿地先生们送到旅舍。他们寸步不敢移动，周围全是监视的人们，没有一个中国的友人敢和他们见面。这时候，唯一敢于探视的就是萧红和刘军两先生，尤以萧先生是女性，出入更较方便，这样使得鹿地先生们方便许多。也就是说，在患难生死险头之际，萧红先生是置之度外的为朋友奔走,超乎利害之外的正义感弥漫着她的心头,在这里我们看到她却并不软弱,而益见其坚毅不拔,是极端发扬中国固有道德,为朋友急难的弥足珍贵的精神。

我所敬的许寿裳先生

一

一个阴沉沉的清晨，被电话响亮的铃声所惊醒，想来必是有些要事的，急忙披衣下床接听：

"喂，找许先生听电话！"迫促的口音在说。

"有什么事？我就是。"骇然地答。

"喂。我是×××，你看到今天的报纸吗？"

"还没有。是什么事？"我在纳闷。

"你看见《大公报》没有？今天的。"越急越说不明白。

"没有，因为我还没有起来呢！"无奈何地答。

"是关于许寿裳先生被暗杀的事，惨极了，（震抖的声音）我不忍读下去……"

"谢谢你！"

挂起电话，翻检报纸，也吓呆了。急忙梳洗，立刻赶到许师母处。走到楼上，照样是冷清清没有一些儿声响，一点也觉不出有什么同平时两样的。过分的沉寂很不合于这时的情景，不知怎的我哀伤到禁制不住。

推开房门，迎面见到师母。先生寂寞的逝去，师母也寂寞的独个儿在凭吊，在自己啃啮自己那被摧残透了的灵魂！惨凉到极点之处，师母宛如木鸡地呆着，没有动作，沉默覆盖了一切。刚招呼一声，她就泪下起来了。把临进门时的游移不决的心情，惟恐师母还没有看到报纸将如何由我的口里吐出噩耗的为难一扫而空。不必再问，师母早已清楚了。

过了一歇，师母说："昨天得到电报。"后来又说："有长途电话来，但是听不清楚讲的什么就挂断了。"

"打算怎么办？"我问。

"想到台湾去，就怕买不到飞机票。"师母说。

"想想办法看。这几天气候不大好，也许飞机不能起飞。"这是我故意安慰老人家焦急的心情的话。

夜静，钟声响，心房脉搏的跳声更响，好像有人在心房内登登地走楼梯，一步步的响声越来越厉害了。一夜朦胧地听到嘈杂的声，没有片刻停止。失眠，闭着眼睛就记起季茀先生生前的声音、容貌以及神态。再和日间看到《大公报》所载的"许氏在鲜血中向右侧卧，被犹在胸，双手伸外，都是血迹，遇难时似未抵抗。书室凌乱。……遇难时家中现款存千余元，并无珍贵财物。有人认为可能是仇

鲁迅与许寿裳、蒋抑卮夫妇合影,摄于一九〇九年,前排坐者左为鲁迅,右为许寿裳

杀，并已逮捕嫌疑犯三人"的记述像活动电影似的一幕幕在脑海浮动。一时想起那精神百倍在讲台上的先生；一时又想起做客他乡，旅居广州时一同在白云楼生活的情景；再就是我们寓居在上海，许先生时相过从的样子；和重庆复员到上海见到的憔悴颓颜，白发脱齿的老师。老了，我们尊敬的先生。但是还要奔走谋生，多么可怜呀！这一幕一幕交织着"在鲜血中向右侧卧……"的一个血淋淋的画面里。这一夜，我不能合眼，整夜在昏沉沉的半明白半迷糊的意识中度过。

二

脑神经在清理二十余年的画片，首先，记起学生时代的一位纯良的师长来了。

那时是民国十一年，在天津，初师毕业就投考到北平女高师去了。因为向例师范学校有饭食，有住宿，而且又免收学费，讲义是油印，学校发的，书籍费也不必筹，只要每月有三两块钱够买纸笔，另外偶然添件蓝布大褂，也不过块把钱的经费，还不算难筹，比起现在的读书，那时我们的条件实在太好了。而锦上添花的，就是我们的校长许寿裳先生。他不但延聘了许多东西洋留学的人来校教书，还多方邀请在北大任教的学者，使校内文理各系同学都有适当的满足于求知欲之感。然而那时办教育也并非容易的事。我们知道北洋军阀的段祺瑞，完全倚赖于日本帝国主义的支持，连日常政府开支，也全靠借债度日。因之学校经费，在省无可省之下就赊欠，寅吃卯粮，学校当局也一样经常在举债度日的情况下讨生活。虽则如此，许先生还是顾念各地远来的学生，多属南方人，经不起北方的天寒地冻，不惜借债替学生在宿舍里安设热水汀，终于在冬寒料峭之中，有满室生春之感，使常患感冒伤寒的学生，顿然减少。即此细枝末节，也可见许先生办学的苦心孤诣，无所不至了。

然而精诚所至，未必金石为开；而顽石点头，究竟有谁见过？许先生的毕生遭遇，可哀者在此。在女师大，忽然有一天，总务处的会计员不知因什么吵起来了。过了不久，学生里面也有在贴标语的了。那时我刚到学校不久，没有详细了解那事的经过，总之许先生很快就洁身引退。马上展开许多宣传，说有一位杨荫榆其人的，刚回国不久，她从前曾在本校女子初级师范的时候当过舍监，以身作则，办事如何如何认真云云。而且又有补充，说女子有资格在专门以上学校当校长的实在不多，女人长女校，在女权运动上应当拥护云云。在如此这般的鼓吹之下，杨荫榆走马上任了。首先撤换了许多女师大预科的教员，延聘而来的不是和她同时的美国留学生，就是教育部官员，文科还打算把北大教员辞掉，换请鸳鸯蝴蝶派的，把许先生刚刚创立的一点规模略具的基础全盘推翻，大刀阔斧，不顾一切。最犯众怒的一次是她参加校务会议，稍不满意，又公然直斥某理科教员为"岂有此理"，以致引起公愤，大家都有不能合作下去之意。于是不到一年，教员纷纷辞职，学生痛感失所领导，在上下痛愤的情绪之下，只见杨荫榆头戴白色绒花，身披黑缎斗篷，整天急急忙忙，到处奔跑，学校公务，则交给她的两三亲信，代决代行。

那时是民国十三年，孙中山先生北上病逝于协和医院，青年学生，对这位终身从事革命者寄予无比的哀痛的时候，杨荫榆禀承段执政的反动头脑，居然拒绝学生的要求，不许学生排队在天安门接灵，她说："孙中山是主张共产公妻的（那时已经有红帽子出现了），你们要去，莫非也愿意学他吗？"

当时政治空气不因段祺瑞高压之下而对这位伟人有何污损，越是毁谤，人民的认识越坚定，结果全北京城同声哭悼中山先生。女师大的学生也终于突破严防，高举校旗，在列队之内参加行伍。这是进步与倒退力的决斗，在洪涛般的群众之下，黑暗的魔手无法展施。除了杨的私党，教师多数也倾向孙中山先生的革命精神，这原是社会进步的洞庭浩荡楚天高,眉黛心红。
浣花祠畔有人吟,上有秋波。
湘水共谁听。

此鲁迅手写诗稿,见此于集外集,题曰无题,惟心字作得,吟亦疑作吟不得。廿年十月共鲁迅殁后九日,上遂记

一九三二年作于上海,原为书赠好友郁达夫。此幅为后来写给许寿裳的,其上有许寿裳跋语

必然趋向。由于这些进步力量的凝结,在段祺瑞主使的工具章士钊解散女师大之后,许寿裳先生本于义愤,判断出自己应该随着进步的路走,乃不怕嫌疑,毅然直斥章士钊解散学校,罢免鲁迅先生教育部佥事之职为非法。而章士钊在继续疯狂暴戾之下,也把许先生免职了。

无官一身轻,许先生摆脱了教育部员的羁绊,置身在那时进步的人士领导的在北平宗帽胡同自赁校舍的女师大,身兼校长,教务长,教员的职责,不辞劳瘁,日夕处理校务,却又是不受分文酬报,在自己失业的时候而如此清苦,真是难得的了。许先生教给我们儿童心理学,他精通英、日文,授课的时候,常常把外国书拿来给我们参考看,尤其在有图表例证的时候,增加了丰富的学识。他自己的学问也很深湛,所以讲解的时候,大有头头是路、应接不暇之状。三个月的刻苦支持,校务,教课丛集一身,终于使学校恢复了。这固然是许先生们劳苦的代价,尤其是能和进步的力量结合在一起,迫使段章之流不得不稍退一步。

但是反动力量是如此顽强,一有机会就死灰复燃,终于有名的"三一八惨案"爆发了。在国务院面前,段祺瑞指使了卫兵用步枪大刀,屠杀徒手请愿学生,女师大当场有两个学生刘和珍及杨德群遇害了。许先生亲自替她们料理丧事,以致十余天不能入睡。这里可以看到许先生对反动势力的怒火多么高，对为国牺牲的青年热爱多么厚。而倒行逆施的恶势力却没有估计自己究竟能够存在几天！不，只要"一朝权在手，还把令来施"的。于是为泄愤起见，把请愿学生认作"暴徒"，把许先生等五十名"暴徒首领"要下令通缉。这时许先生久经失业，女师大又是义务职任，那里有大批钱来逃难呢？幸而齐寿山先生和德国医院里的人有些熟识，介绍许先生和鲁迅先生一同躲在空院子尽头的一间久已废置的面包房里，坐卧都在水门汀地上，除了自备热水壶，否则连茶水也不方便。这样的磨难生活，断续经过了好两次，许先生的年龄，也似陡然地增加了好两岁。

三

第二回重见许先生，那是在广州，乃民国十六年鲁迅先生约来中山大学共事的。那时许先生似乎担任教国文，自编讲义，有时叫我到图书馆借些参考书，由我代抄。后来他们租了广九车站的白云楼，除了厨房，女工住房，饭厅兼会客厅之外，我们每人有一间房子，但鲁迅先生首先挑选那个比较大而风凉朝南的给许先生住，宁可自己整天在朝西的窗下书写。我是以做他们的翻译兼管理女工的差事而也一起住在白云楼的。

许先生在教课完了或不教课的时候，可以静静地有一间房休息，不似在钟楼上整天被人声嘈吵了。他这时就爱早起早睡。我们同作愉快的谈天的时候，多是两餐之后，面前每人有一个芒果或杨桃，后来是荔枝等，边谈边吃，大家都毫没有拘束。这样子，从春天到四月，生活刚刚有些规律的时候，清党事起，学生很多被捕，有主张营救的，亦未能通过。继着鲁迅先生的辞职之后，许先生也决不游移，跟着辞职。到了暑假，许先生就离开广州了，前后不过一个星期。在广州，最大的游散之地是小北，我们也去消遣。更便当而爱好的是上茶馆饮茶，而许先生所满意的是广州某些茶馆饭店建筑精致和用具清洁。尤其有鲁迅先生时常在旁相契以心，相知有素的深厚友情，以及投机的谈吐。如果没有这，相信许先生不会留得住的。

和许先生见面更多的时候是在上海。每逢回家路过，来回之间，必定抽出时间来看看我们，盘桓一半天。而且每次来不是带些土产食物，就是带些上好的玩具给孩子，因此小孩对许先生的印象也很深刻。因为最敏感地窥测出谁是爱他的，莫过于儿童的天真时代了。

因为有一半天的耽搁，才可以把彼此多时不见的别后离情倾诉，无论多么忙碌，许先生不大肯取消这似乎是特地留起的时间的。即或不及多谈，也大有依依不舍，兄弟怡怡之情，满面流露，且必然解释一番，再订后会。而鲁迅先生无论工作多么忙，看到许先生来，也必放下，好像把话匣子打开，滔滔不绝，间以开怀大笑，旁观者亦觉其恰意无穷的了。在谈话之间，许先生方面，因所处的环境比较平稳，没什么起伏，往往几句话就说完了。而鲁迅先生却是倾吐的，像水闸，打开了，一时收不住；又像汽水，塞去了，无法止得住；更像是久居山林了，忽然遇到可以谈话的人，就不由自己似的。在许先生的同情、慰安、正义的共鸣之下，鲁迅先生不管是受多大的创伤，得到许先生的谈话之后，像波涛汹涌的海洋的心境，忽然平静宁帖起来了。许先生对鲁迅先生的意见，经常也是认可，接受，很少听见反驳的。

他们谈话的范围也很广泛，从新书介绍到古籍研讨，从欧美名著以及东洋近作，无不包罗。而彼此人事的接触，见闻的交换，可歌可泣，可喜可怒，都无一遮瞒，尽量倾吐。这样的友谊，从来没有改变的，真算得是耐久的朋友，在鲁迅先生的交游中，如此长久相处的，恐怕只有许先生一位了。

许先生的起居饮食都比较爱讲卫生。对于食，更其留心清洁，每逢他来，我们都特别小心，尽可能预备些新鲜食品。只有一回，住在广州中山大学大钟楼的时候，他买的点心，一不留意，引来许多贪食的蚂蚁，被他见到了，先想丢弃，又舍不得，重新拾起，抖去蚂蚁，仍旧自吃。那时许先生薪水并不高，又是小洋，要换成大洋寄去养家小，至少要打八折，不得不省食俭用。鲁迅先生也了解他，说是如果在别的时候，他马上不要了。因为食用品都是买头号货，自用如此，送人也如此，家中人口又多，许先生的负担原来就不轻的。平时就算对付过去了，身后必然萧条。而凶手还说是谋财害命，真个叫做天晓得了。

许先生不但当我是他的学生，更兼待我像他的子侄。鲁迅先生逝世之后，十年间人世沧桑，家庭琐屑，始终给我安慰，鼓励，排难，解纷；知我，教我，谅我，助我的，只有他一位长者。对这样的一位慈祥长者的逝世，我不能描写出我的哀伤之情。只是无从送丧，不能凭吊，欲哭无泪，欲写无尽，欲问无声，欲穷究竟而无所置答，先生之死，在我视之，如丧考妣，就够悲恸无穷的了。而不逞之徒，竟把这忠厚慈爱为怀的好心人也不惜亲手轻易毁去，莫非在这丑事多端的世界上，还嫌不够丰饶，硬添一件上去吗？也许这却不是说得明白的时候了。

慰问雷洁琼先生

洁琼同窗先生：

此次，先生代表上海民众到京呼吁和平，我们车站握别，正期安抵都门，为民请命。何图暴徒伪装难民，实行有计划的聚歼！皇皇首都，任令出此凶暴，职责所在，难辞其咎。

先生等为国受伤，沪上人士，悲愤填膺，饮泣痛恨。青天白日之下，使 贤者如此折磨，国纪何存？国法何在？义愤所至，不敢偷安。望 先生镇静疗养，倘人心不尽死去，必有以慰 先生们之心。尤可痛者，凶徒无耻下流，毒殴之外，更兼裂衣露体，羞我女界，而浦熙修女记者及其他妇女，亦同遭殴辱。于此更使我们加增一层认识与坚决其应走的步武，并望 诸位先生善加疗养，为和平民主争光，临楮悲痛，不尽欲言。特致
慰问！

一个学友启 六月廿五日

所谓兄弟

说到周作人，使我回忆起许多情况。鲁迅在休息或与人闲谈的时候，曾经这样说过："我的小说中所写的人物，不是老大就是老四。因为我是长子，写'他'不好的时候，至多影响到自身；写老四也不要紧，横竖我的四兄弟老早就死了。但老二、老三绝不能提一句，以免别人误会。"从这里也可见鲁迅下笔时的字斟句酌，设想是多么周到了。有时茶余饭后，鲁迅曾经感叹过自己的遭遇。他很凄凉地描绘了他的心情，说："我总以为不计较自己，总该家庭和睦了罢，在八道湾的时候，我的薪水，全行交给二太太（周作人之妇，日本人，名叫信子），连周作人的在内，每月约有六百元，然而大小病都要请日本医生来，过日子又不节约，所以总是不够用，要四处向朋友借。有时借到手连忙持回家，就看见医生的汽车从家里开出来了。我就想：'我用黄包车运来，怎敌得过用汽车带走的呢？'"据鲁迅说，那时周作人他们一有钱就往日本商店去买东西，不管是否急需，食的、用的、玩的，从腌萝卜到玩具都买一大批，所以过不几天钱就花光了。花光之后，就来诉说没有钱用了，这又得鲁迅去借债。这种剥削鲁迅的方法，犹如帝国主义者剥削中国劳动人民一样，永无止境。他们的心向着日本，要照顾日商的生意，所以无论什么东西，都由日本商店向他们"包销"。起先，每月收入较丰，因此尚可勉强供其挥霍。但是后来欠薪太厉害，请愿到半夜饿腹步行的辛苦，一家人中只有鲁迅尝到。有时竟只收到很少几块钱，要供他们这种奢侈的用度，怎么能过得去呢？没有法子，只得由鲁迅四处向朋友借债（参看《鲁迅日记》），而周作人在这种情况下，从来都不闻不问的。那时八道湾用着一个总管叫徐坤的。这个人很机灵，很能讨得周作人夫妇的欢喜，连周作人买双布底鞋子，做一件大衣，都是由徐坤从外边叫人来试样子，这就可见徐是事无巨细都一手包办的了。不但如此，徐坤的家眷，就住在比邻，那时鲁迅就看见徐坤把食用的物品从墙头送出。大家知道，鲁迅是乐于帮助别人的，但是他看不惯这种偷偷摸摸的寄生者。因为看得太多，实在觉着不顺眼了，有一次就向管家的信子说出这件事情。信子把徐坤叫来，狠狠地责骂了一顿，但是她不是责骂徐坤的偷窃行为，而是说这件事情"你为什么给他（指鲁迅）看见"！可见，徐坤的行为是得到他们默许的。

又有一回，小孩在纸糊的窗下玩火，几乎烧起来，被鲁迅发觉了，认为应该加以训诫。但这话他们听了却很不舒服，也说"为什么偏给他看见"！仿佛玩火也不要紧，只要不被鲁迅看见就好了。就一般人来说，也没有看到孩子玩火而不加以禁戒的！他们别有脏腑的行为，鲁迅哪里料想得到。也许这些日常琐事，正好为进谗的资料。而周作人视而不见（院子西边有一棵大杏树，开了花的时候，鲁迅说，周作人路过多少天也不知道已经开过花了。鲁迅因此说他"视而不见"的），惟整日捧着书本，其余一切事情都可列入浪费精力之内，不闻不问，鲁迅曾经提到过，"像周作人时常在孩子大哭于旁而能无动于衷依然看书的本领，我无论如何是做不到的！"

鲁迅从日本回国以后，自己教书供给周作人在日本学习，那时周作人夫妇已经结婚，光凭一点公费，无论如何是不够用的，所以鲁迅在《自叙传略》上说："终于，因为我的母亲和几个别的人很希望我有经济上的帮助，我便回到中国来"，这里"几个别的人"就是指周作人夫妇而言。周作人回国以后，鲁迅除了负担全家生活的绝大部分费用之外，连周作人老婆的全家，都要鲁迅接济。从日记上看到，鲁迅在每月发薪以后，就按月向东京羽太家寄款。这还不算，羽太儿子重久的不时需索和他的三次来到中国，鲁迅都有专款资助，甚至羽太第三个女儿福子的学费，也都是由鲁迅每月另行汇去的。后来鲁迅回忆起来说："周作人的这样做，是经过考虑的，他曾经和信子吵过，信子一装死他就屈服了。他曾经说：'要天天创造新生活，则只好权其轻重，牺牲与长兄友好，换取家庭安静。'"在搬出八道湾以后，鲁迅曾经这样说："我幸亏被八道湾赶出来了，生活才能够有点预算，比较不那么发愁了。"对照以往生活紧张的情况，在搬出八道湾以后，则可以量入为出，并且能够接济一些青年人的急迫要求，这真可以说是不幸中之大幸吧！

周作人的人生哲学，和鲁迅却绝然相反。据说当他知道徐坤的劣迹以后，曾经这样表示：如果换掉徐坤，要他自己去办理一些身边琐事（如自做衣服之类），太觉得麻烦了；要减少许多看书时间，而且自己也办不到，划不来，所以也就随他去了。这是十足的道地的封建少爷脾气：衣来伸手，饭来张口，四体不勤，好逸恶劳。这样说是不是冤枉了他呢？一点也不冤枉。有事实为证：人们只要翻开《鲁迅日记》，就可以看到鲁迅在一九一九年为了全家移居北京，就到处奔走另找房子，在多次看屋以后，最后才找到了八道湾罗姓的。紧接着便是修理房屋，办理手续。

鲁迅又兼监修，又得向警署接洽，议价、收契，家具的购置、水管装置等等事务，都落在他一个人身上，房价不足，又四处奔走告贷，甚至向银行纳短期高利借款（大约除了卖绍兴祖屋所得千余元之外，全部费用约四千元之谱）。那末，这一时期，周作人干什么去了呢？原来他在这年三月间就从北京大学请假，和老婆孩子们全家到日本游玩去了，中间曾经一个人回来过一次北京，但过不几天又返回日本了。直至新屋成交之前，鲁迅先另行租了几间房子（因为新屋修理尚未竣工），新居粉刷好了，周作人带着他的家属和其妻舅重久一批人才浩浩荡荡地回到了北京。若说周作人对新屋落成没有费一点神思，那也冤枉了他，他在这方面确曾做过两件事情，一件是他在新屋修理将近完工的时候，曾经和他的家属、妻舅乘马车同游农事试验场后，像地主老爷似的顺道看了一次他的庄园——八道湾；另一件是他去了警局一趟，领回了房契一张。这就是周作人对八道湾新居数得出来的两件大功！

　　说到房契，这里还有一段故事。鲁迅不自私，原来立房契的时候，不写自己的名字，而准备写周作人的户主名，倒是经过教育部一位同事的劝说，才用了周树人的名字。在卖掉绍兴祖屋的时候，周作人原来就想把这笔款分开来浪用，但被鲁迅坚持不肯，才又用来在北京买屋，以便他们家小至少有地方好住。这是鲁迅为他们设想的苦衷，却被见钱就花不作长远打算的周作人所反对。等到鲁迅被赶出八道湾以后，这时周作人又故态复萌，要把八道湾的房子再卖出去了。风声传到鲁迅耳里，鲁迅为了阻止周作人这个行动，利用他爱财独占的弱点，曾经表示："卖掉是可以的，不过也得要分我一份。"就因为这个缘故，八道湾的房屋才没有被卖出去。这时鲁迅想起了教育部那一位同事的意见，用了周树人的名字就不是那么容易被卖掉的了。因此这事才被搁置了二十多年。待鲁迅逝世，日本帝国主义占领了北京以后，周作人做了汉奸，烜赫一时，他就私自把房契换成他自己的名字，算是他的，以便为所欲为。

在这里，我要提一提周作人的老婆信子其人。这是一个典型的由奴才爬上去的奴隶主。鲁迅在八道湾住的时候，初期每月工资不欠。不够时，就由他向朋友告贷。这样的人，在家庭收入方面是一个得力的人手，这时，当然是要得的。后来，由于欠薪，加以干涉到人事方面，那就妨碍了这个奴隶主的权威，"讨厌起来了"。于是便开始排挤鲁迅。她有许多令人啼笑皆非的事情，《呐喊》中《鸭的喜剧》里不是谈到爱罗先珂先生对鸭的喜欢吗？从母亲那里听到过这样一个故事，爱罗先珂来中国以后，就住在八道湾家

一九二二年，俄国盲诗人爱罗先珂（前排右四）应北京大学聘请，来华讲授世界语，在北京时曾住在鲁迅家中。五月二十三日，鲁迅、周作人等与爱罗先珂聚会并与世界语学会同人合影留念

里，和他们家人也熟识了以后，他又懂得日语，谈话没有什么不便，于是有时也就谈起妇女应该搞些家务劳动，"也屡次对仲密（周作人笔名——作者）夫人劝告，劝伊养蜂，养鸡，养猪，养牛，养骆驼"。也就类似现在所说的搞副业吧。"有一天的上午，那乡下人竟意外的带了小鸭来了，咻咻的叫着。""于是又不能不买了，一共买了四个，每个八十文。"这就养起鸭来了。喂小鸭的光荣任务，首先要找饲料，南方是容易得到的，田边上的小虫，鸭自己就会去寻食。至于在北京家内的水池，什么也不易得到，那就要烦劳徐坤去找。那徐坤却不费事，用高价买来了泥鳅喂鸭（在北京泥鳅较少，故价昂贵），算起来，买泥鳅的钱比买小鸭的钱还要多，这个副业也就可观了。在爱罗先珂先生，或者以为忠言可以入耳，又一次谈家常中谈些妇女应该如何过生活，话尚未完，信子已经怒不可遏，听不入耳，溜之大吉。而言者因为看不见，还在那里继续不断地说下去。她对朋友尚如此地不礼貌，对家中人自然更要凶悍得多了。据鲁迅说，她刚从日本回来的时候，住在绍兴，那里没有领事馆，她还处在中国人的圈子里，撒起泼来，顶多只是装死晕倒，没有别的花招。但有一回，这一花招却被她兄弟重久在旁看见了，就说不要理她，她自己会起来的。这才把家里人长久以来被她吓得束手无策的戏法拆穿了。但到北京以后,她却不同了,因为那时日本帝国主义正在气焰嚣张的时候,北京又有日本使馆,她便倚势凌人,越发厉害,俨然以一个侵略者的面目出现了。事事请教日本人,常和日本使馆有着联系。鲁迅被赶走后,一有什么风声鹤唳,她就在门前扯起日本旗,改周宅为羽太寓,这也是周作人的奴性十足的表示,信子们唯恐日本军国主义者不侵略中国,日本人来了,对他们很有好处。从这情节看来,鲁迅的痛恨卖国与周作人后来的甘心投日,即其本人的日常接触上,亦各自分野,截然不同的了。

唐弢同志编的《鲁迅全集补遗续编》中,从周作人的日记里抄录了一九〇一年二月鲁迅题为《别诸弟》的三首旧诗,充分表达了青年时期的鲁迅对兄弟的友爱,其中有这样一首:

春风容易送韶年,一棹烟波夜驶船。
何事脊令偏傲我,时随帆影过长天!

在诗的后面并有跋言云:"嗟乎,登楼陨涕,英雄未必忘家;执手消魂,兄弟竟居异地!"印证以后来鲁迅初到北京期间,和周作人通讯的频繁(据《鲁迅日记》,来往书信都有编号,前后各有三百封左右),邮寄书刊的不间断,人间友爱，兄弟之情，怡怡然异乎寻常。鲁迅曾经这样说："让别人过得舒服些，自己没有幸福不要紧，看到别人得到幸福生活也是舒服的！"真是做到了"象忧亦忧，象喜亦喜"的地步。

然而风雨终于来临了。据《鲁迅日记》记载：一九二三年七月三日，还"与二弟至东安市场"等处，但到七月十四日，却是"是夜始改在自室吃饭，自具一肴，此可记也"。紧接着七月十九日，就是"启孟自持信来，后邀欲问之，不至"，周作人亲自送来的信，是什么样子呢？在信封外面写着"鲁迅先生"，在里面斩钉截铁地要鲁迅"以后请不要到后边院子里来"！兄弟的友情终于中断了，家庭终于决裂了。就这样，鲁迅在横逆忽来的情况之下，带着疾病，到八月二日，便搬到砖塔胡同去暂住。这期间，鲁迅又带病到处看屋，另找住处，这样到九月二十四日，鲁迅大病起来了。当天日记记载："咳嗽，似中寒"，第二天日记，又是"夜服药三粒取汗"，到十月一日，则是"大发热，以阿司匹林取汗，又泻四次"，十月四日，"晚始食米汁、鱼汤"，这样一直到十一月八日，才"始废粥进饭，距始病时三十九日矣"。

就是生着这样的重病，鲁迅并没有放弃工作。因为砖塔胡同房子是租赁的，老母亲初时只来看望鲁迅，后来病倒在八道湾，也不给医治，跑回砖塔胡同来找鲁迅同去看医生，病好才回去。周作人家有厨子，大批工人，但母亲的饭要自己烧。母亲于是哭回鲁迅住处，鲁迅为着老人家要有自己的房子好安排生活，在非常不安之下，于是又在病中到处看屋，在朋友援助下，终于在一九二三年十月三十日另行买了西三条胡同的房子。翻修以后，于一九二四年五月二十五日移住新居。到六月十一日，也就是离开八道湾将近一年之后，鲁迅回去搬自己的未搬走的书籍什物。八道湾的老爷和太太们，对于鲁迅本来是要像挤牛乳似的来榨取的，但他们没有想到鲁迅不向他们屈服，不但远离了他们，并且又安置了新居，于是就悔恨交集，多方刁难。当天的《鲁迅日记》这样记载：

下午往八道湾宅取书及什器，比进西厢，启孟及其妻突出詈骂殴打，又以电话召重久及张凤举、徐耀辰来，其妻向之述我罪状，多秽语，凡捏造未圆处，则启孟救正之。然终取书器而出。

后来鲁迅也曾经告诉我，说那次他们气势汹汹，把妻舅重久和他们的朋友找来，目的是要给他们帮凶。但是鲁迅说，这是我们周家的事情，别人不要管，张徐二人就此走开。信子捏造鲁迅的"罪状",连周作人自己都要"救正",可见是经不起一驳的。当天搬书时,鲁迅向周作人说,你们说我有许多不是,在日本的时候,我因为你们每月只靠留学的一些费用不够开支,便回国作事来帮助你们,及以后的生活,这总算不错了吧?但是周作人当时把手一挥说(鲁迅学做手势):"以前的事不算!"这一次,虽然"终于取书器而出",但是不能全部拿走是可以想见的。据许寿裳先生的《亡友鲁迅印象记》第十七章所记:

在取书的翌日,我问他:"你的书全部都已取出了吗?"他回答:"未必。"我问他我所赠的《越缦堂日记》拿出了吗?他答道:"不,被没收了。"

此书鲁迅博物馆现在尚未收集到手,可见,还有许多鲁迅的书都被周作人"没收"了。这一件事情,鲁迅还对我说得比较简单,后来朋友告诉我:周作人当天因为"理屈词穷",竟拿起一尺高的狮形铜香炉向鲁迅头上打去,幸亏别人接住,抢开,这才不致打中。至今想起,多么令人气愤。北京沦陷以后,周作人当了汉奸,大权在握,那时鲁迅已经逝世,他便指使当时北京图书馆的几个职员,到西三条去把鲁迅的藏书编成中文、外文、日文书目三本,印出交人带到南京、上海各地的汉奸组织处待价而沽。大汉奸陈群已允全部包下。当时周作人给上海刊物写文章,说他不能南下,因鲁迅在北京的母亲等要他养活。后来当了汉奸,却自食其言,要卖鲁迅藏书度日了。难道做伪督办时,每天家内开几桌饭都说不出的他,就连老人也养不起?明白了这些,就证实他卖鲁迅书的不怀好意了。书目由商人手又到上海,开明书店得知有这一份目录,顾均正先生把这一消息告诉我,我立即抢救,但不敢直说我买,便辗转托人留下全部书籍。但当来薰阁向周作人报告上海已有人要这批书之后,周作人又从中扣起一部分有价值的书籍,仍要照全书原价售卖。这件事情,据说连书商都大不以为然,认为周作人的"道德"堕落到连一个商人都不如了:人家已经整批买下了,你为什么又毫不讲信用地扣起一部分?!周作人的目的显然是借售书之名,行窃取精华之实,并要鲁迅在人民的心目中灭迹。后来信子等人秉承周作人灭绝鲁迅之心意,在这方面也是丝毫不遗余力的。一九四七年北京西三条封存起来的房子,他们还集合了大小男女和一大批伪宪兵等人到那里去破门而入,搬移用具,接收房屋,气势之凶,连警察也不敢阻挡,幸而被朋友与之理论,经过斗争,才理屈词穷,悻悻而退。

鲁迅活着的时候,敌人猛烈地攻击他,企图打倒他,但是鲁迅在《写在〈坟〉后面》一文里说,他"偏要使所谓正人君子也者之流多不舒服几天,所以自己便特地留几片铁甲在身上,站着,给他们的世界上多有一点缺陷",后来鲁迅死了,他的遗物遭到了周作人等蓄意破坏,但我们知道人民是要纪念和学习他的决不屈服的硬骨头气概的。所以千方百计要使鲁迅在人民心目中存在,让那些破坏者们的阴谋不能得逞,让他们得不到舒服。

周作人原是资产阶级本质的一个十足的软骨头,不能和鲁迅相比。在北京女师大风潮期间,起先他也曾在鲁迅起草的女师大风潮宣言上同几位教员一同签过名,追随过正义行动。但是等到一九二六年九月,女师大被改名为女子文理学院师范部,教育总长任可澄和校长林素园率领警察厅保安队及军警督察处兵士四十人左右,驰赴女师大武装接收,到校硬指徐某为共产党并要当场捕人的时候,周作人便经不起考验,为着保全个人利益,本质毕露,从此就不敢斗争下去了。《语丝》第九十六期那篇《女师大的命运》中,岂明(即周作人)说"经过一次解散而去的师生有福了",其意即指留下来的人是不幸的,不幸而要幸,流亡生活又不舒服,则惟有顺着当权者的旨意行事,充当统治者的走卒了。鲁迅和周作人走着两条绝然不同的道路,鲁迅奔向光明,而周作人则依附黑暗。在周作人未当汉奸前,在北大投靠胡适肮脏一气时,鲁迅就知道这个人已不可救药。鲁迅曾经说过,他自己跑到南方,接触了革命,看到和学到了许多有意义的东西,受到了许多的教育,如果仍留在北京,那是忍受不了的。但是请听周作人的论调!当时他对人说:"我不到南方去,怕鲁迅的党羽(指左翼作家——作者)攻击我。"黑暗的土拨鼠,是见不得光明的,就在这样自己瞎说!过着苟安生活,只知有己,不知有人,以榨取别人,贪图享受为能事的周作人,对他来谈吃苦和革命,诚如夏虫之不足以语冰,软虫之不足以语硬骨气!他甚至公开替秦桧翻案和作辩护,暗骂左派统一思想,说什么"我很反对思想奴隶统一化。这统一化有时由于一时政治的作用……最为可怕"。为要替自己的投降日寇作张本,最后发出谬论:"故主和实在更需要有政治的定见与道德的毅力也。"这是一九三六年七月写的(见周作人著《瓜豆集》:《再谈油炸鬼》)。其时已在明显地为大汉奸汪精卫和自己叛国开辟道路,和汪贼的主和论一鼻孔出气了。因此当日本帝国主义者铁蹄践踏中国土地,"华北之大已安放不了一张平静的书桌"(见《一二九学生运动宣言》)的时候,周作人就把民族利益抛弃不顾,无耻地做起日伪的高官,拿起血腥卑污的厚俸,变成国家民族的罪人,落得了一个汉奸的末局。

许多读者来信问我："鲁迅为什么被八道湾'赶走'？""鲁迅为什么和周作人决裂？"这都是一般人所不易了解的。我每接到这样的来信，就要分别写回信，答复读者。其实，如前所说，鲁迅的从八道湾搬走，和周作人的彻底决裂，完全是不足奇怪的。

鲁迅从少小到壮年，无微不至地照顾周作人。据我所知，鲁迅对自己所接触的人，都是希望他对祖国有所贡献。鲁迅对周作人前期，亦期望他对新文化事业有所努力，但周作人是个资产阶级个人主义者，在《语丝》时期，尚能随大流地反对封建，女师大风潮的初期，尚能在革命群众的队伍中混迹（后来即倒向敌人）。鲁迅一本国事为重的态度，看到周作人的尚有若干因素使新文化事业可以利用，因而把兄弟不和放在次要地位。但是后来鲁迅与郑振铎合印《北平笺谱》遭到周作人的嘲讽；刘半农死了，鲁迅对死者说了几句论定的话（见《忆刘半农君》），也招来周作人的不满。正当鲁迅大病时，周作人在一篇题为《老人的胡闹》的反动文章中，竟把鲁迅与当时投靠日本法西斯主义的一个日本老朽相提并论，暗骂鲁迅"往往名位既尊，患得患失，遇有新兴占势力的意见，不问新旧左右，辄靡然从之，……盖老不安分，重在投机趋时"（见《瓜豆集》二七八页）。为什么周作人这样说呢，正因为这时鲁迅已公开表明他和中国共产党站在一起。而周作人却认为鲁迅接受党的领导，是重在"投机趋时"，是"不问新旧左右，辄靡然从之"。不仅态度蛮横已极，而且充分表明了两个人在政治上的分野。这里我所举出的许多关于周作人的事实，其意无非使读者明了其大概。而鲁迅，则着重于从政治问题上、思想问题上去看人的。统观他们兄弟间的悬殊，有如下几点：周作人在利害关键上，以个人为中心；鲁迅则不计较自己得失，完全为了大众。周作人对黑暗势力不敢反抗，最后连自己也倒向黑暗；而鲁迅则是决不屈服，反抗到底。周作人认为日本工业发达，中国战不过日本，最后只有投降；而鲁迅则坚决主张抗日，相信中华民族绝不会灭亡。周作人是软骨头，丧尽民族气节；鲁迅则骨头最硬，不甘屈服。周作人四体不勤，养尊处优；鲁迅则自砸煤块，以普通劳动者自居。凡此种种的重大分歧，在鲁迅生前，从性格上说已经截然两样，到头来终会分开的。加以周作人老婆完全以一个日本征服者的面目出现，抱着侵略者的态度，凌驾一切，奴役一切。鲁迅何人，对这种恶势力焉能退让？因此，毅然决裂，在人生的长途中，走完了自己光荣的一段，今天看来，这岂是偶然的吗？

在鲁迅活着的时候，周作人是公开表示和鲁迅绝交过的。鲁迅刚刚逝世以后，他又中伤鲁迅，对反动的上海《大晚报》驻北平（当时称）记者发表谈话，说鲁迅先生"以前的思想是偏于消极的，现在变为'虚无主义'者，癖性又多疑，别人的一举一动都疑惑是骂他"。鲁迅死了二十多年之后，我们却看到了《鲁迅的故家》《鲁迅小说里的人物》《鲁迅的青年时代》等书。这使我忽然又记起鲁迅写过的《忆韦素园君》一文最后的几句话：

文人的遭殃，不在生前的被攻击和被冷落，一瞑之后，言行两亡，于是无聊之徒，谬托知己，是非蜂起，既以自衒，又以卖钱，连死尸也成了他们的沽名获利之具，这倒是值得悲哀的。

我写这段回忆，无非为了经常被读者问起，现在把这件事情如实地写出来作总的回答（虽然只是一个梗概）。因为这是千千万万研究鲁迅的人们所关心的事情，我有责任把知道的说出来。

内山完造先生

内山完造先生于一九五九年九月十九日到达了北京——他寄予无穷希望的中国首都。一下机场，就喜笑颜开地称赞他解放后第三次到了北京，惊叹于机场的新建筑：短期间建成的堂皇富丽的新型大厦，再经过修整的林荫大道，鲜花簇锦的路旁美景，他高兴得手舞足蹈，有似小孩般地不肯安静，兴奋到了极点。

他以"日中友好协会"副会长的身份，应中国人民对外文化协会的邀请，来参加我国建国十周年的庆典。并拟在中国住一个时期，休养病体的。所以他不是一个人来华，而是携了他的夫人内山真野一同来的。但不幸由于日本政府在签证上给了他许多麻烦，几经奔走才得到签证，这使七十四岁高龄的带着病的老人深受刺激。长途飞行自然也难免劳累，但我方招待人员的无微不至的照顾（在中途郑州曾休息一夜），加以一路上从广州到北京看到的伟大建设，深深打动了这位老人，两三年的不见，又看到另是一番景象。在酷爱中国有似他第二故乡的内山先生，今天由于党的一切为了人民的无比壮观瑰美的努力建设，老人除了极口称赞之外，甚至向家人表示，死了也要葬在中国的上海。不幸这句话竟成了他的遗言，竟于到北京的第二天，突然大脑出血，在医院不治逝世。在党的领导下，中国愈是巩固，愈是加速前进，就愈会引导他回过头去看看日本。当我一九五六年到日本去参加反原子弹大会时，内山先生无日不陪伴在左右，每看到美帝国主义在日本霸占了极好的地方做它的军事基地时，听到一个初到异国者称赞其景物美丽的词句时，内山先生总是补充一句说："好是好，但不是我们自己的了。"听到他这样意味深长、令人警惕的话语，也就愈益感到他爱祖国的深情，愈觉得中日友好对拯救世界和平的必不可或缓。他自己更加积极地致力于两国人民友好的工作。在反动的以勾结美帝国主义为荣的岸信介政府下，内山先生卓然行其所是，为中日以及世界的和平贡献力量。他从痛苦的经验觉悟到，这才是拯救日本的一条道路。这信念始终在他脑海里旋转，不是一朝一夕。因为他从学校毕业不久就到了中国，几十年在中国的上海，看到反动统治者对人民的残酷剥削，在帝国主义侵略奴役下生活的中国人民是什么样子。现在看到新中国人民真正翻了身，做了国家的主人的豪迈气概，深深地教育了他,启示了他。因而对日本人民要求对中国友好的行动,更加坚决彻底地拥护、倡导,更加为中国共产党所领导的国家前途光明无量、伟大无边的乐观主义精神所鼓舞。听说他临来中国之前,每到一个日本城市,先把新中国建设事业称赞介绍一番,再告诉日本人民:要和中国友好才有前途。这样的话,说了又说,不止一次,甚至兴奋过度,在日本就病倒了。经过医治了一个时期,稍稍痊可,就应中国的邀请而来了。这是最近、也是最后一次他亲眼看到几十年生息于其间的旧中国,一变而为具有无限光明的新中国,因而使内山先生对能够从事中日友好的事业而感到无比的光荣和愉快。

谁都知道,鲁迅在上海的十年间和内山先生有深厚的友谊。鲁迅在上海的反对反动统治、反对帝国主义的行动,从二十几岁就到中国,见过中国许多变乱奋斗历史的明眼人如内山先生,未必不耳濡目染,而有感于鲁迅的救中国,献身于中国的崇高品格。尽管执业各有不同,以接近的关系而论,至少在鲁迅逝世后必大明白了。至少在日本军国主义失败,美帝国主义占领了整个日本,挟持日本,扩充军备,再一次以日本人民作炮灰的行为,在七十四岁的高龄、饱经世故的内山先生是一步步深入、一步步更加了解敌人的阴谋的了,这就更加觉悟到:现在的日本如同他所见的旧中国一样，是为反动派与帝国主义所操纵的。在这样环境下生活的内山先生，更积极地拼着生命到处讲演，做两国友好工作，想从此找出解救日本现状的办法，是可以体会的，因为我们是过来人了。

我们在大革命失败以后，于一九二七年十月三日到达了上海，过了两天，即十月五日就去到北四川路的一个浅小胡同叫魏盛里的一间日本书店。那是住家兼店面的，在胡同的最后一家。这家书店，似乎一面卖些文艺或理论书，一面是卖些期刊杂志什么的，也有些中国店员或日本店员，这都没有什么关系，鲁迅操得一口满好的日语可以表达意思，可以直接选购要买的书刊。

当开始去到书店的时候，第一次买了四种共四本书，我是同去的。我们的朴素的衣着，并不打动人，鲁迅还似乎带些寒酸相。鲁迅逝世许久以后，据曾在那里当过店员的一位王先生还告诉过我一个有趣的故事：当我们一到店里，他们打量了鲁迅这般模样之后，店里负责的一个日本人向王说：注意看着这个人——鲁迅，他可能会偷书。这是难怪的，旧时代来书店的常有一些很随便的读者，有时内山书店一本很好的书，突然插画不见了。内山的哲学是不要声张，怕因此减少来客。他的书店又相当拥挤，在这拥挤之下失掉一些图书的经验，在这个店内时常会遇到的。

补救的方法，只是尽可能地注意，鲁迅就曾经被这样注意过。但出乎意外的是像这样看似没有购买力的人，会忽而选购了一大叠书。这里内山先生回忆他们认识的开始是这样的：

有一天，那位先生一个人跑来，挑好了种种书，而后在沙发上坐下来，一边喝着我女人进过去的茶，一边点上烟火，指着挑好了的几本书，用漂亮的日本话说：

"老板，请你把这些书送到窦乐安路景云里××号去。"

现在，那屋子的门牌我已经忘掉了，当时，我立刻就问：

"尊姓？"

一问，那位先生就说：

"叫周树人。"

"啊——你就是鲁迅先生么？久仰大名了，而且也听说是从广东到这边来了，可是因为不认识，失礼了。"

从那时候起，先生和我的关系就开始了。

——《鲁迅先生纪念集》

事实是，鲁迅头一天到内山书店，并没有见到内山先生。鲁迅买去四本书之后，这是在十月八日由旅馆搬到景云里寓内的事了，经过了又一次的到书店买书，店员向内山先生报告了这位不寻常的来客，经内山先生有意识地探出是谁之后才招呼起来的。

因为居住的近便，鲁迅每每散步似的就走到魏盛里了。内山书店特辟一片地方，设了茶座，为留客人偶叙之所，这设备为一般书店所没有，是很便于联络感情，交接朋友的。以后鲁迅乐于利用这一设备，几乎时常地去，从此每去必座谈。后来又作为约会朋友的地点，那是在书店搬到北四川路底坐北朝南的一间具有楼房的地方，是比较后来的事了。

记得到过魏盛里几次之后的某一天，内山先生说到郭沫若先生曾住过他的店内。到后来日子一久，了解的更多了，郭先生住在日本，每有写作，寄回中国，都是内山先生代理。内山先生这种为避难的中国朋友尽其一臂之助的高贵友谊，我们很早就知道，而在一九三〇年三月，鲁迅因参加左翼作家联盟成立大会之后，被人追踪，空气极度紧张时，内山先生对郭先生的这种友谊，也同样用到鲁迅的身上，同样地给予避难场所达一个多月之久。

我们之所以对内山先生有一些了解，是从闲谈中听到内山先生曾经用过这样的话以表明他的态度："就是不出卖朋友的人，在日本人中也有的。"这就无疑明白地向鲁迅表示：请你放心，我绝对保障你的安全！我们过细地考察，内山全家连店友在内，对鲁迅的好意确实如此。所以在柔石被捕后，我们住在日本旅店"花园庄"亦是经内山先生介绍的。

在有了这种友谊之后，内山先生也坦怀相见，说出他的身世梗概给鲁迅听了。

原来内山先生在读完书后，和旧中国的学生没有两样，还是失业。他不得已在街头卖报，跑号外。不知怎么一来跑到了中国，足迹几乎踏遍了各大城市，后来又到了上海。他靠在中国卖"大学眼药"为主，在上海又贩卖了严大德堂的脚气病药到日本去。说也奇怪，日本人脚气病多，服了这种药几乎是药到病除。想不到在上海附在茶叶店出售的并不普遍见知于国人的中国成药，在日本如此灵验，内山也因此居留上海。他这回最后一次来中国，是深信中国医生，一定能治疗他的沉疴，到了中国服些中药，就会好起来的。中国医药的见称于世，确为内山所深信不疑，予以无穷期望的。

内山很尊重他的夫人，时常称道内山书店的成立，是靠了夫人之力的，有时甚至谦逊地说，她才是老板。原因是他们都是基督徒，当内山走码头买卖药品的时候，夫人闲着无事，就在寓内摆下铺板，卖些圣经，间或夹杂些妇女月刊、杂志，那是偶尔兼卖的性质，却居然意外成功。买的人一多，杂志生意就做起来了，其他文艺书籍销路也有了。久之，就夺去了圣经的地位，成为不折不扣的内山书店。内山先生就把卖大学眼药的生意，移交给他的亲戚，成为书店老板，这故事他是津津乐道的。

内山书店有两条线在管理着店员：日本店员有一位高级日员管理，凡介绍进来的人，应做职务，应行教育（店里的规矩），都由他负责。中国店员的引进以及一切应该做的，也有中国店员王宝良带领。内山只要通过这两条线行施自己的兴革任务就好了，所以他可以腾出身体做些社会活动、个人交际，有空就在店内工作，从早到晚，每日如此。这些活动似与店不相干又似相干，因凡有交际活动，对店务也有好处，这是不言而喻的了。

例如对鲁迅，他尽了朋友的责任，甚至好友的责任。鲁迅因为避免政治上的迫害，人事上的纷扰，我们的住处是经由内山先生作为中国店员的宿舍去租赁的。房租、水电、煤气都是先交款给他代办的，因之通信往来就不便直接收发，也统由他们代理了。这是生活的一种权宜办法。

内山先生也细心选择，限于几个店员知道我们住处。每天上午，经常由我到店看有没有书信，或下午由鲁迅自己去取。除非我们一个人都没去，到晚上才让店员送来。

所以麻烦店员的机会是不多的，但是总难免与书店有关系，所以在一九三四年八月，又有一次避难，是因为内山书店的某店员被捕，鲁迅为慎重起见，躲藏了一个时期，就住在千爱里内山先生的家里。

再就是约会。鲁迅每于约定前先到店内等候。简单的，不妨事的就在店内茶座相见了。稍费时间的，或须守秘密的，就另找地方，陪去别处。或鲁迅自己领去附近咖啡店，亦有时在书店后面的千爱里内山先生家内会面。这些多式多样，视情况而定，无非都为了避免引起注意，比较得到安全而已。这是对鲁迅给予便利，对革命工作有好处的，我们深致感谢于内山先生的，为中国做了好事，不会忘记的。内山先生住在上海时期，曾经写过《活中国的姿态》这样一本书，对中国有所称赞，站在内山先生的立场，对中国加以称赞也许是应该的，但鲁迅却感到在中国没有取得解放之前，这是不行的，因为这么一来，"不但会滋长中国人的自负的根性，还要使革命后退"，因而在为他的这本书所写的序言里明白地说道：书里面"有多说中国的优点的倾向，这是和我的意见相反的"，说明这点，在解放前的当时是完全必要的。

内山先生不仅只是用经营书籍的方法，便利了中国和外国的文化交流，而且对鲁迅提倡美术、木刻等艺术事业也极力赞助。鲁迅曾和内山先生几次合作，开过版画展览，取得了一定的成果。在当时，含有革命性的木刻不能集中展出，就分别插在其他国家的版画中展出；又因不能在明显的地方举行，有一次就在内山先生的家中（千爱里）举行。这些，都给中国革命文化事业提供了方便。

"来而不往非礼也。"鲁迅有时也替内山做些工作。例如鹿地亘夫妇被日本政府释放后，搭戏班的船到了上海，在生活感到困难的时候，找到了内山。内山先生首先就想到鲁迅，介绍他见面，叫他翻译中国作品到日本去，得些稿费以维持生活。于是选作品，解释疑难之处的工作，就落到鲁迅头上了。更早些的增田涉，也是内山夫妇亲自带到家里，向鲁迅介绍认识的，自后每天为他讲解《中国小说史略》，进行了几个月，回到日本之后，又经常为之代选书籍，解释疑难问题，充当义务顾问，使增田先生成为中译作者的颇负盛名的一人。其他如日本歌人山本初枝女士的认识，以及无数的日本朋友的往来等等，多数都是通过内山先生的介绍而来的。

内山先生以一个商人，一个书店老板，在中国做生意。因着生意关系，鲁迅向内山书店购置了大量图书，有时甚至并不需要，可有可无的书也特地购置了，以增加书店的营业收入，鲁迅是这样苦心满足内山的要求，为商人的生意设想。而在生意之外，有些社会活动，对中国文化人可以有些友谊的增进，自然同时也提高了内山先生的社会地位，这一点，鲁迅是理解的。中日之间，人民的友谊是可以在平等互利的原则下往来的，鲁迅本着这样的原则想了，而且照着去做了。

在一九三二年上海"一·二八"战事发生的时候，我们住在北四川路底的公寓里，正是面对着当时的日本海军陆战队的司令部。当二十八日晚鲁迅正在写作的时候，书桌面对着司令部，突然电灯全行熄灭，只有司令部的大院子里人头拥挤，似有什么布置的要发生事故的样子。我们正疑惑间，突然看见从院子里纷纷出来了许多机车队向南驰去，似衔枚疾走的匆促紧张，未几就隐隐听到枪声，由疏而密。我们跑到晒台上，看见红色火线穿梭般在头顶掠过，才知道子弹无情，战事已经发生了。急退至楼下，就在临街的大厅里，平日鲁迅写作兼睡卧的所在，就是书桌旁边，一颗子弹已洞穿而入，这时危险达于极点。到三十日天才微明，大队日军，已嘭嘭敲门甚急，开门以后，始知是来检查。被检查的我们，除了鲁迅一人是老年男子以外，其余都是妇孺，他们当即离去了。

但跟着内山书店的日本店员也来传达内山先生的意思，据说是这公寓有人向日本司令部放枪，这里只住有我们一家中国人,其他都是外国人。而每层楼梯都有窗户,就难免从这些窗户再有人来向外放枪,那时我们的嫌疑就无法完全免除,不如全行搬到他书店去暂住一下。

在这样形势之下,三十日下午,我们仅仅带着简单的衣服和几条棉被,就和周建人家小、女工连同我们共十口人,挤在书店的一间楼上。女工、小孩和大人一起过着几个人挤在一起大被同眠的生活,窗户是用厚棉被遮住的,在暗黑沉闷的时日里,度过了整整一星期,到二月六日旧历元旦,才得迁避到三马路内山书店支店里去。

住在北四川路内山书店的时候,我们看到书店中人们忙乱不堪。我们呆蹲在楼上斗室中,照顾着孩子们不声不响,不哭不闹地度日如年。而耳边的枪炮声,街头沙袋堆旁边守卫的踱步声,因着人声的静寂,反而历历可闻了。我们在自己的国土上,饱尝了侵略者加给我们的窒息难忍的压迫。大家都默默无言的,然而又互相领会其情地过着日子。这种难以名状的情绪,时时纠缠在一起向心头猛烈地袭来,真是不好过极了。

内山曾经把被捕释放的左翼作家鹿地亘夫妇介绍给鲁迅,并介绍爱好文学的青年增田涉、改造社的社长山本先生以及歌人山本初枝女士等等和鲁迅见面,但也有当时的日本御用诗人如野口米次郎之辈通过内山来求见鲁迅的。

在那次见面的时候,野口曾经提出这样岂有此理的问题:

鲁迅先生,中国的政客和军阀,总不能使中国太平,而英国替印度管理军事政治,倒还太平,中国不是也可以请日本帮忙管理军事政治吗?
——内山完造:《回忆鲁迅的一件小事》,载一九五六年十月七日上海《劳动报》

鲁迅对这种公然以奴役者自居的无理论调,当然不能容忍,当即给予了反驳。但他后来却又歪曲报道了鲁迅的话,使鲁迅更加忿怒。一九三六年他在写给增田涉的信中说道:

与名人(日本的)的会面,还是停止的好。野口先生(米次郎)的文章并没有将我讲的话全部写进去,也许是为了发表之故吧,写出来的部分也与原意有些两样,长与先生(善郎)的文章则更甚了。我想日本作者与中国作者之间的意思,暂时大概还难沟通,第一境遇与生活都不相同。
——《鲁迅书简补遗》:致日本增田涉部分

以境遇与生活的不同,而要求有共同的语言是不可能的，鲁迅并非不知中、日两国友好的重要，但在当时日本帝国主义企图并吞整个中国的时候，这种友好就没有基础。一九三五年，鲁迅在为内山完造先生所著《活中国的姿态》一书作的序文中，就曾经明确地指出：

据我看来，日本和中国的人们之间，是一定会有互相了解的时候的。新近的报章上，虽然又在竭力的说着"亲善"呀，"提携"呀，到得明年，也不知道又将说些什么话，但总而言之，现在却不是这时候。

——《且介亭杂文二集》

在和另一个日本人士的谈话中，鲁迅说得更为明白：

我认为中日亲善和调和，要在中国军备达到了日本军备的水准时，才会有结果，……譬如：一个懦弱的孩子和一个强横的孩子二人在一起，一定会吵起来，然而要是懦弱的孩子也长大强壮起来，则就会不再吵闹，而反能很友好的玩着。

——《鲁迅先生纪念集》第二辑四二页

如同冰炭的见面，"还是停止的好"，鲁迅就是以如此的态度，不亢不卑，不屈不挠，耿直不阿的态度对付强横势力，反对帝国主义侵略的。

后来，改造社社长山本先生要求鲁迅写文章，投向日本读书界，鲁迅直率地对日本军国主义表示抗议，对军国主义的政策，《火、王道、监狱》指出它最终必然招致失败，人民终于要击败这种愚民政策的鬼把戏。这是发表于一九三四年三月日本《改造》月刊的，到了一九三五年四月又写了一篇《在现代中国的孔夫子》，发表于同年六月份的《改造》月刊，说明侵略者想用孔子作偶像的崇拜也还是不行的，因为中国人民对于孔子并不亲密，知道孔子出色的治国的方法，"都是为了治民众者，即权势者设想的方法，为民众本身的，却一点也没有"。这一方面斥责侵略者惯用孔子作招牌以愚民，另一方面又揭示给中国人民不要上尊孔的当，这又是明白地拆穿了日本军国主义者利用孔子迷惑中国人民的鬼把戏。但改造社还不死心地要求鲁迅给写文章。一九三六年二月，日本帝国主义已经侵占了东北之后，铁骑继续又在华北横行虎视的时候，鲁迅在这年的四月《改造》月刊第三期上就更毫不含糊地说："我要骗人。"他曾经这样说过："从外国受到强大压迫的时候，对那压迫者扯的谎，却决不是不道德的。"这篇文章，就是鲁迅在逝世前不久写出的对日本军国主义的直接抗议："中国的人民，是常用自己的血，去洗权力者的手"，这不就预言着汪贼精卫的公开卖国、蒋介石制造"皖南事变"和日本军国主义者勾结在一起企图消灭共产党与抗日人民的阴谋将要发生吗？"而到处的断头台上，都闪烁着太阳的圆圈的罢"，然而，中国人民终于在共产党的领导下会起来反抗的，这就是鲁迅披沥真诚，说老实话的、义正辞严的公开告白。

讲这种话，大胆写这样的文章的鲁迅，以大无畏的精神，表达了不甘做亡国奴的人们的呼声，表白了在党的领导下中国人民不甘屈服的意志。像这样直白地面对面地毫不容情地对日本军国主义者的斥责，甚至不惜一而再，再而三的，每年一次，一次比一次更率直，日本人未必熟视无睹。鲁迅既然如此坦白直率地站稳中国人民立场，毫不含糊地告诉日本侵略者的必然失败的命运。不管他和内山的友谊如何深厚，还是光明磊落地说出他要说的话，这正是鲁迅之所以为鲁迅的特点，毛主席称道他骨头最硬者也在此。但内山既是商人，虽身在中国，其一切行动态度还难免受制于日军当局，否则"非国民"三字的罪名会加在他的头上，这一点鲁迅也深懂得的。所以在一九三六年十月，鲁迅临死之前，就另找房子预备迁徙，拟择居在旧法租界，想远离开日本人居住的虹口势力范围（见十月十一日《鲁迅日记》）。这计划刚要实现，但病不容许他立即迁徙，因之未成事实。这时，就是把一切与内山书店的关系一起割掉也在所不惜。

后来日军投降，内山书店也散伙了。内山也回到了东京。

可能在东京，他也感到处处不如意吧，他屡次见我们称赞日本风景如何美丽的时候，就意味深长地说："好是好的，但不是我们的了。"从这句话看来，他是如何地热爱他的祖国，对美军占领的军事基地如何怀抱深忧，从而寻求解救日本之道。惟愿他生命当中最后的一页，永远存在，并且使它在日本朋友和日本人民中永远扩展开去！

瞿秋白与鲁迅

时间一久就忘记了月日，不记得是春末还是夏初光景，真算得是气候宜人，人们游兴正浓的某一天，那是一九三二年了，通过介绍：说有一位为了革命过着地下生活的人，想乘此大好时光，出来游散一下，见见太阳。但苦于没有适当地方。问起来，才知道是"没有见面的时候就这样亲密的人"——秋白同志，就约定于某日来我家盘桓一整天。

这一天天气特别和煦，似乎天也不负好心人似的。阳光斜射到东窗上的大清早，介绍人就陪同稀有的初次到来的客人莅临了我们的住处。除了秋白同志之外还有杨之华同志。

我们虽则住在北四川路底的电车终点站附近的一个公寓里，离开不远正是虹口公园；但在三楼上，四周都是外国人住着，比较寂静的，正适宜于我们迎接这样一位过着地下生活的革命者。

鲁迅对这一位稀客,款待之如久别重逢有许多话要说的老朋友,又如毫无隔阂的亲人(白区对党内的人都认是亲人看待)骨肉一样,真是至亲相见,不须拘礼的样子。总之,有谁看到过从外面携回几尾鱼儿,忽然放到水池中见了水的洋洋得意之状的吗?那情形就仿佛相似。他们本来就欢喜新生一代的,又兼看到在旁才学会走路不久的婴儿,更加一时满室皆春,生气活泼,平添了会见时的逗趣场面。

我是依稀如见故人般,对秋白同志似曾相识的。回忆起来,时间也许太久了。那还是在女师大做学生的时候,大约那时秋白同志刚刚从苏联回来,女师大请他来讲演的。那时我初到学校不久,讲话的内容全不记得了,总之是对于新社会苏联的报道方面的吧!为什么说似曾相识呢?就是从前见到的是留长头发,长面孔,讲演起来头发掉下来了就往上一扬的神气还深深记得。那时是一位英气勃勃的青年宣传鼓动员的模样,而一九三二年见到的却是剃光了头,圆面孔,沉着稳重,表示出深思熟虑、炉火纯青了的一位百炼成钢的战士,我几乎认不出他来了。

那天谈得很畅快。鲁迅和秋白同志从日常生活,战争带来的不安定(经过"一·二八"上海战争之后不久),彼此的遭遇,到文学战线上的情况,都一个接一个地滔滔不绝无话不谈，生怕时光过去得太快了似的；又像小海婴见到杨妈妈，立即把自己的玩具献出似的；但鲁迅献出的却是他的著作、思想。两两不同，心情却是一样的。

为了庆贺这一次的会见，虽然秋白同志身体欠佳，也破例小饮些酒，下午彼此也放弃了午睡。还有许多说不完的话要倾心交谈哩，但是夜幕催人，没奈何只得分别了。

从此他们两人除各自工作外，更是两地一线牵（共同的革命意志和情感），真个是海内存知己，神交胜比邻了。在革命战线上相互支援，在文化工作中共同切磋，使他们进一步建立了革命友谊，如关于大众语问题的讨论和关于翻译问题的讨论以及对文化战线上各种反动势力的斗争等等，特别是鲁迅，由于得到秋白同志之助，得到党给与的力量，精神益加奋发，斗志更加昂扬地勇往直前了。

秋白同志精俄、英文，对中国旧文学也素有根底，加以善于运用马列主义理论，能够深刻地观察与分析问题，所以思想透辟，为当时不可多得的杰出人物。鲁迅平素就尊敬有才能的人，何况是党的领导人。这回相见，又岂能轻易放过。双方各有怀抱，都感觉到初次见面还有什么未尽之言似的希望再一次的会见。那时双方都过着不自由的地下生活，要会见一次，真是颇不容易。但终于打破了重重障碍，克服了许多困难，在同年九月一日那天的早晨，我们带着孩子去拜访了他们，地点就是紫霞路原六十八号三楼的一个房间。这是第二次的见面了，秋白同志坐在他的书桌旁边，看到我们来时，就无限喜悦地站起来表示欢迎。他的书桌，是一张特制的西式木桌，里面有书架可以放文件，下面抽斗也一样，只要把书桌上面的软木板拖下来，就可以像盒子一样，连抽斗也给锁起。据他说，这样一走开，写不完的文件只要一拉下木板就不会被别人乱翻了。做革命工作的人，这种桌子是比较方便的，后来他去苏区时，就把这张桌子搬到我们的住处大陆新村来，至今还保存在那里。当时，他就从桌子里拿出他研究中国语言文字问题的原稿，提出里面有关语文改革和文字发音问题来同客人讨论，并因我是广东人，他又找出几个字来特意令我发音以资对证。他就是这样随时随地关心人民事业，寻找活的资料，丰富自己的知识，订正自己的看法，不倦地、谦虚地进行工作，从任何一个人身上，也不放过机会。就这样，这天上午谈话主题就放在他所写的文字方案的改革上了。后来，又几经改动，誊抄完整，到离开上海时，就成为他比较完妥的著作了。这些著作，他临行前交给鲁迅一份，鲁迅妥慎保存于离寓所不远的旧狄思威路专藏存书的颇为秘密的一个书箱内。里面还存放着一些鲁迅的书籍和柔石等同志的遗著。到鲁迅逝世后，这些存书全部搬到淮海中路淮海坊内。日军占领上海,侵入我家搜查时,感谢一位女工,她勇敢地以身挡住三楼藏书室的门口对日伪军说:"三楼租给别人了!"这才使敌人没有去搜查,这些东西才幸免浩劫地得以保存下来,使它们多时埋藏,直到解放以后才如释重负地交到人民手中,成为革命烈士留给我们的珍贵遗物。现在那位女工已经远离开我了,但我每想到横遭惨祸的那一幕情景时,就不由得要想到这位聪明机智、沉着勇敢的女工同志。

秋白同志在鲁迅寓内度过三次避难生活,两次在北四川路底的公寓里,末次是我们住在大陆新村的时候。第一次是在一九三二年的十一月,日期记不清了,只记得鲁迅这时正因母亲生病回到北京去,是由我接待他们的。我还记得:他和杨大姐晚间到来的时候,我因鲁迅不在家,就把我们睡的双人床让出,请他们在鲁迅写作兼卧室的一间朝北大房间里住下。查《鲁迅日记》,他是一九三二年十一月十一日动身往北京,同月三十日回到上海的。那时,秋白同志来了几天才见到鲁迅回归,则大约是在十一月下旬了。在这期间,他和我们在一起,我们简单的家庭平添了一股振奋人心的革命鼓舞力量,是非常之幸运的。加以秋白同志的博学、广游,谈助之资实在不少。这时,看到他们两人谈不完的话语,就像电影胶卷似的连续不断地涌现出来，实在融洽之极。更加以鲁迅对党的关怀，对马列主义的从理论到实际的体会，平时从书本上看到的，现时可以尽量倾泻于秋白同志之前而无须保留了。这是极其难得的机会。一旦给予鲁迅以满足的心情，其感动快慰可知！对文化界的复杂斗争形势，对国民党反动势力的打击，对帝国主义的横暴和"九一八"东北沦亡的哀愁，这时也都在朝夕相见中相互交谈，精心策划。两个同是从旧社会士大夫阶级中背叛过来的"逆子贰臣"，在尖锐的对敌斗争中，完全成了为党尽其忠诚、同甘苦共患难的知己了。杨大姐也以革命干部共有的风格，和我们平易相亲，和女工、小孩打成一片，使我们丝毫没有接待生客之感，亲如一家地朝夕相处，使我也学到了许多说不尽的道理。

秋白同志是担任领导工作的，一刻也不能耽误，一到环境许可，他就离开我们而去了。在这次离去之前，曾经有这些东西留着痕迹给我们：

一，一九三二年十二月七日曾给鲁迅写过：

雪意凄其心恼然　江南旧梦已如烟
天寒沽酒长安市　犹折梅花伴醉眠

他在诗后说明是青年时代带有颓唐气息的旧体诗。以他后来的积极进行革命工作，无疑是否定了前期思想的不正确成分的。但我们若从"雪意凄其"之句来看，不仍是对此时此地遭遇压迫的写照吗？而末句说"犹折梅花"，则是梅开十月，已属小阳春节气，也即"冬天来了，春天还会远吗"的意思。

二，在同年十二月九日，曾以高价托人向某大公司买了一盒玩具，送给我们的孩子。在《鲁迅日记》里是这样写的：

十二月九日，……下午维宁及其夫人赠海婴积铁成象玩具一盒。

当时，他们并不宽裕，鲁迅收下深致不安。但体会到他们爱护儿童，给儿童培植科学建筑知识的好意，就又在这不安中接受了这件礼物。秋白同志在盒盖上写明某个零件有几件，共几种等等，都很详尽。又料到自己随时会有不测，说："留个纪念，让小孩大起来也知道有个何先生（何先生是他来我家时的称呼——作者）！"可惜几经变乱、搬动，这盒盖已经遗失。零件还有若干存在上海鲁迅纪念馆，作为秋白同志预想到革命胜利后必有大规模的建设，因而对下一代必须从小给以技术知识教育的深意的纪念物品来珍贵保存，以便我们的青年一代，从革命先驱者的这一殷切期望中获得建设社会主义和共产主义的力量。

这次避难，到年末之前他们就离去了。因为在我的印象中没有留他们度岁的记忆。这期间，曾经有过几次有人来向秋白同志接洽，但总是让他们自己见面，在一个房间里。我们从不打听来过的是什么人。只记得曾来过一个牧师身份的人，并托鲁迅代买字典，以作自修外国语之用，鲁迅当即照办了。解放后，我见到一些负责同志，他们都说曾到过我们家里，是为找秋白同志去的。但那时为了革命利益，我们自觉地遵守纪律，从不问来人姓名和住址，知道问是不妥的。因此，至今对有些人到过我家总是记不那么清楚了。

第二次避难是在一九三三年二月间，这次有两件事情可记。

一，二月十日，《鲁迅日记》有如下记录：

上午复靖华信，附文它笺。

这说明鲁迅写回信给靖华同志时，秋白同志适在旁边，得有方便附笺寄出。

二，二月十七日，亦从《鲁迅日记》中看到：

午后汽车赍蔡先生信来,即乘车赴宋庆龄夫人宅午餐,同席为萧伯纳、伊[？]斯沫特列女士、杨杏佛、林语堂、蔡先生、孙夫人共七人,饭毕,照相二枚。……傍晚归。

归来已傍晚,但刚好秋白夫妇住在这里,难免不把当时情况复述一番。从谈话中鲁迅和秋白同志就觉得:萧到中国来,别的人一概谢绝,见到的人不多,仅这几个人。他们痛感中国报刊报道太慢,萧又离去太快,可能转瞬即把这伟大讽刺作家来华情况从报刊上消失,为此,最好有人收集当天报刊的捧与骂,冷与热,把各方态度的文章剪辑下来,出成一书,以见同是一人,因立场不同则好坏随之而异地写照一番,对出版事业也可以刺激一下。说到这里,兴趣也起来了,当时就说:我们何不亲手来搞一下?于是由我跑到北四川路一带,各大小报摊都细细搜罗一番当天的报纸,果然,各式各样的论调不一而足。于是由鲁迅和秋白同志交换了意见,把需要的材料当即圈定;由杨大姐和我共同剪贴下来,再由他们安排妥帖,连夜编辑,鲁迅写序,用乐雯署名,就在二月里交野草书屋出版,即市面所见《萧伯纳在上海》是也。这书从编、排、校对,以至成书,都可以说一个"快"字,也代表了革命先驱者们的战斗精神,更开辟了由众人合作来编辑一种书籍的优良先例。秋白同志和鲁迅那种说干就干，亲自动手的精神，永远值得我们学习和纪念。

这回住了不久，二月底就又走了。但敌人追踪甚紧，秋白同志担任的工作又相当重要，为敌所忌，搜捕甚急。因此，在短短期间，似乎就搬移了好几个地方。那时情况紧张，每一搬家，就大都什么也不能带走，鲁迅送给秋白同志的许多书都散失了，记得连我送给杨大姐的一件棉旗袍也在一次仓促搬家时丢掉了。但秋白同志和杨之华大姐，并没有被恶劣的环境所困倒，革命意志和战斗精神却更加旺盛了。在鲁迅方面，常常替他们焦急，往往为之寝食不安。总想对他们加以帮助，使其得到比较适合生活的环境。一九三三年在他三月一日的日记中记着："同内山夫人往东照里看屋。"三月三日又记着："午后往东照里看屋。"这"屋"（其实只是一个亭子间）似乎是日本人租住的，所以要内山夫人陪去看，由她分出余屋租给中国人，而这人就是秋白同志他们。这比夹住在中国人堆里问长问短，查职业，看家底好得多了。鲁迅也为此稍稍放心，因此满意地租了下来。到三月六日的日记中，鲁迅写着："下午访维宁，以堇花壹盆赠其夫人。"是含有祝贺新居之意的，这堇花是三月三日内山夫人送来，鲁迅以之"借花敬佛"的。

意气相投的人，见面总不嫌多，路远也觉得近了，真可谓"天涯若比邻"。这回秋白夫妇搬到同属北四川路底的东照里，相隔不远，许多日常生活之需，也就由我代劳，而鲁迅也早晚过从甚密。他们房里布置得俨然家庭模样，鲁迅写的用洛文署名的"人生得一知己足矣，斯世当以同怀视之"的一副对秋白亦即对党的倾注心情，用两句"何瓦琴语"道出其胸怀的对联也挂起来了。到四月十一日，我们的家搬到大陆新村之后，就过往更其频繁，有时晚间，秋白同志也来倾谈一番。老实说，我们感觉少不了这样的朋友。这样具有正义感、具有真理的光芒照射着人们的人，我们时刻也不愿离开！有时晚间附近面包店烤好热烘烘的面包时，我们往往趁热送去，借此亲炙一番，看到他们平安无事了，这一天也就睡得更香甜安稳了。

从三月五日写《王道诗话》起，秋白同志因有一时的比较安定的生活，所以在短短时期以内，就写作了许多精美的的杂文，计有：

三月七日　《伸冤》

三月九日　《曲的解放》

三月十四日　《迎头经》

三月二十二日　《出卖灵魂的秘诀》

三月三十日　《最艺术的国家》

四月十一日　《关于女人》

四月十一日　《真假堂·吉诃德》

四月十一日　《内外》

四月十一日　《透底》

四月二十四日　《大观园的人才》

以上是用鲁迅名义发表的秋白同志所写的文章，从日期看（文末的日期，都是在写完后秋白同志自己签出的），如果没有丰富的生活知识、深厚的文学修养和高度的理论水平，哪能在短短的时期以内，有如是丰富而精美的文字见之于世？特别是《关于女人》等几篇文章，能在同一天里写作出来，真使人感到秋白同志的革命才华，足令我们人民感到骄傲，令敌人为之丧胆。他为革命文学的威力增加了不少分量。

这些文章，大抵是秋白同志这样创作的：在他和鲁迅见面的时候，就把他想到的腹稿讲出来，经过两人交换意见，有时修改补充或变换内容，然后由他执笔写出。他下笔很迅速，住在我们家里时，每天午饭后至下午二三时为休息时间，我们为了他的身体健康，都不去打扰他。到时候了，他自己开门出来，往往笑吟吟地带着牺牲午睡写好的短文一二篇，给鲁迅来看。鲁迅看后，每每无限惊叹于他的文情并茂的新作是那么精美无伦。而他所写的这些文章，又是那么义正辞严地揭露了敌人的卑鄙无耻行径，足使敌人为之胆寒。这只要一看他在一九三三年骂那些卖国贼、汉奸、帝国主义的奴才如蒋介石、汪精卫、胡适等辈的文章,是多么一针见血,击中敌人的要害,就知道秋白同志对这一撮国家民族的败类,是洞察得多么仔细,揭露得多么深刻,掊击得多么沉重!

第三次秋白夫妇来我家避难,是在搬出东照里之后的一九三三年七月下半月。那次因为机关被敌人发觉,约在深夜二时左右,我们连鲁迅在内都睡下了。忽然听到前面大门(向来出入走后门)不平常的声音敲打得急而且响,必定有什么事情发生了。鲁迅要去开门,我拦住了他以后自己去开,以为如果是敌人来逮捕的话,我先可以抵挡一阵。后来从门内听出声音是秋白同志,这才开门,见他夹着一个小衣包,仓促走来。他刚刚来了不久,敲后门的声音又迅速而急迫地送到我们耳里,我们想:这次糟了,莫非是敌人跟踪而来?还是由我先下楼去探听动静,这回却是杨大姐不期而遇地带着一个十三四岁的别的同志的小姑娘一同进来,原来是一场虚惊。但东邻住着的日本人和西邻住着的白俄巡捕都开窗探望这不寻常的事件,我们代秋白夫妇担心也不是偶然的了。

革命者为了人民的利益贡献一切,连自己的生命在内。而当时白色恐怖弥漫空际,革命组织被破坏的情况时有发生，甚至日有数起。敌人的网撒得越宽、越密，我们钻网的法子也就越多、越精。新生的事物是不可战胜的，最后胜利必属于革命人民方面，这是肯定不移的。然而，在革命斗争的过程中有些牺牲也是在所难免的，不然怎么叫做革命！秋白同志对这个道理是比谁都清楚的，当其住在东照里亭子间，过着艰苦的生活，并且扶着病体坚持工作时，就连不需钱买的太阳光也照不到，这对有着肺病的瞿秋白同志是很不利的。杨大姐出于对革命、对同志的关怀，不由己地常常希望他能有机会见到阳光。我们当然欢迎他们多来。但秋白同志却很泰然地自慰道：只要想一想革命者随时有入狱的可能，那时什么也不能做，更不用说见到阳光！住在外面无论如何总比里面（入狱）强到百倍不止。这是多么伟大的革命胸怀，多么崇高的革命品格。

一九三四年一月初，秋白同志离开上海去江西中央革命根据地工作。临行前曾到鲁迅寓所叙别。这一天，鲁迅特别表示惜别之情，自动向我提出要让床铺给秋白同志安睡，自己宁可在地板上临时搭个睡铺，觉得这样才能使自己稍尽无限友情于万一。走后常常挂念秋白同志是否已经到达苏区，常常挂念党所领导的革命事业的胜利。后来突然接到一封从福建的来信，是秋白同志不幸被敌所俘了，起先他冒为医生，还能遮瞒一阵子，他写信来要求接济。

但终于被敌人认出来了，他就毫不掩饰，在刑场上高呼"为革命而牺牲，是人生最大的光荣"，慷慨就义，英勇捐躯。

当初鲁迅收到信以后，就极力设法，从各方面筹资营救。一九三五年七月三十日曾致函当时的《译文》编者："Pavlenko作的《关于莱芒托夫的小说》，急于换几个钱，不知可入三卷一期否？此篇约三万字，插图四幅。"八月九日又驰书《译文》编者："莱芒小说，目的是在速得一点稿费，所以最好是编入三卷一期，至于出单行本与否，倒不要紧。"秋白同志在罗汉岭前就义是六月十八日，由于消息的阻塞，鲁迅一时得不到信息，所以在七月三十日和八月九日还在设法筹资，但后来得到了确信，知道秋白同志已经为党捐躯，为人民革命事业流尽了他最后的一滴血，所以在九月八日带着无限沉痛的心情写信给《译文》编者说："陈节译的各种，如页数已够，我看不必排进去了，因为已经并不急于要钱。"信内提到的译稿，都是存在鲁迅手中的秋白同志的译作，但因为《译文》三卷一期的要目广告中，已经把《关于莱芒托夫的小说》一文登出来了。鲁迅又考虑还是不要使刊物受到影响，因此九月十六日，又致函《译文》编者云："如来得及，则'第十三篇关于L的小说'可以登在最后，因为此稿已经可以无须稿费。"（以上均见《鲁迅书简》：《致黄源信》）秋白同志被俘及逝世以后,鲁迅在很长一个时期内悲痛不已,甚至连执笔写字也振作不起来了,他感到这是自己第一次,也是最后一次地未能完成为亲密战友服务的心愿。他在致曹靖华同志的信中曾经提到:"它事(秋白被俘——作者)极确,上月弟曾得确信,然何能为。这在文化上的损失,真是无可比喻。"(见《鲁迅全集》:卷十,七九页)直到一九三六年他自己临终的前几天,这种悲痛还在袭击他的心灵,十月十五日,在和别人的通信中他还这样提到:"'现实'中的论文,……原是属于'难懂'这一类的。但译这类文章,能如史铁儿(秋白同志的笔名——作者)之清楚者,中国尚无第二人,单是为此,就觉得他死得可惜。"(见《鲁迅全集》:卷十,三〇四页)秋白与鲁迅之间,其友情真可谓深厚无与伦比了。

人们因为鲁迅怀念秋白同志惨遭敌人毒害,曾扶病编辑秋白同志译文,托内山先生寄到日本印成了两卷精美的《海上述林》,因而对鲁迅忠于朋友,忠于革命这一品格,给予崇高估价,这当然是对的。但其实,这不止鲁迅一人之力。秋白同志被俘之后,进步的朋友们已有这个愿望。噩耗传来不久,几个秋白同志的友好就暗地集合在郑振铎先生家里,哀悼这位杰出的、不屈的英勇战士的惨遭牺牲。当时就商议给他出书、传布,以教育人民,扩大革命影响。

于是几个朋友商议集款，动手工作。关于从排字到打制纸版，归某几个人出资托开明书店办理，其余从编辑、校对、设计封面、装帧、题签、拟定广告及购买纸张、印刷、装订等项工作，则都由鲁迅经办，以便使书籍更臻于完美。出书后照捐款多少作比例赠书一或二部作纪念，人名我已经记不清了。好在上海鲁迅纪念馆存有一张第一卷《海上述林》的送书名单，是鲁迅亲手写下照送的。下卷出书，鲁迅已看不到了，我是依照上卷分送出去的。

所以鲁迅在一九三五年六月二十四日和一九三六年一月五日写给曹靖华的信中说："它兄文稿，很有几个人要把它集起来，但我们尚未商量。""它嫂（指杨之华同志——作者）已有信来，到了那边了。我们正在为它兄印一译述文字的集子。"（以上两引见《鲁迅全集》：卷十，八〇页及八三页）

这里先说是"文稿"，为什么后来却说只"印一译述文字的集子"呢？原来"商量"的结果，认为创作方面含有思想性、政治性的文字，一时恐怕难得齐全，尽管存在鲁迅手头有较多的文稿，主要是须尊重党的意见，要党来作最后决定，所以就暂定只出翻译以为纪念。鲁迅在他临逝世的前几天，曾在写给别人信中清楚地说道：

《述林》是纪念的意义居多，所以竭力保存原样，译名不加统一，原文也不注了，有些错处，我也并不改正——让将来中国的公谟学院来办吧。

　　　　　　　　　　　——《鲁迅全集》：卷十，三〇五页

　　当时，为了向敌人示威，表示"人给你杀掉了，但作品是杀不掉的"，秋白同志的友好便赶印烈士的译述文字，这是十分迫切需要的，但这时鲁迅坚决主张暂时不印烈士关于创作方面的文字，留待党作决定（自己缜密地保存着秋白较多的底稿）。而且就在译述文字中间稍微"有些错处"，自己也不加以"改正"，表示要留给"将来中国的公谟（康谟尼斯，即共产主义——作者）学院来办"，即到革命胜利以后，由党所领导的文化机关审定烈士的文集。现在，鲁迅的这一愿望终于得到了实现。革命胜利了，友人们"像捧着一团火"似的保存下来的瞿氏著作，已经全由国家出版社编辑出版了。这就不但满足了读者的要求，扩大了革命影响，而且也可以告慰秋白和鲁迅于九泉之下：秋白同志的文稿，已经妥善地交给党和人民，并且早已获得广泛的流传了。

　　鲁迅不敢私自决定先印创作的态度，充分显示出他对党的尊重，对革命的尊重，对为革命而牺牲者的尊重：一切由"将来中国的公谟学院来办"。就是先印翻译也不加改变,把决定的"权"归给党,哪怕是小小的改动也不例外。写到这里,充分觉得鲁迅服从党的精神,绝对相信党,肯定党领导的革命事业必然在不远的将来获得胜利!一切交给党,听命于党,这就是非党的布尔什维克的鲁迅给后人留下的一个必须遵照的范例。

最后的一天

今年的一整个夏天，正是鲁迅先生被病缠绕得透不过气来的时光，许多爱护他的人，都为了这个消息着急。然而病状有些好起来了。在那个时候，他说出一个梦：他走出去，看见两旁埋伏着两个人，打算给他攻击。他想：你们要当着我生病的时候攻击我吗？不要紧！我身边还有匕首呢，投出去掷在敌人身上。

梦后不久，病更减轻了。一切恶的征候都逐渐消灭了。他可以稍稍散步些时，可以有力气拔出身边的匕首投向敌人，——用笔端冲倒一切，——还可以看看电影，生活生活。我们战胜"死神"。在讴歌，在欢愉。生的欣喜布在每一个友朋的心坎中，每一个惠临的爱护他的人的颜面上。

他仍然可以工作，和病前一样。他与我们同在一起奋斗，向一切恶势力。

直至十七日的上午，他还续写《因太炎先生而想起的二三事》（以前有《关于太炎先生二三事》一文，似尚

"戎马书生",27mm×27mm,鲁迅早年在南京江南水师学堂时所刻,当时他所在学校属于清军编制,故自称"戎马书生"

未发表)一文的中段。(他没有料到这是最后的工作,他原稿压在桌子上,预备稍缓再执笔。)午后,他愿意出去散步,我因有些事在楼下,见他穿好了袍子下扶梯。那时外面正有些风,但他已决心外出,衣服穿好之后,是很难劝止的。不过我姑且留难他,我说:"衣裳穿够了吗?"他探手摩摩,里面穿了绒线背心。说:"够了。"我又说:"车钱带了没有?"他理也不理就自己走去了。

回来天已不早了,随便谈谈,傍晚时建人先生也来了。精神甚好,谈至十一时,建人先生才走。

到十二时,我急急整理卧具。催促他,警告他,时候不早了。他靠在躺椅上,说:"我再抽一支烟,你先睡吧。"

等他到床上来,看看钟,已经一时了。二时他曾起来小解,人还好好的。再睡下,三时半,见他坐起来,我也坐起来。细察他呼吸有些异常,似气喘初发的样子。后来继以咳呛,咳嗽困难,兼之气喘更加厉害。他告诉我:"两点起来过就觉睡眠不好,做噩梦。"那时正在深夜,请医生是不方便的,而且这回气喘是第三次了,也不觉得比前二次厉害。为了减轻痛苦起见,我把自己购置在家里的"忽苏尔"气喘药拿出来看:说明书上病肺的也可以服,心脏性气喘也可以服。并且说明急病每隔一二时可连服三次,所以三点四十分,我给他服药一包。至五点四十分,服第三次药，但病态并不见减轻。

从三时半病势急变起，他就不能安寝，连斜靠休息也不可能。终夜屈曲着身子，双手抱腿而坐。那种苦状，我看了难过极了。在精神上虽然我分担他的病苦，但在肉体上，是他独自担受一切的磨难。他的心脏跳动得很快，咚咚的声响，我在旁也听得十分清楚。那时天正在放亮，我见他拿左手按右手的脉门。脉跳得太快了，他是晓得的。

他叫我早上七点钟去托内山先生打电话请医生。我等到六点钟就匆匆的盥洗起来，六点半左右就预备去。他坐到写字桌前，要了纸笔，带起眼镜预备写便条。我见他气喘太苦了，我要求不要写了，由我亲口托请内山先生好了，他不答应。无论什么事他都不肯马虎的。就是在最困苦的关头，他也支撑起来，仍旧执笔，但是写不成字，勉强写起来，每个字改正又改正。写至中途，我又要求不要写了，其余的由我口说好了。他听了很不高兴，放下笔，叹一口气，又拿起笔来续写，许久才凑成了那条子。那最后执笔的可珍贵的遗墨，现时由他的最好的老友留作纪念了。

清晨书店还没有开门，走到内山先生的寓所前，先生已走出来了，匆匆的托了他打电话，我就急急地回家了。

不久内山先生也亲自到来，亲手给他药吃，并且替他按摩背脊很久。他告诉内山先生说苦得很，我们听了都非常难受。

须藤医生来了，给他注射。那时双足冰冷，医生命给他热水袋暖脚，再包裹起来。两手指甲发紫色大约是血压变态的缘故。我见医生很注意看他的手指，心想这回是很不平常而更严重了。但仍然坐在写字桌前椅子上。

后来换到躺椅上坐。八点多钟日报（十八日）到了。他问我："报上有什么事体？"我说："没有什么，只有《译文》的广告。"我知道他要晓得更多些，我又说："你的翻译《死魂灵》登出来了，在头一篇上。《作家》和《中流》的广告还没有。"

我为什么提起《作家》和《中流》呢？这也是他的脾气。在往常，晚间撕日历时，如果有什么和他有关系的书出版时——但敌人骂他的文章，他倒不急于要看——他就爱提起："明天什么书的广告要出来了。"他怀着自己印好了一本好书出版时一样的欢情，熬至第二天早晨，等待报纸到手，就急急地披览。如果报纸到得迟些，或者报纸上没有照预定的登出广告，那么，他很失望。虚拟出种种变故，直至广告出来或刊物到手才放心。

当我告诉他《译文》广告出来了，《死魂灵》也登出了，别的也连带知道，我以为可以使他安心了。然而不！他说："报纸把我，眼镜拿来。"我把那有广告的一张报给他,他一面喘息一面细看《译文》广告,看了好久才放下。原来他是在关心别人的文字,虽然在这样的苦恼状况底下,他还记挂着别人。这,我没有了解他,我不配崇仰他。这是他最后一次和文字接触,也是他最后一次和大众接触。那一颗可爱可敬的心呀!让他埋葬在大家伙的心之深处罢。

在躺椅上仍旧不能靠下来,我拿一张小桌子垫起枕头给他伏着,还是在那里喘息。医生又给他注射,但病状并不轻减,后来躺到床上了。

中午吃了大半杯牛奶,一直在那里喘息不止,见了医生似乎也在诉苦。

六点钟左右看护妇来了,给他注射和吸入酸素,氧气。

七点半钟我送牛奶给他,他说:"不要吃。"过了些时,他又问:"是不是牛奶来了?"我说:"来了。"他说:"给我吃一些。"饮了小半杯就不要了。其实是吃不下去,不过他恐怕太衰弱了支持不住,所以才勉强吃的。到此刻为止,我推测他还是希望好起来。他并不希望轻易放下他的奋斗力的。

晚饭后,内山先生通知我(内山先生为他的病从早上忙至夜里,一天没有停止):希望建人先生来。我说:"日里我问过他,要不要见见建人先生,他说不要。所以没有来。"内山先生说："还是请他来好。"后来建人先生来了。

　　喘息一直使他苦恼，连说话也不方便。看护和我在旁照料，给他揩汗。腿以上不时的出汗，腿以下是冰冷的。用两个热水袋温他。每隔两小时注强心针，另外吸入氧气。

　　十二点那一次注射后，我怕看护熬一夜受不住，我叫她困一下，到两点钟注射时叫醒她。这时由我看护他，给他揩汗。不过汗有些粘冷，不像平常。揩他手，他就紧握我的手，而且好几次如此。陪在旁边，他就说："时候不早了，你也可以睡了。"我说："我不瞌睡。"为了使他满意，我就对面的斜靠在床脚上。好几次，他抬起头来看我，我也照样看他。有时我还陪笑的告诉他病似乎轻松些了。但他不说什么又躺下了。也许这时他有什么预感吗？他没有说。我是没有想到问。后来连揩手汗时，他紧握我的手，我也没有勇气紧握回他了。我怕刺激他难过，我装做不知道。轻轻的放松他的手，给他盖好棉被。后来回想：我不知道，应不应该也紧握他的手，甚至紧紧的拥抱住他。在死神的手里把我的敬爱的人夺回来。如今是迟了！死神奏凯歌了。我那追不回的后悔呀。

　　从十二时至四时，中间饮过三次茶，起来解一次小手。人似乎有些烦躁，有好多次推开棉被，我们怕他受冷，连忙盖好。他一刻又推开，看护没法子，大约告诉他心脏十分贫弱，不可乱动，他往后就不大推开了。

五时，喘息看来似乎轻减，然而看护妇不等到六时就又给他注射，心想情形必不大好。同时她叫我托人请医生，那时内山先生的店员终夜在客室守候（内山先生和他的店员，这回是全体动员，营救鲁迅先生的急病的）。我匆匆嘱托他，建人先生也到楼上，看见他已头稍朝内，呼吸轻微了。连打了几针也不见好转。

他们要我呼唤他，我千呼百唤也不见他应一声。天是那么黑暗，黎明之前的乌黑呀，把他卷走了。黑暗是那么大的力量，连战斗了几十年的他也抵抗不住。医生说：过了这一夜，再过了明天，没有危险了。他就来不及等待到明天，那光明的白昼呀。而黑夜，那可诅咒的黑夜，我现在天天睁着眼睛瞪它，我将诅咒它直到我的末日来临。十一月五日，记于先生死后的二星期又四天。

鲁迅故居和藏书

  位置在北平西北角阜城门内西三条胡同的鲁迅先生的故居,已经颇显出衰颓之相,黑漆的大门早已部分剥落,露出了一块块的黄泥和稻草混合的灰白色彩,宛如疏落的老人发顶,点缀着黄色的秃头。一进大门的顶棚也支离破碎。门里横陈着大小多种的腌菜瓮,一望而知住在里面的人口不会太少而收拾地方的余裕却不会过多。满院子的杂乱无章,似曾相识却恍如隔世,这就是二十年前清洁齐整的住着"荷戟独彷徨"的一位供给全中国人精神粮食的所在吗?冥想着一进门我会禁制不住悲哀痛哭的,在上海临动身前,到北平后我就怕有这一个开场。然而非有这一个开场不可,却是太和我所见的二十年前相反了,似梦?却真!推想和实际会两样的,我能够克制!于是极力把脑里的电影剪断,变成漆黑的一片,除了在放映室里把亮光放送的时候之外,我会使自己变成机器人。就这样,每日每日的置身于书橱之中。

同院住着一位乡亲，是鲁迅先生母亲方面的亲属，排起来是要叫作"表兄"辈的阮和森先生，除了他们两位老人家之外，还有读大学的和读高中的儿子和十二岁的一位小女孩，增加了这家宅的热闹。阮老先生作幕多年，而且又深研中医，就在鲁迅故居的大门旁也挂着"阮和森医寓"的铜牌子，却是失业之外还从没有遇到过来应诊的病人。这位老先生人却很通达，很谈得来，并且从他那里还找到一鳞一爪的关于鲁迅先生生平的言行。

鲁迅故居是小小的四合房子，除了北屋和入门东屋浅浅的一间是女工住处兼作厨房的仍然自用，其余南屋大小四间，西屋一间都让给阮家住了。我就是在南屋，从前鲁迅先生经常接待客人的房子里陪着阮老先生，看他点起旱烟管，歇歇吐出他们表弟的生平的一面。据说他以前时常路过北平，这时无论如何表兄弟总要见见面的，尤其在民国五六年的时候，鲁迅住在南半截胡同绍兴会馆的补树书屋，阮先生每年过京（北京）赴山西都会相见。鲁迅总欢喜到广和居请吃饭。"他谈话是绝不会虚假的。鲁迅时常比方说：'我有铜钿在袋子里，别人家来借，我总不能说没有的吧！'"是的，鲁迅就是这样子的作风，所以对一切人也绝不敷衍。因此阮先生又说："他见客人来了，总是倒杯茶给你，有点心就摆出来，用不用却听便。和人谈话，谈完了就问：'还有什么事？'如果答说没有了，他就说：'对不起，我要办别的事了。'立刻就做别的事，绝不敷衍。"

教育部有一位姓甘的同乡，要给他的母亲请旌节表，照例要同乡官具结的，向鲁迅请求的时候，被他严厉的拒绝了。那位姓甘的不明白是什么道理，照他的意思是一定应该博得所有听到的人都尊崇以为荣耀的吧，所以更迫说一句："这是我的母亲。"而鲁迅却说："正为此更不可盖印。""这就是鲁迅对旧礼教的态度。"阮先生补充地说。

有一次鲁迅对阮先生说："我在教育部见天学做官。"阮先生奇异地问："为什么？"意思是不懂他的话，什么叫学做官。而鲁迅这时却说："我每天签个到，一个字值好些钱呀，除了报到，什么事也不干。"这就是刻画出官僚作风的令人愤慨处。

鲁迅又曾经对阮先生说过："别人的闲话不要管，你依了他的，另外别个的闲话未必一样，还是有不满意的，爽气管自己好了。"他就是这样的处世法。阮先生说完之后，兴致还是很好，换了烟叶，喝了一口茶，又谈起鲁迅在绍兴时候的情景来了。

他说："鲁迅在绍兴有四好（四样欢喜的）：摩尔登糖（扁圆，像水果糖，那时的新式糖食），茶，双刀牌（强盗牌）香烟，牛肉干。""他因为欢喜买糖食，而且总是

一九二四年五月，鲁迅迁至阜成门内宫门口西三条21号。上图为鲁迅故居北屋，为鲁迅母亲、妻子朱安的居室，下图为鲁迅故居南屋，为会客室兼藏书室

那一两样，长久了，时常一踏入店门，不等开口，老板就已经指挥店伙，叫把店上层搁起来的摩尔登糖拿下来等待出售了。"可见他嗜好的刻板。做事也如此："当他在教育部办公的时候，每天也是一定准时走过，所以沿路店家，时常看他的车子走过就说：'可以做饭了。'简直拿他作时钟看待，可见他出入也有定时。"

"磴砂河沿后面坟地，人家都说有鬼，夜里就没有人敢走过。鲁迅不怕，还是出入不顾。"（这故事已见鲁迅自己著作。）

"辛亥革命之后不久，《越铎》报因为不满意浙江都督王金发而在报上骂他，王金发大怒，甚至仇视这份报纸，目标却是鲁迅，颇有见害的意思。鲁迅偏不管，每天在家吃完夜饭一定要回到学校住宿，而且不肯偷偷夜行，必定两只手各拿一个灯笼，灯笼上红红的照出大大的'周'字，到天亮从学校回家，又总是说：'怎么样？又回来了。'"

最后，阮先生结束他的回忆说："我们就是这样多年相见的很要好的兄弟。可惜最后在上海匆匆一见就走开，以后再没有机会见面了。"

鲁迅先生的藏书，以前大部分原是放在南屋的，大约因为出借给阮先生住了，这才搬到北屋靠西的一间房子里。那里紧对门就是四口书箱成一田字式竖排着，背后也一样，共八只。再靠西墙壁处放着到沪住下了之后寄回去的八只木箱子，里面紧挤着的全是在上海买到的日文书和在广东教学时广雅书局买到的线装古书，是散页，并没有装订好的。此外更有些新文学的书等。还有四只白皮箱，里面装着历年搜集到的碑帖，以及亲手抄写的古碑，和亲自编好的砖考等。此外还有两只书橱，装的书是中文、日文、外国文都有，另外一只书橱一半是书，一半却是从西安带回的以及平时搜集的从坟里出土的泥人泥马之类的东西。再有一只大皮箱，以前原是放在鲁迅先生床头一角的，现在也并入这小屋子里，那里面就只是些杂物了。另外还有两小箱的中文书，一共是大小二十六只箱子和书橱。我从十月二十四日至十一月五日差不多两个星期，天天躲在这书箱周围，逐只打开，去尘，包裹，再投些樟脑丸，然后重行封锁，如果没有什么其他事故，照这样整理过，对于保存上或者比较妥当了。此外放在别地方的杂志，以及在鲁迅先生昔日作工的房间里，还有些《小说月报》《东方杂志》《语丝》等期刊，都曾经鲁迅先生手泽，按半年作一包，在书脚处注明书名、期数，可惜不知谁随手取阅，甚至有阅后并不归还，中间缺去数册，书脚的亲笔字亦被撕毁的，也只能把残余的包裹起来，一同请入封锁书籍的西屋里了。

鲁迅先生研究学问的方面很广博，大致对于前辈的从书目入手的方法也并皆采纳，在他消闲的时间，就时常看见他把书目看得津津有味，我却从不爱沾手的。有时鲁迅先生也解释给我听："这是治学之道，有人偷偷捧住《书目答问》死啃一下就向人夸耀博学的了，其实不过如此而已。"我想鲁迅先生的披览，未必志在夸耀，而是他确实是藏书无多，有时为了研究史学之类，或某种著作，只得借书目作参考之一罢了。因此他的藏书里随时遇到许多出版年代不同和地域不同的书目。

正式供给思想的丰富的如哲学部门有德国哲学，更多的是辩证法的，以及马克思的认识论之类的一大部分书籍。从这里可以看见他沉浸在社会科学方面的用功夫的长久，可以比方作制中药的九蒸九晒，已经纯熟之极了。佛教和美学，作为哲学的另一蹊径，鲁迅先生也并非不关心的，在他的藏书一角也占相当地位就可以知道。

自然科学部，如有机化学、矿物学、生物学、进化论、遗传论、生理学、解剖学、性生理及卫生、西法医学、人类学中之人种学，以及动物学中之《昆虫记》等，这些书都有一个系统，就是鲁迅先生从东京学医以及回国执教多少和这方面有因缘，而晚年的想译《昆虫记》，是仍然没有把这方面的兴趣消灭的明证。

《世界美术全集》、世界出版美术史、美学、图案画、版画等的藏书，与其说是由于他晚年的爱好，不如说是本来是多年的研究，似更的确。我们从他的批评木刻作品的见地上观察，就可以晓得他的说话，不是冒充内行，确有独到之处。再从他翻译《美术史潮论》，更可看出他的爱美观念了。

各地风俗人情的不同，影响到社会发展，演变到政治趋向，这也是研究文学者所应关心的，鲁迅先生藏书中于民族学、民俗学以及风土记之流也爱浏览。

社会学方面，无产者文化、社会演化、社会心理、家庭、恋爱、阶级斗争、社会运动等以及和这关联的经济学、财产进化论、工厂制、各国政治状况、马克思主义及法理学、历史哲学、近世史、世界史、中国文化史等书也存不少。

各地游记、印象记、杂记、传记也有，自然也是风土的旁支了。

论文学的也不少，文艺批评、诗歌、戏剧、小说、杂著、童话，有关英、德、法、意大利、西班牙、瑞典、挪威、匈牙利、捷克、苏联等国的文学研究，都是鲁迅先生时刻亲炙的精神食粮。

国学方面各种类书丛书也占一些地位，但似乎并没有什么难得的海内孤本，不知是原来没有呢还是偶有一二亦不能保。或则因为鲁迅先生平时对于善本、珍本的购买力未必很多,而他的记忆强和图书馆的徘徊恐怕对于他更易借助。

钞本也有十余种,最著的如碑录、六朝墓名目录等。《沈下贤文集》十二卷,为唐沈亚之撰的鲁迅钞本(另外还有一份别人的钞本,又有一种印本,同一人而如此再三注意的,除《嵇康集》之外就算沈集了)。另两种钞本为谢承《后汉书》及《岭表录异》,前者有补逸,而后者附校勘,都曾经费一番心血的。我们从鲁迅先生这许多钞本看来,他的精力,费在这里实在不少,令见者无不怃然,似乎埋首于故纸堆中,毫无足取似的。或且越钻越深,爬不起来,看不见世界,畏惧到光明的刺目,因而投诸清流,了此一生,真可以与王国维并肩等量了罢!然而我的观点却不如此。鲁迅一开头舍弃医学而弄文学就是面向社会,向人生,在东京想出书,也离不开对现实的反抗,没有丝毫示弱之处。民元以后,在北平身当袁世凯的凶残,暂时沉默一下,钞录古碑是事实,是另一战斗的准备。后来袁氏跋扈有加,不能再忍的时候,鲁迅曾经离平南下,这从他的日记(民国五年)可见一二。后来(民国七年)《新青年》出版,叫喊的人也有了,根据他最初的志向和个性,鲁迅自然不会躲起来的,说是由于钱玄同先生的劝勉,才开始写《狂人日记》,读者想不至于连他自己的谦抑话也板板地计算的吧。自己当然会死，社会却一定进步，绝不会使社会跟着自己走向坟墓里去，这是鲁迅的确信。这一确信，领导鲁迅跨过许多渣滓，超越许多前人，大踏步往前走。就是病了，也绝不肯倒下，用他一口气、一分力，向中国叫喊，向黑暗叫喊，向一切敌人叫喊，为什么要投水呢？这只有王国维；再之前，是屈原，不是鲁迅！

整理完书，看望了一些朋友，稍稍休息了几天，又乘机回到上海了。这之间，记述原可生长得较为详尽的，无如这两天被北平女生遭美军污辱之后的激怒，没有闲情逸致为生活于现实奋斗之外多说几句话，在最愤慨的时候，我写不出。此行观感就此结束。

鲁迅手迹和藏书的经过

鲁迅藏书目录,现在由鲁迅博物馆整理出来了。其中绝大部分为鲁迅自己收藏的:有北京存的约一小半,上海存的约一大部分。其所以合而为一于北京的原因是:北方天气比较干燥,易于保存,而且有些日文书如《书道全集》或其他全集的书,前半部已在北京,后半部陆续在上海购得,以合并更为完整。但上海亦留有少许亲笔稿如《毁灭》,鲁迅自己编好的苏联木刻版画等及零星残缺书本,则是整理北运时留下的。亦有特意留在上海的,如《广辞林》《标准汉译外国人名地名表》《新独和辞典》《实用英汉汉英辞典》《三省堂标准英日辞典》《袖珍英日辞典》等,则因陈列案头,经常为鲁迅日夕摩挲必不可缺的参考书,故仍留原处。就我个人所知,现在略为介绍其他情况,从此亦可见鲁迅藏书经过的梗概了。

鲁迅生平酷爱书籍,甚于一切身外之物,偶有尘污,必加揩拭净尽而后快。如手边没有擦布,随即拿衣袖清除亦所不惜。珍藏之书，则必力求没有损坏。每当期刊书籍出版，必先选出二份保存。若是向市购书，亦必挑选善本珍藏，偶或有所污损，则宁可作临时披览，另行置备储存，即属赠阅的书，如早期《东方杂志》《小说月报》《莽原》等期刊，或后期出版的《奔流》《萌芽》《译文》等，都是集几册为一包，亲自包扎好了，写出书名、册数妥为保存。凡经他亲手包扎的，必整齐如一，扎书的线，也必选择胶质，以其形扁不占面积，线结必在边头，以免在书中日久压成结痕，有损书的原状，这是我长期看到，毫不例外的。我之所以这样叙述经过，是为了对照后来情况，俾使了解真相而已。

说到藏书，据我所知，有如下几方面：

（一）手迹方面：除现在搜集存得之外，有些零星稿件，如整理《古小说钩沉》的片段抄录等，是周作人交出的，但是据了解，早期鲁迅未搬出八道湾前，必有不少手迹留在彼处，除由他随手送人外，不知是否业已清理完了一齐交出。

（二）藏书方面：据鲁迅说，有些线装明版或更早的版本，原是从绍兴老家带出来的。一九二四年六月从八道湾搬到西三条胡同定居的时候，鲁迅曾回去搬书，虽经周作人"殴打"拦阻，终取书器而去（见一九二四年日记）。

《故事新编·理水》手稿，此为鲁迅在整理出版时的重抄稿鲁迅死后，周作人借口家人生活困难，把鲁迅所藏中、外文书籍整理出三册书目，交由来薰阁向南方兜售。书目到南京，被敌伪某汉奸看到，说全部都要，后来我在上海得知此事，托人借来书目一观，大惊失色，觉为有意毁灭藏书，因急忙辗转托人买下全部书籍。待上海买去全部藏书的消息传到周作人处，据说他又把书目列出的书，扣起一部分，仍照全书原价售卖，其自私之心，灼然可见。此藏书几乎未流入敌人之手致大量损失，亦云幸矣！

一九四六年日伪投降后，我曾来京一月，日日在西三条整理鲁迅藏书，一一重新包装好才去。这其间，据看守的人说，因屋漏雨湿了书，曾经把漏湿的线装书拿到西四地摊上卖出。问是什么书，书有若干，也说不出。另外，在鲁迅住的老虎尾巴寝室，鲁迅不在京时，也被人借住过，他们随便拿鲁迅包藏好的《小说月报》等书观看。我整理书时，就看到原包已拆开，短了几册，不是鲁迅生前完整无缺的了。就此情况，深恐鲁迅亲笔文件难保，因将手抄的书及整理的汉魏六朝碑文墓志稿和被鼠咬坏的画纸带回上海（现都存博物馆）。计藏书经雨漏和借住的人丢弃，又短失了一部分。

后来，北京家中人先后逝世，国民党反动统治日益加厉，我不便回京料理，曾托刘清扬、吴昱恒等将鲁迅住过的北屋连同书籍贴了封条及加锁起来，不料住在南屋的阮和森竟从后门破开封条居住进去。待解放后在京检查存书时，发现一九三一年鲁迅从上海寄回之八箱书，有一箱半已失去了原书，另以赵㧑叔的《悲庵剩墨》线装书的空木箱填入，又把线装书盗去。失去的一箱半书中有不易觅得之期刊如《奔流》《萌芽》等，亦因此不完整了。我为了觅回不易找寻之书，曾经去信给阮家，一直未得到答复，这藏书又短少了一部分。

以上所说，是历来鲁迅藏书经过，几经波折，复遭人为的损毁。回想鲁迅生前视书如命的宝爱情况，能不令人深为叹息？文人的书，就如同武士的宝剑，时刻不能舍弃，因为借它画出敌人的奸邪，借它量度敌人的作恶程度。而且鲁迅藏书点滴得来不易，有为朋友馈赠可作纪念的，有为几十年的精力亲自陆续搜求的。他没有阔人延聘南北专人坐镇罗致善本的威力，仅凭个人足迹所及，即节衣缩食买来，如到厦门、广州、杭州，便即往书肆找寻，往往坊间绝迹之书，如广雅书局出版的杂著，亦必托人买来。未出北京前，每有日文图书，亦由书店挑选送到。在上海，月必大量添购书籍。在上海时蟫隐庐之书和中国书店之目录，固然以之仔细寻找其爱读物，即《嘉业堂丛书》不在上海出售，亦必辗转托人购置。其或属线装书因孤本难得，或因经济所限，一时未能购齐，则不惜亲自手抄或加意装订，都费去不少精力，阅之较坊间所出更觉精美，亦可见其珍爱藏书之一斑了。此外，法国出版的木刻版画，收到时发现有不全的，亦必再三托人向旧书肆高价搜求寄来。但国外过时的书，是不易觅得的，鲁迅藏书中居然能完整无缺的集成一套，确属不易，第二次大战后，闻法国亦无存此成套木刻书的了。又《城与年》插画本，曹靖华后来亦遍向苏联找寻不到，鲁迅藏书中却幸存一册，为中苏人民的友谊增一佳话。

所可惜的是：《鲁迅日记》第十一本（一九二二年）在日军占领上海时丢失了，当时日本宪兵队作为我犯罪的证据和我一同带去了一批《鲁迅日记》（原存保险箱内，因取出拟陆续抄出副本所致），待释放时一检查，即发现失去这十一年全年的一份日记，托人去寻，亦渺无音讯。文运遭劫，可为浩叹。还幸日军入我室时，三楼藏书被女工伪称该楼已租给别人了而未遭搜劫净尽。鲁迅在沪藏存的一大部分书籍得以留存下来，是不幸中之大幸了。

解放后，在党领导下，文化部及鲁迅博物馆不遗余力，多方面向各界呼吁搜罗。热心这一事业的人士，多献出其珍藏有关鲁迅的手迹、书信、文稿。如书已流入私人之手，像赵万里存的一大批，亦经博物馆议价收回。

感谢党,只有在党的领导下,人民化私为公,各献所藏,才能使博物馆保存下丰富的文化遗产,公之于众。我相信,随着人民的社会主义思想逐步提高,流散在私人之手的鲁迅手稿、书信、图书必能逐渐集中起来,日臻完整,日益美善。今后在党的亲切关怀领导下,鲁迅的手迹和藏书一定会妥善地珍藏在鲁迅博物馆中,作为宝贵的革命文化遗产,垂之永久!

为了永恒的纪念
——记仙台鲁迅纪念碑揭幕典礼

今年三月十七日到四月十五日，中国妇女访日代表团应日本欢迎中国妇女代表团实行委员会的邀请，去日本进行了友好访问。这是新中国到日本访问的第一个妇女代表团，访问的地区非常广泛，在二十九天中，共经历了二十七个城市。代表团到达东京的第三天，就开始赴福冈、广岛、大阪等十多个城市进行访问，所到之处无不受到日本人民极其热情的欢迎和款待。由此可见，绝大多数的日本人民是要求和中国人民友好往来的。四月五日，代表团到达了仙台，有机会参加了鲁迅纪念碑的揭幕典礼。

鲁迅和仙台

大家知道，鲁迅青年时代曾同仙台发生过一段因缘，他曾在这里学过医，并且从这里开始转向文学活动。日本人民正是根据这一历史关系，在这里建立了鲁迅纪念碑。

一九〇四年的夏天，青年的鲁迅抱了治病救人的目的，远离故国,来到这个比较僻静的日本北部市镇仙台来学医。鲁迅离国赴日前后,国内政局正处在一个动荡激变的阶段:一八九四年中日战争失败后的局势,一方面促成了士大夫阶层中的维新运动,另一方面又激起了广大人民声势浩大的义和团起义运动。但是以那拉氏为首的顽固的保守势力在西方列强的重压和勾引下,对上层的改良运动进行了残暴的迫害,少数上层分子的改良运动——戊戌政变仅昙花一现而即告夭折。义和团的起义运动,也在外国侵略者"八国联军"的屠杀下遭到失败。夜气如磐,黑暗弥漫了中国。但是火种是永远不会灭绝的,人民的斗争仍然前仆后继,有为的爱国志士为了使民族复兴,虽颠沛流离而仍如饥似渴地寻觅真理,"路漫漫其修远兮,吾将上下而求索"。一如其后鲁迅在《彷徨》代序里引用屈原的誓辞一样,青年的鲁迅怀抱着爱国的激情来到了仙台。

但是冷酷的现实却使年青爱国者热情的梦幻遭到破灭。在仙台医专的第二年,有一回,学校里正好放映有关日俄战争的影片,鲁迅从画面上看到了据说是因为替俄国当侦探而被杀头的中国人,围着来赏鉴这示众"盛举"的,却是体格强壮而显出麻木神情的被杀者的同胞。这件事震撼了年青爱国者的心灵,鲁迅于是悲愤地感到:"医学并非一件紧要事,凡是愚弱的国民,即使体格如何健全,如何茁壮，也只能做毫无意义的示众的材料和看客，病死多少是不必以为不幸的。"而在鲁迅看来第一要着是改变人的精神，而当务之急是要提倡文艺运动。这一学年没有完毕，鲁迅便告别了仙台，开始踏上文学的征途，以他锋利的文学匕首为民族复兴和人民生存而进行无畏的战斗。

仙台鲁迅纪念碑

日本人民要想在仙台建立鲁迅纪念碑是酝酿已久的事了。早在一九五二年，仙台就成立了日中友协支部，一九五九年八月，支部大会上通过筹建纪念碑的决议，筹建工作的发起人到一九六〇年三月陆续参加的有佐藤春夫、中岛健藏、白石凡、高桥刚彦等日本全国知名人士一百五十多人。

提起佐藤春夫，我回忆起一段故事。当一九三六年春天鲁迅生病的时候，佐藤先生曾来信邀请鲁迅到日本去休养，未能成行，鲁迅便逝世了。后来，他又参加了在岩波出版的《大鲁迅全集》的翻译工作，这回又是筹建纪念碑的发起人之一，真是一位热心于中日文化交流、久而弥坚的人士。

纪念碑的建立需要一笔经费，虽然不大，但是要在日本人民中间一点一滴地募捐起来，也是不容易的。募捐是由三个方面进行的，一为工会捐助，次为民主团体捐助，最后是个人捐献,因为纪念碑的建立,乃是广大日本人民表示中日友好的生动的体现。

建碑的地址是在宫城县仙台市立博物馆旁的青叶山麓,经过三年多的筹备,一九六〇年春天才开始动工。碑用宫城县稻井出产的黑色玄昌石制成,高四点五米,宽二米,重十吨。正面上半部有直径一米的圆形浮雕,是取自鲁迅逝世前十月八日在上海青年会参观时所摄的像片,由日本名雕刻家翁朝盛先生精心制成;碑的下半部横塑着郭沫若同志手书的"鲁迅之碑"的行书字;再下面刊有宋体字的碑文。碑文是仙台东北大学文学部教授内田先生的手笔,扼要地叙述了鲁迅居留仙台的情形:

"中国的文豪鲁迅,从一九〇四年秋到一九〇六年春在仙台医学专门学校(东北大学医学部的前身)学过医学。他痛心于祖国的危机,以拯救民族灵魂为急务,而志向于文学。仙台就是他走向转折的地方。从此他写出了许多作品和评论,为中国新文学带来曙光。我们敬仰鲁迅的人们,为了纪念他青年留学时期,建设这纪念碑,深愿永远地传达他伟大的精神。"

碑文的刻凿者是名雕刻家白金茂先生。纪念碑参考了中国汉代古碑的式样,雄伟庄严,这是东北大学工学部饭田教授精心设计的结果。

纪念碑揭幕典礼

四月五日下午二时十分，纪念碑揭幕典礼在广场上举行了，有五百多位工、农、学生、妇女和各界人士参加了典礼，灿烂的阳光，一片宜人的春色，处处洋溢着友好的气氛，真是一个令人难忘的节日。

揭幕典礼上，许多日本社会活动家和知名人士如三春重雄先生、仙台市公民馆长半泽正二郎先生都在会上讲了话。他们一致强调中日两国人民要求亲善相处的良好愿望，颂扬了新中国人民取得的惊人成就。

鲁迅纪念碑建设委员会会长、前东北大学总长、东北大学名誉教授八十五岁的熊谷岱藏先生以医学界身份，在会上热情地发了言，他说："青年的鲁迅先生在仙台留学就想到，治人身体上的病，不如治精神上的病更重要，鲁迅是思想家，他以后发表了很多论文，实践了他的愿望。"

日中友好协会宫城县联合会会长菊池养之辅在发言中则强调通过鲁迅的伟大精神来改进中日关系，人民友好往来，反对美帝国主义，伸张正义。欢迎中国妇女代表团仙台委员长兼市长在发言中则表达他的这样善良愿望，就是在仙台有了鲁迅纪念碑后，它将成为有国际意义的地方，吸引着全世界广大人士前来参观。

会上宣读了日中友协高植分会的贺电和郭沫若同志的

贺词。贺词大意说，鲁迅一生对帝国主义、殖民主义作斗争。日本人民二十三次的统一行动，加强团结，得到胜利。纪念碑的建立有助于中日友好来往，成为保卫世界和平的标志。

在会上，我也作了简短的致词，除了说明中日人民的友好，文化交流的经过，还着重提到：鲁迅的作品之所以受到中国广大青年的爱好，鲁迅的为人之所以受到中国广大人民爱戴和尊敬，是由于他的作品广泛地、深刻地反映了被压迫人民的愿望。在他的作品里，爱憎分明。他热爱人民，但十分憎恨压迫人民的统治者。对外来的侵略者也表现了反抗到底的坚决意志。这种精神当然容易引起不甘屈服的日本人民的共鸣，日本读者亲眼看到中国人民在全世界人民面前站立了起来，这样，他们爱读鲁迅的作品，想从鲁迅的作品中找到一条能够获得胜利的道路，实在不是偶然的。

会后妇女代表团又访问了鲁迅当年在仙台医学专门学校求学的宿舍。这个宿舍是在一条狭窄的马路上。随后又转到当年藤野严九郎先生解剖人体的研究室，现在已改为东北大学学生的消费合作社，是一座简单的木屋。当年青年的鲁迅也曾在这个比较寒冷、简陋的木屋里面从事解剖工作。

这所木屋看起来也是不会保留得多么长久的了。但是，仙台市民却有永久纪念鲁迅的办法，那就是在过去据说曾经是日本军国主义侵略中国的弹药库所在地的青叶山，建立了鲁迅纪念碑，作为中日人民永远友好的象征。中国妇女访日代表团和我本人亲自参加了这次纪念碑揭幕典礼，更体会了这个纪念碑的意义深长。

如果鲁迅还在

鲁迅先生逝世了足五周年了。时间过得真快,"亲戚或余悲",是不错的。他的儿子海婴,欢喜弄弄化学实验之类的科学玩意,近来比较懂事些了,就时常发感叹:"如果我的爸爸还活着,够多么好!什么东西我不懂的都可以向他问。他学过开矿,会告诉我地底下是怎样一层一层的;又学过海军,晓得同我讲怎样爬到高高的桅杆子上面跳下来,半途给粗粗的绳网兜住了,身子有些发痛,却不会死。他又教过化学,一定可以帮我做实验;又学过医,懂得怎样教我配药。……许许多多的东西他都可以教我;不懂得的外国书,也可以读给我听,不懂得的道理,也可以向他问。总之,如果爸爸活到现在,是多么好!"现在已经轮到无知无识的儿子陆续晓得惋惜起来了。越是懂得,越是加添地说出"如果我的爸爸还活着,够多么好"的话语,而也越是使得我更多的遇到仓惶失措,不知所答。恐怕这样子的遭遇还要随着他的年龄而增加起来。我宁可看着他当他父亲下葬时候的茫无所知,呆头傻气地尽在吃糖饼,却不能够忍受听到他如怨如慕、如哭如诉地提起他的父亲。目睹那小小的心灵,要装尽人生的冷暖,追求逝去不可复再的温情的孤儿思亲的一幕即景,仿佛是从我身上揭去了一层皮似的痛切难堪。

然而不但他的遗孤,许许多多有父母热爱的青年,时常也发出一句:"如果鲁迅先生还活着是多么好!一定给那些坏东西不容情地痛骂个畅快。如今他没有了,所以那些鬼魅敢于胡行。"

又有人说:"如果鲁迅还活着,他的第二个兄弟敢不敢像现在的样子呢?"

如果鲁迅还活着,也许是可能的。根据他大病的时候那位欧洲肺病专家不是曾经说过叫他赶紧到山上去静养一年,那么还可以再多活个五六年,否则过不了冬!后来终于没有去疗养,的确在深秋逝世,这已经是给那美国D医师十足兑现了的一句话。如果依照他的劝告,真个去疗养一年,不是到今天也许还活着吗?

因此我想到假使他现在还活着的话。

他住在什么地方?

在他临死的一年间,中国已经面临着暴风雨的前夜了,真是《海燕》的时代。那杂志《海燕》的出世是颇有预感的。尤其在他逝世的前几个月，那压迫人透不过气的沉闷空气，和人们的像流水似的搬迁，仿佛于蚂蚁知道洪水将要泛滥似的预感正确。而他自己呢，在文字的表现上，没法子不正面现实，真是如鱼饮水，冷暖自知。以前，他反对本国的黑暗，对别人没有引起正面的冲突，可能苟安于那一种势力范围之内，倘使攻击到那种力量而仍处于那势力之下，是万万不可的。所以在他将逝世前，已经在计划搬家的了，预备好了新的住处，如果现在还活着，照这样推测，未必还会在上海。

那么像许多文人一样参加到大后方去，一路向西搬移？我想也不可能。他的个性爱静，不喜欢搬来搬去。而且文学者的敏感他是有的，以预言者的姿态，恐怕他会洞瞩一切，早已在用文字来揭穿那些阻碍团结，制做摩擦，营私舞弊，任意屠戮无辜者的阴险毒辣等等。……在人们还没有十分觉到的时候，他却已经说出来了。因此就是去了，恐怕早已栖留不住，像气候鸟的一样感觉到应该立即飞去了。

往西北去吗？也不见得。首先是病体不能够吃得消苦。其次是团体生活与不断的集会，都是他所怕的。自然那里比较了解他，多少可以合得来些，但是作为他自己，是绝对不肯受人格外礼遇或特别优待的。尤其重要的是：他一切的表现于文字的,纯乎凭着自己负责,并不是受有什么团体性的机构所约束的。所以去了反而容易使一些不了解的人作借口。一些人不是早已给他戴了红帽子,甚至死了五年的今天,×人办的报纸,因为在盐城捉到一些青年,就大肆宣传说他们"误投所谓赤色著作家鲁迅所主办之艺术学院求学"。仿佛鲁迅真是活着在"主办""艺术学院"似的。用制造的事实作宣传,那宣传也就失了效用。当然,鲁迅如果还活着,绝不会因着这些人而不走路。但像这一类人那里配了解鲁迅。诚然鲁迅是不容情地指斥过国内不少的黑暗,但那是"热风",不是恶意的破坏一切论者。和一批卖身投靠的人们绝对不同,不能拉作自己的掩护。尤其临死前的主张团结一切力量,集中应付一个目标,掌握政权者只要遵守这一个大前提,就必定为大众所拥护,鲁迅也不能例外。所以他如果还在,他的态度、文化工作,一定是对事,绝不会对个人有什么成见,此点也不能被任何人所能曲解的。

华北有他十五年生活过,也许可以关起门来著作罢。但是谁能够决得定!南下之后,他曾经北返过二次,都被压迫匆匆回来了。压迫他的不尽是外人,也有相煎颇急的。据说他那次回去,不少要送学校的饭碗给他,却是被当地的一些学阀们所破坏,生怕他真会去抢了一只似的。谣言也来了,说他是负有"左联"的使命北上,而公安局的拘票,只差了还没有盖印的瞬间他却乘车走了。现在,那些小摆设已经放在汽车上搬出搬入,忙个不堪了。所以如果他还活着,绝不会自己跑去受无聊的乌气,那是一定的。

余下一条南下的路,在香港做客,比较是可以的罗。但是物质生活的高昂,那里可以容得一个寒士安居?想来想去,倘使他还活着,就是住处也不容易。

又假使他还活着,在现在的思想运动是怎样的呢?新近出版的《鲁迅三十年集》可以推见一切。如果社会还没有多大进步,甚或还有一部分在倒退,那么,那真不幸,他几年前写的文章,还好像是适用到今天似的。"让他们怨恨去,我一个都不宽恕。"这是最后的一句用多少热血吐出来的痛爱警语。

魔祟（独幕剧）

人物：

睡魔——简称魔

睡的人——睡

睡的人的爱者——爱

时期：一个初夏的良宵，暗漆黑的夜，当中悬一弯蛾眉般的月。

地点：一间小巧的寝室，旁通一门，另一间是书房。

睡 寝室的电灯熄灭着，月亮是暗暗的，死一般静寂，只有微微的呼吸，以判别床中睡的人还是活着；隔壁书房的灯光，从木门的上面的横式长方的玻璃上透射些光照过来。睡着的 B 一点也不动，约莫有三个钟头罢！如常的死般睡着。

爱 书房中，她的爱者 G，在书桌前收拾他照例做完的工作，伸个懒腰，静默的长伸出两腿来，似乎躺在帆布椅样的把身子放在坐的藤椅上，口吸着烟卷，想从这里温习他一天的课业，又似乎宁静百无所思似的，待烟吸完了，轻轻踱进寝室，先把未关好的窗门收起来，想是要放轻些，勿致惊醒B的好梦，不想反而不自然铿的一声，窗关了的声响，魔被挑拨其蛮性，发为不清澈而反抗的声："什么？把窗子弄的那样响！"爱听不清魔说的甚么，只放轻脚步走到床前，扒开帐口，把手抱住B的脖子，小声的喊着B，继而俯下头向B亲吻，头几下B没有动，后来身子先动了两下，嘴也能动了，能应G的叫声了，眼睛闭着，B的手也围住G的颈项，坐了起来。B不久重又睡下，这时床上多添了一个G。

魔 你那么大声关窗子，把我弄醒了。

G，声并不大。

B，以后由我关好了，我先关窗再睡。

G，不用，你睡了醒透再关就好了。

……

死一般静寂来到，没有别的话语，直至良久。但B时时闭着眼，用手抚摩G的脸，继又吻他，总是手，吻，继续的在G的身子上，经过多少时，G说，我起来喝点茶，又吸一枝烟，重又躺在B旁，仍然没有话说，待烟都变成灰，已经散布在床前地下，G说，大约有两点钟了，我们灭灯睡罢！寝室暗黑，这时有些少光从正面的窗外射进来，B是静静的，G老是叹气，B没敢问，陪了经过好久时间，有点鼾声从G那里发出，B放心睡下，偶然G动了动，B赶快曲着身子来抱他，但总觉得他是被睡魔缠扰般不能自主地回抱。

  魔在那帐顶上狰狞发笑，G是长叹，B不知用什么法打进尽那魔。

附录

周海婴眼中的鲁迅与许广平
口述：周海婴　记者：李菁

清癯、瘦高，尽管头发有些花白，但那标志性的"周氏"之眉却依然又黑又浓。或许知晓周海婴身份的每个人在见到他的第一面，都会近乎本能地将这张面孔与深印在脑海里的"鲁迅"形象作细细审视与对比。而这样的目光，实际是76岁的周海婴一直抗拒甚至厌恶的；但作为鲁迅的儿子，在他出生的第一天起，便已注定终生与其如影相随。

也许是因为学理工科出身，周海婴总是言语冷静而用词谨慎。在提到母亲许广平时，周海婴仍旧亲热地喊"妈妈"，而在提及父亲时，他更多的是用"鲁迅"而非"爸爸"。或许潜意识里，他已意识到他与父亲的私人空间早已被"公共的鲁迅"所占据。

母亲告诉我，我是她和父亲避孕失败的产物——母亲觉得当时的环境很危险、很不安定，他们自己的生活还很没保障，将来可能还要颠沛流离，所以一直没要孩子。母亲在1929年生我的时候，已是高龄产妇，拖了很长时间没生下来，医生问父亲保大人还是保孩子，父亲回答是大人，没想到大人孩子都留了下来。

我的名字是父亲给取的，"先取一个名字'海婴'吧！'海婴'，上海生的孩子，他长大了，愿意用也可以，不愿意用再改再换都可以"。从这一点来看，父亲很民主，就是这么一个婴儿，他也很尊重我将来的自主选择。

很多人对父亲在家庭里究竟是一个什么样的形象感兴趣，其实我小时候并没感觉到自己的父亲跟别人家的有什么不一样。只记得父亲一旦工作，家里一定要保持安静。四五岁的时候，保姆许妈便带我到后面玩。那时候上海也不大，房子后面就是农地，鲁迅觉得百草园有无限乐趣，而我的天地比百草园大得多，有小虫子，有野花，这里也是我的乐土。

或许是由于政治需要，很长一段时间，父亲的形象都被塑造为"横眉冷对"，好像不横眉冷对就不是真正的鲁迅、社会需要的鲁迅。的确，鲁迅是爱憎分明的，但不等于说鲁迅没有普通人的情感，没有他温和、慈爱的那一面。我后来也问过叔叔周建人好多次："你有没有看见过我爸爸发脾气的样子？"他说从来没有。我又追问，他是不是很激动地跟人家辩论？他告诉我说，他平素就像学校老师一样，非常和蔼地跟人讲道理，讲不通的时候也就不讲了。人家说，鲁迅的文章很犀利、嬉笑怒骂皆成文章之类的，但那是笔战，是和旧社会、旧思想在对抗，必须要激烈。过去把鲁迅误导了，应该把鲁迅归还到他自己的真面目。

在我眼里，母亲与父亲之间的感情包含着两种：一种是学生对老师的崇敬，还有一种是夫妻之间的爱护、帮助。我母亲在她力所能及的范围内，帮助父亲做了很多事情，抄稿、寄信、包装等等。母亲喊父亲什么，我不记得了，记忆中也没有她老远喊父亲的印象，只是有事就走到父亲面前，询问他喝不喝水，或者告之该量体温了、该吃药了，是一种自然的平视的状态。

母亲跟父亲在一起，从一开始就没有想要什么名分。他们结合在一起，是很自然的状态，是爱让他们在一起。从某种意义上说，名分是保障妇女权利的一种方式，而母亲觉得，她的权利不需要婚姻来保障，她觉得没有这个必要。

母亲是父亲的一片绿叶，为父亲做了很多工作，母亲当年也是一位有才华的女性。母亲告诉我，她后来也跟父亲提到过，想出去工作；父亲听到后，把笔放下叹了口气："那你出去我又要过我原来的生活了……"于是母亲放弃了原来的想法。我想鲁迅最后十年能创造出那么多的传世作品，当中也有母亲的牺牲。虽然希望出去教书的母亲心情也很矛盾，但她觉得用自己的牺牲换来父亲创作的高峰，一切付出是值得的。

母亲在我面前不怎么回忆父亲，她不愿意沉浸在她的悲哀当中。对我父亲，她觉得她有照顾不够的地方——比如她说看到父亲经常是点了烟之后就随手放在那儿，既然是空烧掉，为什么买那么好的烟？于是父亲最后抽的是比较廉价的烟。茶叶也一样，有时她泡在那儿，他也没喝，这不浪费吗？诸如此类。其实再周到、再细致的照顾，总是有不完美之处，这是很自然的。

我生下来之后，父母就没带过我到北京，因此没见过祖母。但祖母总是托人写信来，她常常寄好东西给我，像北京的榛子——比现在的榛子好吃很多；还有她自己腌的酱鸡酱鸭，因为路途远，有时一打开，酱鸡酱鸭发霉了，妈妈只好把它们扔掉，而我觉得太可惜。祖母和朱安的信，都是别人代写的，后来有些人还问我：为什么说朱安不识字啊？她还给你母亲写过信，说死后要念什么经、做什么被子、棺材要怎么样、点什么灯、做什么祭拜，文笔很深，文化很高啊！他们不知道那些信其实是别人代写的，还以为我是故意贬低朱安。恰恰相反，我对朱安，还怀有尊重之情。

父亲去世后，母亲除了我这么个病孩子之外，也负担了朱安女士的生计，生活得比较艰难。朱安也是一个善良的女性，她托人给母亲的信息是表示感激之情，说"您对我的关照使我终身难忘"，也很体谅母亲，"您一个人要负责两方面的费用，又值现在生活高涨的时候，是很为难的"，收到生活费后她也回信告知是如何安排开支的。

我也从来没见过朱安，连见都没见过，所以也谈不上什么印象。不过从她与母亲往来信件看，她对我还是很关爱的。一次她给母亲写信说："我听说海婴有病，我很记挂他。您要给他好好地保养保养。"我十五六岁后，她就直接给我写信，有一次还问我是否有同母亲的相片，给她寄来一张，"我是很想你们的"。我知道在她心里，她把我当作香火继承人一样看待。1947年朱安病故时，母亲受国民党监视不能到北京，拜托一些亲朋帮助料理了丧事。

由于政治需要父亲被抬到很高的位置，但实际上，父亲的盛名并不是我们的护身符。相反，有一段时间在位的人都是鲁迅当时的论敌，那些人对我们完全是漠然处之的态度，而鲁迅的崇拜者、能够关心我们的人却一个个被打压掉了。也许是有些人觉得鲁迅永远压在他们上面，有鲁迅在，他们永远只能排在二三四位吧，我也不太理解这些人的心理状态。1968年,母亲为了保护父亲的遗稿,急得心脏病发作而去世,可去世后连追悼会都不让开,最后是周总理决定允许向遗体告别。

读稿拾零
张昌华

白云苍狗，岁月流金。

《流金文丛》第一辑面世后，受到社会广泛关注，它以选题别致、选文精湛、视角独特，立于书林。行销不到一年，《漂泊者》《金陵五记》《旧时淮水东边月》已经重印。

从丁酉到戊戌，时距不过一载，续集便适时而生。

展开第二辑的总目，或有读者惊呼："似曾相识燕归来。""燕者"，《双叶丛书》也。

是耶，非耶？

是也。二十五年前笔者曾选编过一套《双叶丛书》（江苏文艺出版社，一九九三年），那是中国现当代文坛十六对伉俪的散文合集，以名家荟萃、形式独特、装帧别致享誉业界。"流金"二辑的作者是从原十六对作家夫妇中遴选出的，貌似"故人"。

然非也，非也。两套丛书形式雷同，内容有异，"双叶"

的选文纯以写家庭情感为主的散文为中心，多为表现夫妇的相识相知相爱、家长里短、鹣鲽情深的篇什；"流金"则大气得多，选材视野广博得多，社会风云、世事炎凉、人生遭际、家庭冷暖，统皆揽之。选文不仅内容更宽泛，而且内涵更深邃，更有切中时弊的佳构；而且每本书的附录，都有晚辈对先人的怀念文字。它虽带着"双叶"的胎痕，却更具换骨之实。旧瓶新酒酒倍醇矣。

且听我一一道来。

《横眉·俯首》（鲁迅许广平合集）

沧海桑田，曾被誉为"民族魂""民族的脊梁"的鲁迅，不知何时"走麦城"了，他的"投枪"被拦截，他的"匕首"被封存。从作品自教科书中被批量下架始，鲁迅在国人的视线中渐行渐远。窃以为，在全民族道德滑坡、底线难守的刻下，我们有必要请回鲁迅，魂兮归来！鲁迅辑，我们除选了些许经典散文名篇外，较集中地选了一些切中时弊、在当今仍有强烈现实意义的杂文。许广平辑，我们选了她一些自传性文字，除展示她傲然风骨的《遭难前后》外，刻意选了一组读者鲜见的，她致鲁瑞、朱安、周作人和胡适等的信札和与友人过从的文字，立体地再现许广平的为人之厚、处事之忠。

《击鼓行吟》（柏杨张香华合集）

有人说"鲁迅之后再无鲁迅"，斯言诚哉。然鲁迅精神传承不乏其人，大海那边的"老愤青""丑陋的中国人"——柏杨当算一个。他小鲁迅近四十岁，地道的晚辈。后生亦可畏，柏杨对中国国民劣根性的批判，对中国传统文化弱点的批判，不可谓不深刻。我们选了他的《筹建绿岛垂泪碑》《隋唐宫廷》和《中国人，活得好没有尊严！》等代表作。印象中的柏杨，或是个横眉怒目的金刚，或是个横扫污浊的战神，殊不知他还是位手拨五弦、儿女情长的父亲。为展现他如山的父爱、如水的"母爱"，我们选了一组他的家书，这是本书一大看点。一九六八年，柏杨因文字惹祸，坐了国民党九年又二十六天的大牢。他入狱时女儿佳佳才八岁，柏杨在狱中给佳佳写了205封信，那是面对铁窗、匍匐地上写就的父谕，字字血，句句泪。我们从中遴选了柏杨出狱前后的家书，同时附上佳佳的回复以飨读者。柏杨把对女儿的爱、关心和希望，凝固在当局限定的每封200字内。柏杨说："写家书应该是人生最刻骨的一种温暖，即便是和着眼泪。"并作诗曰："伏地写家书，字字报平安。字是平安字，执笔重如山。人遭苦刑际，方知一死难。凝目不思量，且信天地宽。"柏杨慨叹："做我的女儿，真是一种不幸！"而佳佳觉得，那是一种天赐之福。在咫尺天涯的残酷现实中，佳佳在父亲来信的呵护中健康成长，自尊自立自强，居然考上了"台大"……

张香华是诗人，她在柏杨横槊赋诗行进的鼓点中行吟。她本以诗名世，散文亦丰。张香华辑中半数作品，都是她晚年经我首发或应我所邀发表在《百家湖》杂志上的文字。恕编者偏私，几乎全部入选。当然她早年的代表作《女人，你叫什么名字？》《雨夜春韭》和《看，这个丑陋的中国人》等均罗列其中。其《妻子们》是篇奇文，尤值一读，既是一幅柏杨坎坷人生的拼图，也是张香华大度襟怀的自画像。

《砚田内外》（萧乾文洁若合集）

萧乾、文洁若伉俪，广大文学爱好者皆耳熟能详。他俩一辈子都在砚田躬耕，有"一个作坊，两个工匠"之誉，译著等身。笔者在北京医院还亲见萧乾最后的日子，躺在病榻上一边吸氧，一边披览文稿，写字台上堆满外文辞典之类工具书和摊开的译稿。那时他生活已不能自理，吃饭时要文洁若为他戴上围兜一口一口喂。料理好萧乾后，文洁若便伏案为出版社赶稿。她说："这是见缝插针。"他们的勤奋、刻苦和认真的精神，实在令人感佩。对萧乾的散文作品，我比较熟悉，曾为他编过两部集子。为有别于其他选本，在本辑中我着意选了一束他致三姐常韦、儿子萧桐及亲友的信。三姐常韦是文洁若的姐姐，为照顾萧乾夫妇的生活及培育他们的孩子，终身未嫁，为萧乾一家默默贡献了一生。萧乾致萧桐的信很多，曾出版过专辑《父子角》，我们从中遴选了八封，从萧桐的知青岁月到留学，直至在美当教授，前后二十年。家书中从生活上的关心，到学业上的指导以至做人的处世之道，情真意切，细节感人。他们虽是父子，犹如兄弟。毫不夸张地说，可与《傅雷家书》媲美。特别是一九九八年五月六日那封，一个行将告别人世的老人的复杂心境，凝于纸端，读来令人鼻酸。不知何因，此信写好没有付邮，我们一并收录。

这些书信字里行间，深深地烙上了时代的印痕，亦可读出世事的沧桑与变迁，可做历史的脚注。

文洁若部分文字，儿女情长的多一点，其《文学姻缘》回忆了她与萧乾的相识相知相爱的心路历程，以及相濡以沫的琐细。另一亮点是《苦雨斋主人的晚年》，写对周作人的印象及其在"文革"中的遭遇，详尽真实，这或是现存周作人晚年史料中最具价值的一篇。

《京腔北韵》（老舍胡絜青合集）

老舍、胡絜青都是正宗的老北京，书名冠以《京腔北韵》。老舍生在北京，一生浪迹天涯。在这部书中以《北京的春节》领衔，之后是写济南、青岛、成都、广州、重庆的篇什，都是他生活过的地方。老舍的作品不论记人叙事或抒情都有自己的韵味，当然更少不了幽默。胡絜青是画家，很少作文，她所写的文字几乎尽囊其中，所写都是与自己密切相关的有感而发有情要抒的故事，《结婚》《从北京到重庆》以及《记齐白石大师》都是读者爱看、耐看的文字。

《舞台上下》（吴祖光新凤霞合集）

吴祖光是剧作家兼导演，且不说少年成名作《凤凰城》，还曾指导过梅兰芳排戏。新凤霞是评剧名角。他们毕生献给了艺术，舞台是他们的立身之所。有人说艺人"在舞台上要认认真真做戏，在台下要清清白白做人"，显然，这舞台已非唱戏的小舞台了，而是社会的大舞台。谅谁都不会否认这对夫妇在小舞台或大舞台上的表演都是一曲正气歌。吴祖光早期的散文《水里的人民》，看出他的凛然正气，太岁头上动土，敢拿宋美龄说事。《将军失手掉了枪》让人笑掉大牙，吴祖光义正辞严地批评这种从艺不专之徒，谁知道话不逢时，他因此倒了大霉。诚如此，晚年他才感慨《我的冬天太长了》。还有《万里长城断想》和《拆掉景山墙》都是关乎百姓生活、引人遐想的文字。吴祖光多才多艺，又是书家，曾赠我一幅"生正逢时"，也有朋友说他见吴祖光写过"生不逢时"。

新凤霞出身卑微,小学文化。因祸得福,"文革"中致残后专事写作,追怀述往,写她传奇的一生,共有二十本书。她的文字浅显、直白,通俗易懂,但绝对真实。她的《我和皇帝溥仪》,真实地记录了溥仪在文革中的生存境遇。新凤霞晚年学画,画作都由吴祖光题字,齐白石说他们是"夫妻画","霞光万道"可谓精辟。

《沉墨幻彩》（黄苗子郁风合集）

黄苗子、郁风伉俪是当代书画界的双子星座。他们夫妇的作品,如一叶扁舟,引领我们到艺海徜徉。他们笔下的人物都是墨池里飞出的北冥鱼,犹如为我们雕塑了一组现当代中国艺坛人物的群像:齐白石、黄宾虹、沈尹默、张大千、徐悲鸿、李苦禅、林风眠、叶浅予、吴冠中、黄永玉……洋洋大观,如现眼前。可读性、史料性兼具,一册《沉墨幻彩》,半部中国现代绘画史。

必须说明的是,鲁迅、老舍的作品选自"全集",其他几位的选本比较驳杂,特别是体例的规范与数字的使用很难统一,我们只能照本抄录,或有失察处敬请海涵。

二〇一八年八月一日

图书在版编目(CIP)数据

横眉·俯首/鲁迅,许广平著;张昌华编.—北京:商务印书馆,2018
(流金文丛)
ISBN 978-7-100-16263-0

Ⅰ.①横… Ⅱ.①鲁…②许…③张… Ⅲ.①鲁迅散文—散文集②散文集—中国—当代③鲁迅书简—选集④许广平(1898-1968)—书信集 Ⅳ.① I210.2 ② I267 ③ K825.6

中国版本图书馆 CIP 数据核字 (2018) 第 138967 号

权利保留,侵权必究。

流金文丛
横眉·俯首
鲁迅 许广平 著 张昌华 编

商务印书馆出版
(北京王府井大街36号 邮政编码100710)
商务印书馆发行
南京鸿图印务有限公司印刷
ISBN 978-7-100-16263-0

| 2018年9月第1版 | 开本 787×1092 1/32 |
| 2018年9月第1次印刷 | 印张 13¼ |

定价:68.00元